L'Ultime Testament

Giulio Cavalli

L'Ultime Testament

Traduit de l'italien par Lise Caillat

Éditions de L'Observatoire

Cet ouvrage a été traduit avec la contribution du Centre du livre
et de la lecture du ministère italien de la Culture.

Titre original : *Nuovissimo Testamento*
This work was originally published in Italy by Fandango Libri in 2021
(represented by Clementina Liuzzi Literary Agency).

ISBN : 979-10-329-2384-9
Dépôt légal : 2023, août

170 *bis* boulevard du Montparnasse, 75014 Paris

PREMIÈRE PARTIE

Chapitre 1

Un cercle sur le sable

Il dessina un cercle sur le sable avec une branche et ses veines se déchirèrent. Il se rappela quand, lors de ses premiers jours à l'université, il avait lu le mot *déversement* ; il deviendrait un architecte renommé ainsi que l'avaient prévu les algorithmes du gouvernement, tous l'auraient parié comme on parie des choses sans prendre aucun risque et, quand il était tombé sur le mot *déversement*, il avait pensé à un cœur retourné, à un bol de lait qui se répand du set de table jusqu'au sol, à un corps qui se remplit de l'intérieur, se noyant en lui-même. Il avait souri, alors, de cette imagination enfantine et aussitôt, il s'était inquiété d'avoir souri. Il lui était arrivé de sourire encore, par la suite, et il n'avait jamais eu le courage de le dire à personne. Le crac de ses veines tandis qu'il observait ce sillon circulaire sur la plage provoqua une douleur à couper le souffle. Il s'était effondré face contre terre, ses rapprochés l'avaient chargé à l'arrière d'une voiture pour le conduire à l'hôpital comme l'exige la procédure si quelqu'un ne répond pas aux stimulations extérieures durant plus de quinze minutes. Ce furent quinze minutes de sollicitations vocales, puis physiques, suivies d'une tentative de massage cardiaque et de bouche-à-bouche et enfin de quelques gifles, légères, du bout des doigts plus qu'à pleine main, des claquements sur la plage pendant que les autres rapprochés continuaient de vaquer à leurs occupations : un bain rapide, une partie de cartes, la lecture du journal national ou local, certains étudiaient ou étaient simplement là. Seuls ses rapprochés s'étaient occupés de lui, conformément à la loi, sans montrer la moindre inquiétude, comme c'était prévu dans le protocole. Au cours du trajet, Mario, au volant, expliqua que la conjoncture économique promettait des temps heureux et productifs, il raconta qu'en 1983 on avait relevé les mêmes indicateurs et que ça avait marqué le début d'une période prospère pour tous. Fulvio répondit que oui, ça pourrait être le début d'une période faste, 8 ou peut-être même 8,5 sur une échelle de 1 à 10, tout dépend de notre capacité à limiter les conceptions, bien sûr, approuva Mario, le contrôle des naissances est fondamental. À l'arrière, Roberto n'écoutait pas, il n'était pas intéressé, il maintenait la tête de Fausto pour éviter les chocs et ressassait quelques problèmes rencontrés au bureau, je crois savoir d'où vient l'erreur, se dit-il, et il se concentra sur cette intuition. Ils furent aux urgences en dix-huit minutes, ne pas attendre l'ambulance s'était avéré une décision judicieuse.

Fausto n'avait pas repris connaissance, il bavait des filaments, les paupières closes secouées par ses yeux qui tantôt tressaillaient tantôt se figeaient, des insectes à fleur de peau. Une infirmière portant une blouse à liseré rose avec son prénom, Lucia, cousu à hauteur du poumon gauche, releva l'identité du patient, je m'adresse à vous parce qu'il ne me semble pas en mesure de répondre, non, non, confirma Fulvio, il est inconscient depuis plus de trente minutes, je note cela également dit l'infirmière en fronçant les sourcils, son écriture rapide et ronde remplissait un formulaire écorné et pendant ce temps on appela le docteur, on poussa le brancard vers l'entrée réservée aux patients, la porte automatique n'émit aucun bruit, pas même un souffle.

Il y avait un jeune homme qui s'était cassé quelque chose et qui se lamentait, cela ressemblait à un ricanement, en se tenant le bras d'une main, une femme enceinte qui pleurait en silence dans son mouchoir et deux types qui portaient la même veste et la même cravate, comme un uniforme, une cravate bleue trop longue et toute chiffonnée pour l'un, une veste gris brume aux manches coupées net avec une couture mal faite, presque boursouflée ; l'un avait des mocassins noirs, une des semelles était décollée, et l'autre, celui avec la cravate trop longue, soupesait son pied pour s'assurer qu'il était encore vivant. Si ça passe en accident du travail on a droit à au moins quinze jours d'arrêt maladie, dit le type à la semelle décollée, nous avons respecté les normes, précisa l'autre fendu par sa cravate, oui mais on va être arrêtés au moins quinze jours et j'en profiterai pour finir ce que j'ai laissé en suspens à la maison, je pourrais aussi contacter le Bureau des assignations pour connaître la date de relève de ma femme, d'accord mais nous avons tout fait comme il fallait quand le chargement est tombé, insista l'homme derrière son interminable cravate, oui, ça oui, affirma le mocassin, quand expire ta femme ? lui demanda la cravate, à la fin du mois, à la fin du mois, parfait, comme ça tu as tout le temps pour faire l'échange, c'est toujours mieux d'avoir le temps, oui c'est mieux, bien sûr que oui. Le jeune qui s'était cassé quelque chose, le bras peut-être, ou le poignet, leva le doigt pour arrêter deux médecins qui caracolaient dans leurs sabots en caoutchouc, dans la salle d'attente des urgences où tout le monde attendait sans se démonter, sans céder à l'impatience ou à l'inquiétude, je voudrais juste savoir si j'arriverai à prendre le dernier train, lança le jeune homme tandis que les médecins l'écoutaient dans leurs blouses blanches, nous ne pouvons pas vous répondre, il faut poser la question au guichet des admissions, fit le médecin avec une barbe en épi qui devait être difficile à remettre en ordre chaque matin, où habitez-vous ? demanda l'autre médecin au cou zébré de veines saillantes et au nez bossu qui lui donnaient un air tourmenté, très sombre, le jeune homme expliqua où il habitait et le médecin dit que oui, les liaisons étaient vraiment compliquées et qu'il valait probablement mieux s'organiser autrement, en demandant à un de ses rapprochés ou dans le pire des cas au service navette de l'hôpital, un service navette remarquable intervint le médecin à la barbe en épi et aux yeux presque rouges sous la lumière du néon, qui grésillait comme les moucherons sur les terrasses au mois d'août, j'irais bien fumer ajouta le médecin et son collègue ne sembla pas l'entendre, même le jeune homme n'écoutait plus à présent, il tenait son bras mou comme désactivé par un interrupteur. Personne ne parlait trop bruyamment, trop rapidement, personne ne marchait précipitamment, personne ne patientait avec impatience, personne ne souffrait avec souffrance, l'infirmière Lucia continuait à remplir des documents derrière son guichet et sous les numéros en pointillé lumineux de la liste d'attente, personne ne se plaignait, il n'y avait ni peur ni agacement, le service des urgences était une énième preuve de la régularité sentimentale parfaitement maîtrisée, les médecins s'étaient dirigés vers la machine à café bourdonnant de ce qu'il leur restait à faire, la femme enceinte marmonnait dans son téléphone, c'est moi, la viande est sur la deuxième tablette, disait-elle en plaquant l'appareil contre sa bouche, oui, les pommes de terre à couper en dés, je suis en deuxième position, juste une personne, tout est réglé, je prendrai un taxi, on a dû recevoir les factures, je les ai vues dans la boîte en sortant, la clé est dans la corbeille comme d'habitude, tu peux t'occuper de ça aussi, j'essaie de t'appeler dès qu'il y a du nouveau si ça ne te dérange pas, ciao.

Mission accomplie, lança Mario, en fouillant dans ses poches pour retrouver sa clé de voiture, il ne devrait pas y avoir trop de circulation jusqu'à la plage, commenta Fulvio avant de quitter la salle d'attente. Mario et Fulvio rejoignirent le parking, Roberto les avait attendus en notant ses idées concernant les problèmes survenus au travail car non, il ne pouvait pas se permettre de les oublier, il les avait inscrites avec soin dans le petit agenda qu'il gardait toujours sur lui, au papier ramolli par les années et en tête duquel trônait la date de son départ à la retraite qui approchait à grands pas, plus que deux ans et cent quarante-huit jours, avait-il pensé en tournant les pages pour trouver un espace vierge. Mission accomplie, l'avaient informé Mario et Fulvio, alors Roberto avait attaché sa ceinture et s'était mis en position comme pour préparer le lancement d'un missile.

Ils retournèrent à la plage, ils disposeraient d'encore deux heures de liberté s'il n'y avait pas de bouchons. On ne sait pas s'ils roulèrent sans encombre, ça, personne ne s'en souvient.

Chapitre 2

Dialogue avec le docteur

Vous arrivez à me voir maintenant ? Vous arrivez à me répondre ?
Je me sens confus.
Donnez-moi votre nom.
Fausto Albini.
Fausto, vous sentez quelque chose là ?
Où, là ?
Et là ?
Je ne crois pas.
Quel est le niveau de votre confusion ?
8.
Avez-vous des douleurs ?
À la poitrine.
Quel niveau de douleur ?
Au moins 7.
Autre chose ?
Des gênes.
Où ?
À la gorge, une sensation d'étouffement.
Encore maintenant ?
Oui. Mais atténuée.

Expliquez-moi bien ce qui s'est passé sur la plage.
Je dessinais sur le sable avec une branche.
Une branche ?
Oui, un bout de bois qui se trouvait là.
Que dessiniez-vous ?
Rien de particulier, un cercle.
Monsieur Albini, vous savez qu'il est interdit de dessiner sauf pour raison professionnelle impérieuse ?
Oui, oui, bien sûr. Mais je ne dessinais pas vraiment. Je traînais un bout de bois sur le sable.
Difficile à croire vu votre réaction.
Je ne me rappelle même pas ce que c'était.
Laissons tomber, revenons aux symptômes.
Vertige.
Comme une sensation ?
Comme une sensation.
Ah.
Ah ?
A. A. A comme anormal. Vous voyez.
Je vois quoi ?
Vous posez beaucoup de questions. Ça non plus ce n'est pas normal. Ce n'est même pas très recommandé.
Je pose des questions parce que je ne comprends pas. Vous avez une idée de ce qui a pu m'arriver ?
Répondez-moi, s'il vous plaît.
D'accord.
Quelle sensation avez-vous éprouvée en dessinant sur le sable ?
Je ne dessinais pas.
Répondez s'il vous plaît.
Je ne sais pas si c'était une sensation ou un malaise.

Vous venez de parler d'une *sensation*, c'est exactement ce que vous avez dit.

Quelque chose dans ma tête, dans mon cerveau.

Soyons sérieux, monsieur Albini : avez-vous éprouvé de la sympathie pour ce dessin ?

Non, non. Il s'agissait peut-être d'un souvenir.

Ce n'est pas beaucoup mieux.

Comme si une image avait resurgi.

Vous ne faites qu'aggraver votre cas, monsieur Albini, je ne voudrais pas être obligé de rédiger un rapport pour la Police affective. Si vous avez eu la sensation de devoir vous rappeler quelque chose et de vous rappeler un moment de votre vie, cela signifie évidemment qu'il faut agir *fort et vite*. Essayons de raisonner calmement.

D'accord.

Vous est-il déjà arrivé de sourire ?

Non, jamais.

Je me permets de préciser que vos déclarations ont une valeur pénale.

Jamais, je confirme.

Vous savez que grâce aux dernières avancées de la recherche nous sommes en mesure dans cet hôpital de détecter d'éventuels sourires même à travers nos examens. Vous le savez, n'est-ce pas ?

Je ne le savais pas. Je m'en réjouis pour notre sécurité nationale.

Donc vous maintenez votre réponse ?

Oui.

Avez-vous une couleur préférée, monsieur Albini ?

Non.

Préférez-vous un aliment en particulier ?

Non. Je suis le roulement des menus nationaux.

Vous écrivez ?

Au travail. À mes clients.

Chez vous, vous écrivez ?
Le soir, je note les choses que je dois faire le lendemain.
Où ça ?
Dans l'agenda du gouvernement.
Vous l'avez ici avec vous ?
Oui, dans ma sacoche.
Infirmière, s'il vous plaît, prenez l'agenda. Vous permettez, monsieur Albini ?
Bien sûr.
Merci.
Pensez-vous.
Vous avez écrit en bleu sur certaines pages et en noir sur d'autres.
Je ne l'avais pas remarqué, ce sont les stylos qu'on me fournit au bureau.
Où travaillez-vous, monsieur Albini ?
Je suis architecte pour le Comité électrotechnique national.
Quel échelon ?
Chef de projet.
Que pensez-vous de votre travail ? Est-il gratifiant ?
Je ne me suis jamais posé la question. Je travaille.
Parfait.
Docteur, je peux vous assurer que je n'ai jamais eu de symptômes de folie ou de faiblesse, que ce soit avec les couleurs, au travail, ou autre.
Il vous arrive de vouloir quelque chose ?
Non.
Bien.
Qu'est-ce que j'ai, docteur ?
Difficile à dire sans les résultats des examens. Ça pourrait être un manque de sucre. Vous avez déjeuné ?
Une demi-portion.

Les portions sont calculées selon des protocoles scientifiques, pourquoi ne respectez-vous pas les quantités prescrites par le gouvernement ?

Je n'avais pas d'appétit.

Il fallait en informer votre tuteur alimentaire.

J'ai pensé que c'était une chose passagère.

Monsieur Albini, si tout le monde commence à prendre la liberté de penser ça va mal finir. Vous imaginez un monde gouverné par les opinions personnelles ?

Je ne préfère pas. J'ai commis une erreur. C'est sûrement à cause du manque de sucre que je me suis évanoui.

Monsieur Albini, restez dans votre rôle de patient et laissez-moi jouer mon rôle de médecin. Donnez-moi plutôt le nom de votre femme.

Marta Tinelli.

Quand vous a-t-elle été assignée ?

Il y a deux ans.

Encore trois ans avant sa relève.

Oui, docteur.

Des différences caractérielles sont-elles apparues ?

Non, docteur.

Quelle note avez-vous obtenue à l'évaluation ?

8, docteur.

À combien évaluez-vous l'efficience de votre épouse ?

8,5.

Bien.

Combien d'enfants avez-vous produits ?

Deux, avec ma femme actuelle.

Ont-ils été certifiés sains en intégrant la Crèche nationale ?

Oui, à 7,5 pour le premier et à 9 pour le second.

16,5 à eux deux. Parfait. Comment vous sentez-vous à présent ?

À 6.

La confusion ?
En baisse, à 5.
L'appétit ?
2.
Des douleurs ?
Aucune.
Avez-vous déjà eu la sensation d'être très fatigué ?
Je ne suis pas sûr de comprendre.
Dites-moi, monsieur Albini, vous souvenez-vous du couple qui vous a produit ?
Non, pas du tout.
Parfait.
Maintenant je suis fatigué.
Vous êtes fatigué par notre discussion ?
C'est une fatigue globale.
Répondre à mes questions vous fatigue ?
Un peu.
Mais vous vous sentez oppressé par les thèmes que nous abordons ?
Bien sûr que non.
Écoutez, monsieur Albini, il y a quelque chose qui ne va pas dans le tableau général.
Quelque chose de grave ?
C'est vous qui devriez m'aider à le savoir. Je m'autorise à croire que vous ne m'avez pas dit toute la vérité. Monsieur Albini, pour parler franc, êtes-vous sûr de n'avoir jamais eu de sensations incontrôlées ? La sensation d'être pris à la gorge, des palpitations ou une faiblesse dans les jambes ? C'est très important. Si c'était le cas, il n'y a rien de grave, mais nous devons intervenir, faire des examens plus approfondis pour déterminer quelle glande, quel nerf, quelle veine ou autre élément défaille.

Non, docteur. Je ne sens rien, je n'ai pas de pensées particulières et je suis dans les normes, je n'ai jamais perçu de symptômes d'excès.

Vous savez que ce ne serait pas un problème.

Oui.

Dans les prochaines heures vous pourriez être interrogé par des agents de police. Reposez-vous.

Bien, docteur.

Je vous fais transférer dans mon service.

Merci docteur.

Bonne continuation.

Bonne continuation.

Chapitre 3

Marta Tinelli

Marta Tinelli fut appréhendée à son domicile le lendemain. La Police affective frappa à sa porte à 7 h 38, un horaire raisonnable pour l'intercepter avant qu'elle sorte prendre le bus qui l'amenait au travail mais qui lui laissait tout de même le temps de procéder à sa toilette matinale. Deux brefs coups de sonnette et Marta Tinelli répondit d'une fenêtre, à droite sur la façade de la maison qui en comptait huit, quatre par étage. Les logements des habitants de classe 5 de DF avaient tous deux étages et étaient tous peints, à l'extérieur comme à l'intérieur, en gris 428. Ils se composaient d'une entrée longue et étroite, avec à droite une étagère vide-poches et à gauche un portemanteau gris 422, d'un séjour central avec un canapé d'angle noir 727, une table basse en plastique noir 727, un téléviseur qui pour les habitants de classe 5 était de quarante-neuf pouces et un vase contenant de fausses fleurs, vert 302 pour les tiges et vert 316 pour les pétales, des couleurs relaxantes et défatigantes, il y avait deux salles de bains avec des sanitaires blanc 04, un miroir et un petit placard blanc 04, une chambre à coucher avec une grande armoire intégrée et un lit gris 422, un lit double pour faciliter la reproduction, encadré par une solide structure incluant têtière et tables de chevet, la cuisine des classes 5 était équipée de tout l'électroménager classique : réfrigérateur, four, plaques de cuisson, hotte plus four à micro-ondes et grill à panini, le tout en Formica gris 422 sauf les côtés qui étaient noir 727 ; il y avait également une salle de gym avec un vélo d'appartement, un tapis de course, des agrès et des poids vert 316, la salle de gym était considérée comme une priorité par le gouvernement de DF, l'exercice physique était fondamental pour garantir une parfaite régularité affective qui ne cède pas aux dérives des émotions viatiques de la folie, de la démesure et de l'extravagance, ainsi la salle de gym était prévue dans tous les logements de tous les citoyens de toutes les classes, seuls variaient l'équipement et l'aménagement, à cela s'ajoutait un débarras où entasser les vêtements d'hiver en été et les vêtements d'été en hiver, les choses qu'on utilisait rarement, une pièce avec une grande armoire à cinq portes aux boutons blanc 04 le long d'un mur gris 422 où Marta Tinelli conservait ses deux tenues de fête et les deux tenues de fête de Fausto, ses deux tenues de sport et les deux tenues de sport de Fausto, ses affaires de plage et les affaires de plage de Fausto, des vêtements à porter plus librement seuls à la maison, son manteau et celui de Fausto, son imperméable et celui de Fausto, ses quatre paires de chaussures et les quatre paires de chaussures de Fausto, les sous-vêtements, dix pièces chacun, les chaussettes, douze paires pour elle et douze pour Fausto, ses deux chapeaux et les deux chapeaux de Fausto, des gants pour elle et pour Fausto, deux paires de pantoufles, une en caoutchouc et une en tissu, les siennes et celles de Fausto, les tenues fournies par le travail, la sienne et celle de Fausto, ainsi que quelques balais et des outils pour assurer les petites réparations domestiques sans devoir appeler les techniciens. Les vêtements d'hiver étaient gris 424, les vêtements printaniers et estivaux gris 402 et Marta comme Fausto n'avaient qu'une paire de chaussures blanches, blanc 04, pour les soirées importantes. Dehors, dans le jardin où les deux agents de la Police affective levaient le nez pour observer Marta qui ouvrait la fenêtre et étirait les coins de sa bouche vers l'extérieur avant de prononcer le premier mot de cette matinée qui jusque-là n'avait été que silence, les plantes étaient choisies par le gouvernement selon un projet de répartition et d'architecture humorale répondant aux exigences de gestion nationale. Toutes les maisons de tous les citoyens de classe 5 de tout l'État de DF étaient ainsi, semblables les unes aux autres, des copies alignées comme fraîchement sorties d'une chaîne de montage de murs, de toits et de jardins, une langue de cellules identiques qui dessinaient un organe inexistant dans la nature, une phalange aussi longue qu'un bras sans la moindre tache, la moindre imperfection, un phénomène observable uniquement avec certains logiciels de graphisme qui rendent l'artificiel perceptible, des habitations qui ne se distinguent que par leurs numéros civiques, sans eux le quartier serait un labyrinthe répété à l'infini comme en pleine mer.

Bonjour madame Tinelli, lança le policier, le plus gradé sans doute car son collègue rassemblait difficilement papiers, dossiers, stylo et autres certificats, lui en revanche était à l'aise, les bras libres, la main en visière sur les yeux pour se protéger du soleil, il dit bonjour madame Tinelli, et il le répéta deux fois, la deuxième sur le même ton mais plus fort couvrant le bonjour qui glissa en réponse de la fenêtre de Marta, avec le timbre granuleux qui entrave toujours les premiers mots de celui qui s'est réveillé seul dans une maison vide, bonjour qu'y a-t-il, dit Marta, sa voix était encore froide et ensablée, mais personne n'y fit attention, descendez on voudrait vous parler, continua le policier en oubliant presque de prendre le ton interrogatif et en perchant les dernières syllabes dans une formule maladroite et à peine correcte, personne ne le releva, bien sûr, j'arrive, dit

Marta en refermant la fenêtre après une brève bouffée de cet air matinal qui balaie les pensées nocturnes agglutinées sur les murs des chambres. Les policiers lui laissèrent le temps de traverser le salon, de parcourir le long couloir, de trouver les clés de la maison posées sur l'étagère avec celles de la voiture et une ribambelle de reçus à classer, Marta notait toutes les dépenses du foyer dans un registre pour contrôler l'économie domestique et éviter les surprises à la fin du mois, et de descendre les marches de l'entrée. Ils restèrent tous les deux immobiles dans leurs uniformes, il faisait chaud pour porter ces galons et ces épaulettes mais ils ne s'en aperçurent pas, ils n'échangèrent pas un regard et pas un mot, ils attendaient figés, congelés, l'événement à venir, ils respiraient et c'est tout, puis le plus jeune, celui qui était probablement ou même sûrement le moins gradé vu ses gesticulations pour tenir en équilibre tous les documents, émit un soupir qui dans cette immobilité et cette attente résonna comme le sifflement d'un train, mais ils ne s'en aperçurent pas et n'échangèrent aucun signe indiquant qu'ils l'avaient entendu. Voilà je vous écoute dit Marta en s'approchant de la grille du jardin, sans hâte et sans inquiétude, bonjour madame, répéta encore le policier plus âgé et cette fois l'autre qui commençait à fouiller dans ses papiers dit bonjour également, en vertu de ce mandat nous vous demandons d'abandonner votre domicile, vous êtes suspendue en attendant votre nouvelle assignation déclara le policier chevronné tandis que son collègue brandissait un document que Marta, presbyte, lut en reculant, un décret de remise en disponibilité signé par le ministère des Roulements et des Assignations, mais il est arrivé quelque chose ? demanda Marta nullement préoccupée, une simple demande, non rien répondit l'agent, votre mari, Fausto Albini, a été hospitalisé pour une suspicion de crise de nerfs, le diagnostic n'est pas encore officiel, cependant par précaution le magistrat a décidé de vous assigner à un autre citoyen, je comprends opina Marta qui n'avait pas compris mais cela ne lui importait guère, monsieur Albini n'a-t-il jamais manifesté de comportements inquiétants ? demanda à Marta le plus jeune qui s'appuyait à présent sur le capot du véhicule pour dresser le procès-verbal, non aucun affirma Marta, lui est-il arrivé d'écrire illégalement ou l'avez-vous surpris en train de lire des matériaux illégaux ? poursuivit l'agent et non jamais affirma encore Marta, quarante-cinq minutes c'est bon pour vous ? intervint le policier plus âgé qui faisait mine de s'impatienter comme si inconsciemment il considérait déjà cette mission bouclée passé le cap de la communication des faits et des mesures adoptées, quarante-cinq minutes devraient me suffire convint Marta et elle prononça la réponse comme si elle n'était pas concernée, prenez toutes vos affaires et laissez celles de votre mari ordonna le jeune policier qui commençait à se fatiguer avec tous ces papiers et ses deux pauvres mains à disposition mais personne ne s'en aperçut, je récupère mes affaires bien sûr, fit Marta puis elle ajouta que la nourriture et les objets d'usage quotidien ne tiendraient pas dans ses valises alors les agents de la Police affective lui dirent de tout laisser là, qu'elle ne resterait pas plus de quelques jours au Centre de détention temporaire avant d'être assignée à un nouveau conjoint et qu'ensuite elle aurait l'occasion de se réapprovisionner sans problème très rapidement alors elle afficha un air qui pouvait sembler détendu toutefois ce n'était pas vraiment de la détente, ni un soulagement, ce n'était pas de la satisfaction non plus, c'était quelque chose de mathématique plutôt, comme la soustraction d'une énergie inutilisée, une simple concentration de temps et d'énergie, personne ne s'en aperçut cependant, alors le policier plus âgé dit à Marta d'y aller, de commencer, qu'il lançait le décompte des quarante-cinq minutes, comme s'il s'agissait d'un marathon tranquille et désespéré pour préparer soigneusement les valises d'une vie, et Marta franchit à nouveau la porte, le long couloir avec l'étagère, les clés et les reçus, puis le salon et toute cette maison avec ces couleurs qui étaient des numéros tel un automate programmé pour emballer les minutes, les mœurs, les coutumes et les habitudes, les sédiments de toute une vie, et eux, les agents de la Police affective qui se tenaient derrière la grille comme deux facteurs craignant un chien trop féroce, s'immobilisèrent encore, sans même écouter la respiration de l'autre, deux rochers accolés, quarante-cinq minutes passèrent sous un soleil à pic qui cuisait les fibres des uniformes et se répercutait sur la peinture chimique du portail, quarante-deux minutes de pose, des mannequins vivants, ils attendaient car ils avaient le devoir d'attendre, seul le plus âgé, celui qui était sûrement le plus haut en grade, transféra son poids de la jambe droite sur la gauche en inversant symétriquement sa position, et au bout de quarante-deux minutes Marta Tinelli sortit avec quatre valises pleines et carillonnantes, poussées de front comme des bovins qu'on charge sur un fourgon, j'ai pris tout ce dont j'ai besoin, tout ce qui m'appartient, dit Marta d'une voix éraillée par l'effort soutenu mais personne ne s'en aperçut et eux, les deux policiers qui étaient devenus une empreinte dans l'air, déroulèrent le ruban de chantier à larges bandes rouges et blanches pour condamner la porte de la maison puis tout son périmètre avec le jardin avant d'afficher un avis qui avait déjà été imprimé et qui portait la mention HABITATION SOUS SÉQUESTRE, puis ils donnèrent tous les tours de clé possibles comme à l'approche d'un ouragan, mettez vos bagages dans le véhicule, lança le jeune policier, c'était une sorte de camionnette bleu 557 avec une bande et la mention POLICE AFFECTIVE en blanc 020 équipée d'un gyrophare et d'une sirène, Marta chargea ses valises en soupirant, elle aurait sans doute eu besoin d'aide mais personne ne s'en aperçut et tous montèrent dans la camionnette pour rejoindre le Centre de détention temporaire où Marta Tinelli attendrait son nouveau tour de manège avec son nouveau mari, on parla peu dans l'habitacle qui sentait le désinfectant, et Marta demanda juste si elle pourrait récupérer des choses en cas d'oubli et les agents répondirent que non, qu'il était préférable de laisser la maison s'assainir et d'éviter toute contamination ultérieure et elle dit d'accord, qu'il n'y avait pas de problème même si pour elle il y avait sans doute un petit, tout petit, problème mais personne ne s'en aperçut et enfin ils arrivèrent au centre, un bâtiment d'un blanc éclatant avec un portique qui semblait avoir été peint dix minutes plus tôt, alors Marta déchargea ses bagages, salua les policiers qui la saluèrent en retour, entra en poussant ses valises en forme de bœufs et les infirmières du centre, toutes avec la même expression de courtoisie affectée, lui demandèrent si elle avait mangé, si elle avait faim, et elle répondit qu'elle n'avait pas eu le temps d'y penser.

Dans la suite de ce livre il ne sera plus jamais question de Marta Tinelli.

Chapitre 4

Les autres patients

Manlio Cuzzocrea fut hospitalisé en urgence pendant sa séance d'activité physique quotidienne, dans la salle de gym de sa maison de citoyen de classe 4, alors qu'il soulevait des poids vert 316 et il raconta aux médecins qu'il ne pensait à rien, l'esprit rempli d'air qui circulait par le nez en faisant pression dans les oreilles, les biceps et les triceps qui tremblaient comme le tuyau de l'arroseuse passant de jardin en jardin, Manlio n'avait même pas eu une journée de travail particulièrement fatigante, il s'occupait d'un comptoir alimentaire en ville, il avait distribué les protéines, les vitamines, les graisses, les fibres, les fruits et légumes assignés ce jour-là par le gouvernement de DF, la nourriture à DF, selon l'exigence du gouvernement, dépendait simplement de la disponibilité des denrées, chaque citoyen suivait un programme personnalisé élaboré par le Centre alimentaire national et envoyé par courrier électronique chaque début de semaine se rappelait Manlio qui ne se rappelait pas grand-chose de ce jour où son cerveau avait explosé, à part que c'était la semaine des pommes pour les fruits, du chou pour les fibres, du poulet, des légumineuses mais pas pour tout le monde, des patates qui ne manquaient jamais et des œufs, le lundi on préparait les stocks pour la semaine et les habitants de

DF pouvaient se réapprovisionner selon leur programme dans le magasin de leur choix, le plus pratique du point de vue des horaires d'ouverture et de l'emplacement, Manlio se souvenait bien du menu de cette semaine parce que c'était lundi et le lundi en plus du service au comptoir il faut donner un coup de main dans la réserve, et cette semaine tous les citoyens de toutes les classes de DF mangeraient des pommes, du chou, du poulet, des légumineuses mais pas tout le monde, des patates qui ne manquaient jamais et des œufs, et Manlio les distribuerait avec ses gros doigts qui serraient les poids vert 316 tandis que sa pensée était uniquement fixée sur l'effort et sur une goutte de sueur qui chatouillait son sourcil gauche et rien d'autre, Manlio s'était concentré sur cette goutte qui s'insinuait entre ses cheveux, dessinait le contour de son sourcil de l'extérieur vers l'intérieur et feignait de tomber avant de glisser sur l'arête de son nez, Manlio continuait, un, deux, avec ses poids pour tester son endurance, un, deux, la goutte lui procurait une démangeaison itinérante, un, deux, un, deux, Manlio s'était rappelé un chatouillement auquel il ne savait pas donner de nom ni de temps ni de lieu, la goutte se tenait sur la pointe des pieds à la pointe de son nez, un, deux, elle laissait sur son passage une sensation de fraîcheur humide, un, deux, un, deux, chaque mouvement la faisait trembloter comme si elle s'accrochait désespérément à un poteau, un, deux, un, deux, Manlio avait redressé les poids vert 316 et décidé d'y mettre plus de force pour chasser l'idée fixe de la goutte, un, deux, elle s'étirait mais ne tombait pas, un, deux, un, deux, et quand elle s'était détachée ça avait été une amputation, une souffrance, un fil passé dans son nez qui lui extirpait un bout de cerveau, un désespoir accompagné d'une tristesse jamais éprouvée, une sensation jamais éprouvée, il n'avait jamais ressenti cette pression contre les parois de ses veines. Il avait pleuré, Manlio, sans interruption et sans détour, pleuré, le débordement d'une digue menacée depuis toujours. Son épouse assignée s'était inquiétée et le personnel des urgences aussi s'était inquiété en entendant ces pleurs au téléphone. Il avait pleuré neuf jours de suite, sans dormir, sans manger, sans parler, sans augmentation ni diminution, des pleurs qui au fil des heures devenaient presque envoûtants pour celui qui se trouvait à côté, des pleurs sans pensées et sans blessures, ceux d'un nouveau-né survenant avec cinquante-deux ans de retard et une profondeur terrifiante. Manlio fut hospitalisé et bourré de tranquillisants par tous les trous, jusqu'à être réduit à l'état de pierre inerte, puis il se remit à respirer normalement.

Andrea Razzone fut considéré comme un *malade sériel*, les plus dangereux pour l'ordre public et la sécurité nationale de DF, un de ceux qui cultivent leur maladie sans se soucier d'avertir les équipes médicales dès l'apparition des premiers symptômes, heureusement le gouvernement de DF avait décidé depuis des années que face aux *manifestations de troubles liés à la régularité sentimentale* tous devaient exercer la fonction de *contrôleur* ou de *délateur public*, sans quoi l'épouse assignée d'Andrea, Chiara, personne ne se rappelait son nom, aurait pu être considérée comme amorale pour ce qu'elle fit. C'était un jeudi après-midi, et comme tous les jeudis après-midi, Andrea était rentré tôt du travail car il s'occupait du suivi des naissances au Bureau des assignations, une activité jugée éprouvante et donc à horaires réduits, il comptabilisait les nouveau-nés et tenait un registre dans lequel il notait précisément les assignations afin d'éviter tout lien de parenté, à DF les enfants naissaient puis étaient assignés à un Centre pour l'enfance où ils étaient surveillés, sevrés, instruits, nourris, habillés, élevés, éduqués, grondés, initiés aux expériences affectives et sexuelles puis promus ou recalés, envoyés à toutes les adresses qu'un citoyen de DF fréquentait dans sa vie, affilié à un cercle de rapprochés avec lesquels partager des amitiés à tour de rôle, distingués selon leurs inclinations pour répondre aux besoins professionnels de l'État, orientés vers le métier qu'ils feraient adultes, poussés à affiner leur programme nutritionnel et affectif pour être gérés de manière optimale par le gouvernement, contrôlés pour qu'ils grandissent de manière saine et équilibrée, incités au défoulement sportif, affiliés à la classe 1 après avoir été certifiés adultes. Ce jeudi après-midi Chiara avait entendu un bruit, un gloussement, provenir de la pièce où Andrea Razzone s'était enfermé, il avait cette habitude de fermer les portes, pourquoi fermes-tu toujours les portes ? lui demandait Chiara et il répondait que les portes sont faites pour entrer et sortir, que les portes ne sont pas des couloirs et Chiara n'avait pas compris ce qu'il voulait dire, si c'était une boutade ou un exercice d'imagination mais elle n'avait jamais souhaité approfondir, en tout cas Andrea était enfermé dans le salon et Chiara avait cru entendre une respiration haletante, j'espère qu'il n'est pas en train de se masturber avait-elle d'abord pensé puis elle s'était approchée pour mieux écouter, elle n'avait aucune preuve que son mari se masturbait que les choses soient claires, elle l'avait dit explicitement à la Police affective qui l'avait interrogée, mais ce bruit ressemblait à un souffle saccadé avec un filet de voix, elle s'était donc approchée de la porte du salon et avait compris qu'il s'agissait d'un sourire, enfin non, pas un sourire, car si cela avait été un sourire nous ne serions pas là à évoquer cette demi-tragédie qui avait chamboulé les plans de tout le monde, de Chiara aussi, qui devait être réassignée, c'était un éclat de rire, un rire long, un rire franc, peut-être étouffé par une paume de main et donc déformé, un rire qui était surtout interdit par la loi et indicateur d'une maladie latente qu'il faut traiter dès le départ si on ne veut pas qu'elle s'aggrave et que ce soit un désastre, un rire qui selon la loi n'aurait dû être qu'une esquisse, à DF il était permis de sourire mais pas de rire or ce rire d'Andrea était un ruisseau qui devient torrent, Chiara était entrée dans la pièce, qu'est-ce que tu fais ? elle lui avait demandé et il avait répondu rien mais en attendant il n'arrivait pas à s'arrêter, tu ris avait dit Chiara, non, non, je souris avait répliqué Andrea et il riait et son rire s'était amplifié comme un nuage engrossé par le vent, Andrea se gonflait comme un ballon, il était laid et grotesque, tu as bu avait-elle ajouté, tu sais que c'est interdit, et lui de rire bêtement, qu'est-ce qui te fait rire bêtement ? Chiara se fâcha presque, mais pas trop, juste ce qu'il faut, et lui avait répondu qu'il lisait, qu'elle devait lui pardonner, il avait trouvé un livre, on ne me l'a pas offert, je l'ai trouvé, il avait bredouillé quelques mots sans queue ni tête, tu lisais mais on n'a pas le droit de lire, avait-elle rappelé, tu as ramené un livre à la maison et tu nous as mis dans le pétrin, non, non, avait dit Andrea, je vais le jeter et il avait brandi le volume qu'il cachait derrière son dos comme un adolescent dissimulant un magazine pornographique, chose inimaginable à DF, à DF les magazines, les livres et les revues étaient interdits, on pouvait lire uniquement les documents de travail et le quotidien national qui contenait les informations relatives aux naissances et aux décès, au commerce et à l'économie, aux initiatives gouvernementales et aux déclarations du président, des ministres, des présidents de région, des présidents de département, un seul journal, bannis les livres, morte la littérature, le cinéma n'existait pas, l'art n'existait pas, la peinture n'existait pas, pour se distraire à DF il y avait le sport et le temps à disposition pour échanger avec ses rapprochés des banalités et quelques mots d'esprit, pas trop d'esprit, juste ce qu'il faut, et qui sait où Andrea l'avait trouvé ce maudit livre s'était demandé Chiara qui lui avait dit qu'elle le dénoncerait, non mais vraiment ? s'était-il alarmé, vraiment, bien sûr que oui avait-elle confirmé, je ne veux pas de problèmes moi je ne veux pas me retrouver en classe 1 à mon âge ou accusée de favoritisme, viens je vais t'expliquer et il avait tendu la main en sachant qu'il était déjà noyé, et elle avait appelé la police et c'est ainsi qu'en un clin d'œil Andrea s'était retrouvé malade, inculpé et déclassé. Il cessa de rire, et même de sourire.

Angelo Siani, lui, se présenta aux urgences directement, spontanément, après la cinquième nuit hantée par le même cauchemar, un cauchemar qui l'empêchait de sortir du lit, de se lever pour désinfecter sa chambre en ouvrant les fenêtres, un cauchemar qui s'accrochait à son sommeil comme de la moisissure. Quel est ce rêve, demandèrent les médecins, Angelo était en tenue d'intérieur, la barbe hirsute et les mains tremblantes, j'ai du mal à m'en souvenir répondit-il, je me souviens de fragments, de moments, mais si vous êtes venu nous trouver ce doit être un rêve vraiment particulier dit le médecin le plus âgé qui manipulait et étudiait un crayon, je me réveille déformé expliqua Angelo, Angelo expliqua qu'il était envahi de sensations qui lui collaient à la peau toute la journée, ce n'est pas normal dit le médecin plus jeune, sa blouse était repassée au cordeau, ou il venait de prendre son service ou alors il n'avait encore jamais décanillé de ce maudit bureau, je rêve de la femme qui m'a fait glissa Angelo. Un silence d'algues se répandit. Vous rêvez d'elle au sens où vous la voyez ? Vous vous en souvenez ? Je rêve que je lui dois quelque chose, comme s'il y avait un mot que nous aurions dû nous dire et que nous ne nous sommes pas dit. Le médecin plus âgé avait posé son crayon à présent, ce genre de cas ne concernait pas seulement les soignants, il nécessitait l'intervention de la police, à ce stade il suffisait d'un rien pour être suspecté ou accusé d'avoir sous-estimé les symptômes. Prenons déjà votre tension monsieur

Siani, dit le jeune médecin qui s'était levé, cet épisode perturbait l'électro-encéphalogramme paisible qu'il avait espéré pour toute la durée de son service, Angelo s'allongea sur le brancard des urgences tel un bonbon en gélatine, ce cauchemar était une sorte de mucilage qui se densifiait la nuit et se diluait le jour, ses mains tremblaient plus fort maintenant, en racontant ses cauchemars on en fait ses compagnons de voyage au-delà de la nuit, on les change en présence, on atteste leur existence dans la veille également, Angelo s'allongea sur le brancard et tendit le bras pour qu'on mesure sa tension et ses cauchemars étaient tapis à côté de lui, détendez-vous et vous verrez que tout va rentrer dans l'ordre, une infirmière à la courtoisie affectée réveilla ses fantômes, Angelo ne supportait peut-être plus les femmes, quelque chose comme ça, la femme de son rêve réapparaissait dans des détails de toutes les femmes qu'il croisait durant la journée, et se soucier des détails allait déjà à l'encontre d'un bon équilibre comme celui qu'on devait maintenir à DF, je sens que mon état se dégrade dit Angelo et le jeune médecin le fixa interrogateur, que se passe-t-il, je revois cette femme en ce moment même, la pensée revient, ce rêve est ancré en moi, ne pensez à rien et essayez simplement de vous détendre insista le médecin, j'ai envie de pleurer gémit Angelo, pleurer vraiment ? lança le médecin, non, ne pleurez pas, pas ici, tout va s'arranger vous verrez, si vous pleurez nous devrons vous mettre sous sédatif, Angelo contractait les paupières en essayant d'aspirer ses larmes par le nez, gardez votre lucidité l'exhorta le médecin, j'essaie souffla-t-il, la police arrive, vous allez répondre à quelques questions et ensuite nous vous hospitaliserons, je n'ai rien fait de mal objecta Angelo, nous le savons répondit l'infirmière, ne vous inquiétez pas ajouta le médecin et, quand les policiers entrèrent accompagnés d'une autre infirmière qui le montrait du doigt, Angelo Siani ne se retint plus et éclata en sanglots. On l'intube, entendit-il. Puis il n'entendit plus rien.

Fausto Albini avait été admis dans le service des Troubles affectifs de l'hôpital de A, la capitale de DF, il partageait sa chambre avec Manlio Cuzzocrea, Andrea Razzone et Angelo Siani.

Chapitre 5

Rencontre avec Anna

Le réveil de Fausto fut tiède, les médicaments avaient fait leur devoir en fluidifiant ses pensées, le présent courait maintenant dans son cerveau sans incrustations de passé et sans renflements de futur. La chambre d'hôpital était un verre de lait versé sur ses yeux avec tout ce blanc 013 qui régnait tyrannique sur les murs, les bords du lit, les draps, le pied à perfusion, les stores, les châssis, la table de chevet, la porte d'entrée qui s'ouvrait au moindre effleurement, sur ces quatre lits identiques, regroupés deux par deux en miroir.

Bienvenue, lui dit Manlio en contractant le gosier pour avaler un comprimé qui ne devait pas être un grain de riz. Merci, pardon, enchanté, Fausto, dit Fausto en penchant la tête de côté et en sentant un tube tirer dans son poignet. On n'est pas mal ici, reprit Manlio, les plateaux-repas devraient arriver d'une minute à l'autre. Puis Manlio ne parla plus et regardait dans le vide, en silence. Fausto répéta son merci, avant de marmonner qu'il n'avait pas faim du tout mais ce furent des mots crachés dans un lavabo. En face d'eux il y avait deux autres lits défaits, Fausto aurait voulu demander qui étaient leurs occupants, il aurait voulu engager une conversation pour faire taire ce médicament qui enfarinait ses pensées seulement Manlio Cuzzocrea était d'une fixité effrayante. Il s'arma de courage. Vous vous appelez... ? hasarda Fausto. Manlio, répondit Manlio mécaniquement comme commandé par un bouton, Manlio Cuzzocrea. Et puis rien. Une infirmière à la peau huileuse entra, dit en s'excusant qu'elle s'était trompée de chambre et referma la porte. Rien. Qu'est-ce qui se passe ici ? demanda Fausto. Ça dépend, répondit Manlio Cuzzocrea, et il expliqua que ce service était réservé à ceux qui n'avaient aucune maladie physique vérifiable, que sais-je, continua-t-il, un os cassé ou une valve cardiaque défaillante, on nous a mis ici parce que nous sommes à moitié fous, parce que nous avons eu des pensées que nous n'aurions pas dû avoir, on nous bombarde de médicaments et on essaie de remettre notre cerveau d'aplomb avec des électrostimulations, ça fait peur dit comme ça, je sais, Manlio laissa échapper un sourire sardonique, mais cela n'a rien d'extraordinaire, rien de douloureux, un va-et-vient de comprimés, de gouttes et d'examens, la seule chose vraiment pénible ce sont peut-être les entretiens, presque quotidiens, avec ces psychologues qui sont censés nous dire si nous sommes redevenus normaux, de braves personnes, compétentes, gentilles, attentives, disponibles, inquiètes pour nous. Pendant ce temps Fausto tentait de redresser son assise en s'agrippant aux flancs de son matelas et de ses oreillers, donc ici nous sommes tous des gens qui avons eu des pensées dangereuses ? Il voulait se montrer sympathique, c'était un échec. Toujours rien, au moins trois minutes de rien. Parce que, reprit Fausto qui avait maintenant le dos calé contre ses deux oreillers, parce que je ne suis pas fou, désolé, je ne sais pas ce qu'il vous est arrivé à vous, mais moi je n'ai jamais eu de *pensées étranges*, je me suis évanoui sur la plage, c'est tout, je ne comprends pas ce que je fais ici et alors Manlio lui expliqua qu'*ici* atterrissaient tous ceux qui étaient considérés comme excentriques, c'est ce qu'il dit, *excentrique* en articulant consciencieusement, ceux qui selon les médecins et le gouvernement avaient eu des pensées déplacées, je n'ai jamais eu de telles pensées insista Fausto, c'est ce que tu crois, répliqua Manlio, mais enfin je sais très bien ce que j'ai eu, merde, Fausto s'arc-boutait, vois-tu cher... Comment tu as dit que tu t'appelais, Fausto souffla Fausto, vois-tu cher Fausto reprit Manlio Cuzzocrea, ici ils connaissent nos pensées mieux que nous, même celles que nous croyons n'avoir jamais eues, je me suis senti mal alors que je faisais des haltères, tu imagines quelqu'un qui se sent mal alors qu'il est tranquille chez lui en train de faire du sport et qui se retrouve chez les fous, ça te paraît normal ? Non, ce n'est pas normal, et pourtant le psychologue assure que cela aurait pu m'arriver aussi bien dans le train ou pendant mon sommeil, nous ne nous en apercevons pas mais eux le savent, même ton juron, ce *merde*, là, est déplacé. Tu parles sérieusement ? demanda Fausto et Manlio soupira en ouvrant les bras et les mains, des mains énormes, presque disproportionnées, et il dit que oui, sans doute, qu'il le pensait vraiment et qu'il verrait, Fausto, que pour sortir d'ici il fallait apprendre rapidement le sens de la mesure, ce qu'on devait faire et ne pas faire, que lui non plus n'avait pas du tout envie de mourir dans cet hôpital, et il confia à Fausto qu'il utilisait le mot hôpital sans adjectif car même les adjectifs étaient considérés comme des signes d'hostilité par les psychologues, il fallait se retenir sur les adjectifs aussi.

Le fait que les pensées puissent revêtir des formes diverses selon l'angle duquel on les observe était une chose qui avait échappé à Fausto et à laquelle il réfléchissait maintenant, car si les pensées constituaient la base du jugement des psychologues, des médecins et des policiers ce serait une sacrée galère de sortir d'ici, lui ne s'était jamais arrêté plus d'une seconde sur ses pensées, il leur avait consacré juste le temps de les libérer pour passer à la suite, c'était un truc de fou de disséquer ses pensées, on le lui avait bien appris au Centre pour l'enfance de ne pas trop s'écouter et de ne pas trop écouter les autres, un coup à mettre le monde sur les genoux, il n'y avait rien de plus malade qu'un malade qui tâte son pouls pour comprendre sa maladie, on lui avait appris à rester vide et maintenant son cerveau lui sortait par les oreilles. Il eut envie de dormir, il se remit en position allongée, à chaque mouvement il avait l'impression qu'une partie de sa tête se déversait dans le reste de son corps, cette sensation de trop-plein déjà éprouvée sur la plage, aurais-je un nouveau malaise ? se demanda-t-il, puis il pensa qu'il n'avait pas eu de malaise mais juste un vertige, un vertige, et que parler avec ce type du lit d'à côté, ce Manlio, n'avait fait que nourrir ses doutes, il l'expliquerait au psychologue que dans son cas rester enfermé ici était pire que de rentrer chez lui, qu'il ne voulait rien savoir de ces maladies qui enduisent l'âme de plâtre. Il s'endormit. Il dormit peu, quelques dizaines de minutes jusqu'au moment où entra la doctoresse Anna Cordio et l'entrée d'Anna Cordio changea la vie de Fausto. Je vous explique.

Bonjour monsieur Albini, dit la doctoresse Anna Cordio en touchant l'épaule de Fausto où elle laissa comme une empreinte sur du ciment frais, Fausto se réveilla, Anna Cordio avait les cheveux noués, des yeux noirs, lumineux mais noirs, des pommettes relevées, souriantes, la main qui s'éloignait de son épaule était fine, bonjour dit Fausto et il se trahit en étudiant l'ovale de son visage et en descendant le long de son cou qui suggérait un vase antique, comment vous sentez-vous aujourd'hui ? demanda la doctoresse Anna Cordio et Fausto n'arrivait pas à parler, un sprinter retenu par un élastique, bonjour monsieur Albini bonjour, comment vous sentez-vous ? répéta la doctoresse avec une voix qui liquéfiait l'air et alors Fausto comprima son diaphragme sans savoir ce qu'il comprimait et lâcha un bien au timbre de cornemuse, je suis contente dit Anna Cordio, debout à côté du lit avec l'élégance des personnes qui n'empiètent pas sur la sphère des autres, à la juste distance pour n'être ni loin ni proche, du reste le sens de la mesure et de la posture avait été chez elle dès l'enfance l'indice d'une intelligence cristalline, depuis que la doctoresse Anna Cordio qui n'était pas encore doctoresse avait été confiée au Centre pour l'enfance et que ses tuteurs et tutrices s'exclamaient regarde comme cette petite est mesurée, comme elle a la notion des choses à dire et à faire, ils la sollicitaient toujours pour lire en classe des chapitres d'histoire, de sciences, de littérature et de toutes les matières, ils la sollicitaient pour aider les plus jeunes, quand la doctoresse Anna Cordio qui n'était pas encore doctoresse était plus âgée que les plus jeunes, ils la sollicitaient pour apprendre aux plus jeunes à mettre le couvert, cette petite va gravir les classes dans la vie, continuait Nina Cartabellotta, la tutrice qui avait suivi Anna Cordio de sa naissance à son dix-huitième anniversaire avant qu'elle intègre le roulement des assignations et qu'on lui trouve un mari, à DF on étudiait jusqu'à dix-huit ans, après on pouvait au maximum faire une spécialisation et Nina Cartabellotta répétait que cette Anna Cordio arriverait en classe 10 et elle ne se trompait probablement pas vu que la doctoresse Anna Cordio, qui se tenait à présent bien droite devant Fausto et lui demandait s'il avait eu de nouvelles sensations de vertige, était déjà une citoyenne de classe 9 confirmée et certifiée, d'ailleurs elle attendait depuis quatre mois d'être réassignée après avoir eu deux enfants avec son mari de classe 8, il n'y avait pas de profils disponibles en classe 9, et au Bureau des assignations on lui avait demandé d'attendre, d'attendre qu'on trouve la bonne combinaison pour garantir une reproduction fructueuse et elle avait répondu, toujours avec cette distance paisible de ceux qui ne se laissent pas déstabiliser par les événements, que ce n'était pas un problème, qu'elle attendrait en se consacrant à son travail et à des recherches qu'elle devait approfondir, la doctoresse Anna Cordio était comme ça, toujours capable de déceler les opportunités quand celles-ci étaient enfouies dans les broussailles, et Nina Cartabellotta, sa tutrice qui lui avait appris comment tenir sa fourchette, fut également récompensée pour avoir accompagnée une citoyenne comme Anna Cordio devenue si régulière et lisse, si productive et reproductrice, si performante et silencieuse, si forte et discrète, et quand le maire de la capitale de DF, le maire de A, lui avait remis sa récompense pour tous les enfants qu'elle avait formés, Nina Cartabellotta allait sur ses soixante-dix ans et s'apprêtait à partir comme toute personne âgée de soixante-dix ans à DF, ses valises bouclées avec toutes ses affaires pour rejoindre un lieu de repos imposé par le gouvernement où les citoyens caducs peuvent oublier le travail et les roulements, et lors de cette cérémonie Nina Cartabellotta, qui portait sa robe gris 154 réservée à ce type d'occasion, elle l'avait enfilée en s'émerveillant de l'efficacité du gouvernement qui avait vu juste pour la taille, avait voulu rendre hommage à la doctoresse Anna Cordio qui expliquait ce même jour dans le journal national qu'un nouveau médicament contre les troubles sentimentaux était en cours d'expérimentation et que les nouvelles technologies permettaient à présent de détecter les pleurs, les sourires trop marqués ou les rires, même survenus longtemps auparavant, toutes ces sensations qui laissaient une charge virale facilement repérable et identifiable, un succès pour le gouvernement de DF qui pourrait bientôt isoler les cas avant qu'ils ne soient déclarés. La doctoresse, debout en face de Fausto et à la bonne distance comme si elle respectait un marquage au sol indiquant la position à tenir, était une sommité dans son domaine et la régularité sentimentale était à DF la clé de voûte de la sérénité nationale, monsieur Albini avez-vous eu des rechutes ? insista Anna

Cordio et Fausto eut l'impression que cette voix coulait comme une larme, quelles rechutes ? Fausto n'avait pas abandonné l'idée qu'il n'avait rien eu, rien qui justifie le fait d'être enfermé ici, mais il ne voulait pas montrer d'hostilité parce qu'il savait que le moindre élan de colère aggraverait son tableau clinique, une rechute répéta la doctoresse, un pressentiment qui aurait pu vous ébranler, je vous ai déjà expliqué, madame, que je n'ai eu ni sensations ni sentiments, j'ai juste traîné un bâton sur le sable affirma Fausto, sa voix résonnait dans sa tête, c'est sûrement à cause des médicaments pensa-t-il et Anna Cordio tourna la page du dossier qu'elle avait entre les mains, son stéthoscope en collier, le col de sa blouse qui découvrait la base de son cou et ses pointes de cheveux bouclés qui dansaient devant ses oreilles, Dieu qu'elle était belle Anna Cordio, Fausto avait les tempes qui battaient, la beauté était interdite à DF, tout ce qui n'était pas commun était interdit et la beauté est une sorcière qui t'égare dans la forêt, mais Dieu qu'elle avait de beaux yeux et Fausto se vit aller là où il n'était jamais allé, en un port où il n'avait jamais mouillé, tout va bien monsieur Albini ? Vous avez l'air troublé fit observer la doctoresse en pointant le nez pour flairer l'indice d'un changement et alors Fausto, qui avait passé sa vie dans la régularité, à ne pas supporter les personnes déformées qui ne savent pas se contenir, commença à se haïr, d'une haine non admise mais il pensa qu'il la méritait totalement, maintenant je me hais parce que je suis sensible et en me haïssant je deviens encore plus sensible, quel con, pensa-t-il tandis que la doctoresse Anna Cordio sortit une lampe-stylo de la poche gauche de sa blouse, passa le dossier à l'infirmière à côté d'elle, fit un pas, un pas mesuré, et posa ses doigts sur le contour de son œil pour l'agrandir et y envoyer cette lumière prête à piocher son iris, ces doigts fins sur son visage furent pour Fausto une vague et son ressac, la doctoresse était également très belle au toucher, se dit-il et il se haït et s'efforça de chasser cette pensée, comme quand on change mentalement de trottoir pour couper court à l'histoire qu'on a en tête, Anna Cordio écarta encore ses doigts pour mieux sonder et de ses pieds Fausto sentit monter un désir physique, le désir physique était à DF la honte suprême du citoyen incapable de se maîtriser, un désir physique qui en l'occurrence avait un goût de menthe sans le caractère râpeux du devoir reproductif, de ces vêtements retirés et pliés à côté du lit pour se reproduire car tout le monde à DF doit se reproduire, mais là, rien à voir avec cette érection mécanique et cet enfilage au relent d'usine, c'était un désir qui avait un corps, qui contenait les personnes au-delà des organes génitaux se frottant pour se contaminer et s'ensemencer alors Fausto terrorisé pensa que s'il était tombé aussi bas il était vraiment devenu fou et son sexe commença à gonfler, la doctoresse examinait l'autre œil avec sa lampe-stylo, Fausto était un tronc parcouru de liquides, il tenta de se distraire en pensant à ses femmes assignées avec lesquelles il avait produit en tout sept nouveau-nés, sept nouveau-nés avec six femmes, sept nouveau-nés conçus comme des mouches agglutinées sur le capot encore chaud d'une voiture, et Anna Cordio continuait à l'interroger et Fausto Albini répondait par monosyllabes tandis que son sexe réagissait quand il n'aurait pas dû réagir, qui sait comment j'ai fini dans cet entonnoir, qui sait s'il existe une porte de sortie pour aller bien comme j'allais bien avant ce putain de dessin sur la plage, la doctoresse observait maintenant Fausto Albini avec des yeux qui lui hurlaient dans les trous de nez, elle va découvrir ma situation embarrassante et me fera enfermer pour les cent prochaines années, monsieur Albini avez-vous eu des signes d'attachement non conventionnels envers vos épouses assignées ? demanda Anna Cordio, et voilà, elle m'a piégé et m'accuse délicatement d'être fou, non répliqua Fausto toujours avec le ton improvisé qu'on utilise pour les monosyllabes, avez-vous déjà éprouvé du désir sexuel en dehors de la reproduction ? Et merde, non dit-il encore, les oui et les non se jouent sur la même note dans tous les coins et toutes les langues du monde comme si on nous avait accordés à la naissance, ouvrez la bouche insista la doctoresse et de son index elle effleura la lèvre de Fausto qui, silencieux et mimétique, se libéra.

Bien, dès demain nous commencerons les entretiens psychologiques dans mon bureau, pour l'heure reposez-vous et essayez de faire le vide dans votre esprit conclut Anna Cordio en prenant ses dernières notes avant de quitter la chambre telle une pianiste qui sort de scène, merci bredouilla Fausto Albini englué dans ses draps, voilà celle qui décide de nos destins lança Manlio Cuzzocrea à l'attention de son voisin, il ne s'était probablement aperçu de rien, dans quel sens ? demanda Fausto, c'est elle qui signe les documents pour nous faire sortir ou pour nous garder enfermés ici, précisa Manlio Cuzzocrea, c'est le juge suprême, je vois dit Fausto qui restait figé comme un idiot pour ne pas étaler sa poisse, j'ai toujours pensé, continua Manlio Cuzzocrea, qu'en arrivant ici les gens se mettent à réfléchir comme jamais ils n'ont eu le temps ou l'occasion de le faire auparavant, cet hôpital nous rend malades, et Fausto ajouta que c'était sans doute une question de faiblesse, que l'hôpital nous laissait trop de temps pour penser mais Manlio dit que non, que c'était justement un moyen de faire des expériences, une volonté de les laisser là jusqu'à ce qu'ils deviennent vraiment fous, de les faire macérer dans la maladie, même si Manlio Cuzzocrea n'utilisa pas le mot macérer qui n'appartenait pas à son vocabulaire, il utilisa un terme plus banal que Fausto oublia dans la minute, eh bien quoi ? Qu'est-ce que j'ai à ruminer comme ça et à cet instant Angelo Siani entra dans la chambre avec son pyjama gris 632, et il se glissa dans son lit en face de celui de Fausto et Manlio lui demanda comme ça s'était passé, Angelo Siani revenait de sa visite de contrôle finale avec le directeur de l'hôpital, et il annonça qu'il sortait le lendemain matin et cette phrase, jetée là comme une giclée de sauce fut pour Fausto Albini une libération, un espoir porté par un courant d'air, non il ne finirait pas ses jours enterré ici et oui c'était juste un moment désagréable à dépasser sans pessimisme, car le pessimisme aussi était un sentiment qu'on ne pouvait pas se permettre et finalement Cuzzocrea avait sans doute raison, à force de penser on s'enlise, penser est une drogue douce, quand on commence on ne s'arrête plus.

Fausto Albini décida qu'il était temps d'aller se laver parce qu'il avait assez de force pour dissimuler. Même la dissimulation est une pratique interdite à DF. Qu'ils aillent se faire foutre. Et il fila sous la douche.

Chapitre 6

Angelo Siani

Angelo Siani sortit de l'hôpital à 6 h 30, à temps pour prendre le premier bus qui le ramènerait à sa maison de classe 6. Il monta dans le bus et salua, bonjour, bonne journée. À l'approche de son arrêt il se leva avec l'avance discrète de celui qui connaît bien le trajet et il s'accrocha à la poignée gris 639 pour amortir les coups de frein et d'accélérateur. Les portes s'ouvrirent, il descendit et parcourut les trois cent vingt-quatre mètres qui le séparaient de son domicile. Les maisons des habitants de classe 6 de DF avaient toutes deux étages, elles étaient toutes peintes en gris 428 à l'extérieur comme à l'intérieur. Elles se composaient d'une entrée longue et étroite avec à droite une étagère vide-poches gris 422, à gauche un portemanteau et une autre étagère gris 422 avec un buste en marbre du président de DF qui était remis au passage de classe, d'un salon central avec un canapé d'angle noir 727 doté d'un repose-pieds électrique, deux fauteuils noir 727, une table basse en bois noir 727, un téléviseur qui pour les habitants de classe 6 était de cinquante-deux pouces et trois vases contenant de fausses fleurs, vert 302 pour les tiges et vert 316 pour les pétales, des couleurs relaxantes et défatigantes, il y avait deux salles de bains avec des sanitaires blanc 04, un miroir, un petit placard et une baignoire blanc 04 à la place de la douche des classes inférieures, une chambre à coucher avec une grande armoire intégrée gris 422 et un lit de la même couleur, un lit de deux places et demie optimal pour la reproduction, encadré par deux tables de chevet gris 422 ornées de détails frivoles, la cuisine des classes 6 était équipée de l'électroménager classique : réfrigérateur, four, plaques de cuisson, hotte plus four à micro-ondes, grill à panini, machine à popcorn, théière électrique, machine à glaçons, le tout en formica gris 422 sauf les côtés qui étaient noir 727 ; il y avait également une salle de gym avec deux vélos, un tapis de course, des agrès et des poids vert 316, à cela s'ajoutait un débarras où entasser les vêtements d'hiver en été et les vêtements d'été en hiver, les choses qu'on utilisait rarement, une pièce avec une grande armoire à cinq portes aux boutons blanc 04 le long d'un mur gris 422 où Roberta Quattrocchi, l'épouse assignée d'Angelo Siani, conservait ses deux tenues de fête et les deux tenues de fête d'Angelo, ses deux tenues de sport et les deux tenues de sport d'Angelo, ses affaires de plage et les affaires de plage d'Angelo, des vêtements à porter plus librement seuls à la maison, son manteau et celui d'Angelo, son imperméable et celui d'Angelo, ses quatre paires de chaussures et les quatre paires de chaussures d'Angelo, les sous-vêtements, dix pièces chacun, les chaussettes, douze paires pour elle et douze pour Angelo, ses deux chapeaux et les deux chapeaux d'Angelo, des gants pour elle et pour Angelo, deux paires de pantoufles, une en caoutchouc et une en tissu, les siennes et celles d'Angelo, les tenues fournies par le travail, la sienne et celle d'Angelo, ainsi que quelques balais et des outils pour assurer les petites réparations domestiques sans devoir appeler les techniciens. Les vêtements d'hiver étaient gris 424, les vêtements printaniers et estivaux gris 402 et Roberta comme Angelo n'avaient qu'une paire de chaussures blanches, blanc 04, pour les soirées importantes.

Bonjour Angelo, dit Roberta, bonjour Roberta, dit Angelo, et Roberta se prépara pour aller au travail, elle était ingénieure au Bureau des couleurs du gouvernement où on concevait les couleurs les plus insignifiantes, toujours à la recherche de la teinte parfaite qui se remarquerait le moins dans le quotidien des citoyens de DF et ne demanderait ainsi pas une once d'effort pour être perçue, Roberta était dans la section des gris qui dernièrement avaient la cote, utilisés pour les automobiles et les transports publics, simplement avec des nuances différentes, elle étudiait un niveau de gris expérimental et avait déjà eu de très bons retours car au cours des tests réalisés jusque-là aucun des sujets n'arrivait à mémoriser cette teinte, une excellence d'invisibilité avait déclaré son chef en l'exhortant à mener ce projet à terme pour la fin du mois afin de présenter ces brillants résultats au gouvernement et peut-être obtenir un saut de classe général ; Angelo Siani, lui, avait déjà enfilé sa tenue de chef de maintenance, ingénieur également, dans la Société nationale des ponts et tunnels. Je déjeune à l'extérieur annonça Angelo. Merci pour l'information répondit Roberta. Je vais sûrement rentrer tard, je dois finir mes tests, ajouta-t-elle. C'est gentil de m'informer aussi, nota Angelo. À la porte ils se saluèrent, bonne journée Angelo et bonne journée Roberta. Il sortit de la maison en pensant à ses clés, son trousseau qui était resté sur l'étagère gris 422 quand il était parti en trombe aux urgences. Il parcourut les trois cent trente-trois mètres qui le séparaient de l'arrêt du bus qui l'emmenait au travail, neuf mètres après l'arrêt de la ligne 7 qui l'avait ramené de l'hôpital. Il prit le 76, pour onze arrêts. Bonjour et bonne journée, dit-il à ceux qui montaient et à ceux qui descendaient toujours avec courtoisie mais sans affectation. Sa tête semblait parfaitement alerte et aucun souvenir d'aucun rêve ne la traversait. Angelo Siani se sentait bien, seulement un peu amputé. Même la vue des femmes ne lui procurait aucune réminiscence malade, aucun souvenir du souvenir qu'on s'était empressé d'effacer. Voici mon arrêt. Il était un peu distrait. Il se leva, pardon, merci, c'est très gentil, et parcourut les quatre cent quatre-vingt-deux mètres de la rue 115 qui menaient à l'entrée du bâtiment abritant son bureau. Il croisa trente-cinq inconnus, deux collègues et put échanger quelques mots avec un de ses rapprochés sur la météo qui s'améliorait avant de lui serrer la main dans un mouvement de pendule, au bruit de ses pas il avait la sensation de marcher sur le dos d'une tortue. Bonjour lança-t-il à la dame blonde qui était à l'accueil, il l'avait saluée également les jours où il s'était réveillé aux prises avec ses cauchemars mais ce matin-là son bonjour était limpide. Très bien. Il gravit les soixante-seize marches qui menaient à son bureau, il ne prenait jamais l'ascenseur car l'exercice physique était fondamental pour garder une parfaite régularité affective qui ne cède pas aux dérives des émotions viatiques de la folie, là, ses chaussures cliquetaient comme sur de la glace. Bonjour, bonjour, bonjour, bonjour, bonjour, bonjour, lança-t-il aux six postes de travail rangés le long du couloir avant la porte de son bureau, des collègues dont il n'avait jamais retenu le nom, parmi lesquels deux femmes qui ne lui faisaient aucun effet. Il s'assit et trouva les dossiers des projets suspendus pendant son absence, la société était en sous-effectif à cause d'une carence en spécialistes au sein de la dernière génération et le gouvernement cherchait déjà à recruter en urgence des experts en ponts et tunnels pour le semestre suivant. Il reçut un appel téléphonique et la sonnerie retentit comme un chapelet de clochettes autour du cou d'un colibri. La conversation se déroula sans heurt. Bien. Il s'attela à ses dossiers et ne vit pas le temps passer, plongé dans les calculs, les mesures, les angles et les portances. Lors de la pause-déjeuner à DF il était obligatoire de s'attabler avec ses rapprochés sélectionnés parmi ses collègues et ce fut une heure passée à discuter d'un nouveau projet du gouvernement qui visait à interdire l'émission de bruits rythmiques sur les chantiers parce qu'on avait découvert que certains ouvriers tendaient à rythmer leurs coups de marteau ou de ciseau, or le rythme était une forme embryonnaire de corruption morale, les chefs de chantier devraient donc veiller, selon le nouveau décret de l'État, à ce qu'aucune tentative d'harmonisation sonore n'intervienne durant l'exécution des travaux et quelqu'un souligna que c'était une chance d'avoir dans les bureaux du gouvernement des éminences capables de déceler des risques de perversion dans les recoins les plus insoupçonnés de la vie quotidienne et Angelo Siani aussi se déclara contre le cadencement horripilant de certains coups de pelle qu'il lui avait été donné d'entendre au cours de ses missions, son intervention fut jugée lucide et juste, très bien, puis la discussion se déplaça vers l'importance de former davantage d'agents de maintenance spécialisés parmi les citoyens fraîchement diplômés car on ne pouvait pas construire à tout bout de champ à DF sans s'occuper du bâti existant, de son état et de sa viabilité, sur cette question Angelo Siani ajouta que d'ici quelques passages de génération il serait nécessaire de penser également à augmenter le nombre de démolisseurs car se présenterait certainement la nécessité d'abattre pour reconstruire des éléments conçus selon des paradigmes dépassés, car parfois démolir pour reconstruire est la clé d'une évolution rapide et là encore tous trouvèrent l'observation d'Angelo Siani pertinente et finement prévoyante, après quoi la pause-déjeuner prit fin, chacun avait avalé les protéines, les vitamines, les graisses, les fibres, les fruits et légumes prescrits par son programme nutritionnel, c'était la semaine de la viande de canard, les élevages d'anatidés avaient eu des résultats épatants au point d'en faire l'aliment national, enfin chacun reprit le chemin de son bureau et à nouveau bonjour, bonjour, bonjour, bonjour, bonjour aux six postes du couloir, cinq bonjours cette fois car le sixième employé n'était pas encore rentré de sa pause mais il était dans les temps vu qu'Angelo Siani avait anticipé son retour de quatre minutes pour expédier un dernier dossier qui ne demandait qu'un timbre et quelques signatures. Il se sentait bien et n'avait pas eu l'occasion de repenser à son cauchemar. Dans l'après-midi il reçut trois autres appels téléphoniques et un seul carillonna bizarrement. Il s'étonna de la facilité avec laquelle il avait retrouvé ses capacités de calcul, pas d'erreurs, pas d'oublis, son cerveau répondait parfaitement aux sollicitations professionnelles et n'avait plus le loisir de s'enliser dans d'autres choses, il réussit même à calculer du premier coup le volume de matière excavée pour la construction d'un tunnel qui traverserait la zone côtière de G, résultat confirmé par les estimations ultérieures, il éprouva un début de satisfaction qu'il tua dans l'œuf en s'accordant une pause à la fontaine à eau située au milieu du couloir, et bonjour, bonjour, bonjour, égrena-t-il en se dirigeant vers l'appareil en forme d'ampoule puis il resta avec son gobelet en plastique à moitié rempli en goûtant cette fraîcheur artificielle qui descendait dans son œsophage, la jeune femme du troisième poste lui exprima sa joie de le revoir, il y a des dossiers que seul vous, monsieur Siani, pouvez déchiffrer, vous êtes gentille, elle avait des cheveux lisses et uniformes coupés au carré, des yeux trop écartés et des lèvres tellement gonflées qu'elles semblaient fausses, je suis à votre disposition si besoin, dit Angelo Siani mais elle dut trouver que la conversation était allée trop loin et baissa le regard sur les plans qu'elle était en train d'étudier alors Angelo Siani continua à faire tourner le fond d'eau qui restait dans son gobelet avec un air de dégustateur, il pensa que ce n'était pas la peine non plus d'éprouver de la satisfaction pour un peu d'eau, il se ressaisit, regagna son bureau et bonjour, bonjour, bonjour encore. La fin de la journée de travail sonna tandis qu'Angelo Siani vérifiait les résultats des tests sur un pont de la ville de M qui reliait les deux rives d'un fleuve dont le niveau avait monté plus que prévu au cours des dernières années, il ne semblait plus vouloir s'arrêter pourtant les bureaux se vidaient résonnant de bonsoir et bonne soirée et tous les employés s'apprêtaient à parcourir les quatre cent quatre-vingt-deux mètres de la rue 115 avant de s'éparpiller dans leurs maisons pour faire leur séance d'activité physique qui était considérée comme une priorité par le gouvernement de DF, Angelo Siani n'eut pas besoin de se forcer à rester tant il était décidé à prolonger sa journée, Mlle Mastri, sa secrétaire, passa la tête à la porte de son bureau, blonde avec un visage tombant comme ces bougies qui s'affaissent d'un côté, à demain dit-elle, à demain dit-il, puis il se replongea dans ses calculs savants avec un enthousiasme qui ne lui semblait pas normal, ivre de normalité, il expédia son dernier dossier à la nuit tombée. Il se leva, longea le couloir et les six postes vides jusqu'au dépôt où il trouva une corde de chantier qui avait déjà été utilisée et qui s'effilochait comme de la paille, il repassa devant les six postes vides et s'enferma dans son bureau où il commença par empiler les dossiers pour former des parallélépipèdes, tous de la même hauteur, tous contenant le même nombre de feuilles, puis il posa son stylo parallèlement à la largeur de la table, noua un bout de la corde autour du plafonnier gris 421 et serra fort, en se hissant sur sa chaise il se déchira un muscle ou c'était peut-être sa sciatique qui revenait, il fit un nœud coulant à l'autre bout de la corde et mourut ainsi.

Il avait voulu se convaincre toute la journée que son cauchemar s'était dissipé mais son espoir s'était brisé chaque fois qu'il avait croisé une femme. *Excusez-moi, excusez-moi si je m'excuse.*

Ne ragotez pas trop, écrivit-il sur une feuille de brouillon au milieu de quelques calculs relatifs à quelque tunnel. Il fut découvert environ une heure plus tard par la femme de ménage, pendouillant à la manière de certaines sécrétions nasales, la police le glissa dans un sac noir et l'évacua de l'immeuble dans un carton pour ne pas éveiller le moindre soupçon. La femme de ménage, Francesca Rossore, une citoyenne de classe 2 qui lustrait avec ardeur les angles des étagères et qui se démenait pour faire briller les lavabos en vue d'une promesse de passage en classe 3 qui était dans l'air depuis quelques mois et qui pourrait la propulser cheffe de tout le personnel de ménage de tout le bâtiment, fut invitée à monter dans un véhicule de la Police affective, vous voulez m'interroger ? demanda-t-elle, ne me dites pas que vous avez peur madame, répondit le policier, ne me dites pas que nous allons devoir gérer un suicide et une femme sensible qui cède à la peur, non, bien sûr que non, assura-t-elle, c'était juste pour m'organiser car ce soir mon mari et moi devons dîner avec nos rapprochés, soyez tranquille, dit le policier, puis le silence s'installa jusqu'au poste où Francesca Rossore, citoyenne de classe 2 impliquée dans la découverte du cadavre d'Angelo Siani, sentit le métal froid sur sa nuque, personne au commissariat n'entendit le coup de feu étouffé, comme si on toussait dans un oreiller.

Les sacs noirs à apporter au Palais présidentiel étaient au nombre de deux.

Chapitre 7

Réunion au Palais présidentiel

Au Palais présidentiel les esprits étaient fébriles. Le président de DF, Andrea Bussoli, à la nouvelle du suicide du citoyen Angelo Siani, convoqua une réunion de crise avec tous ses ministres pour discuter de la vague de sensibilité et d'empathie qui, selon lui et au regard des faits, se propageait de manière inquiétante ces derniers mois et il exigea un rapport de l'hôpital de A pour comprendre comment un patient dans un état instable avait pu faire l'objet d'une telle négligence et comment les tests de l'examen clinique avaient pu échouer. La décision fut prise que seules les autorités compétentes et les personnes strictement indispensables à la gestion de cette crise devaient être informées, en revanche on dit à Roberta Quattrocchi que son mari le citoyen Angelo Siani était tombé dans l'escalier et s'était cogné la tête, malheureusement en un point vital, et Roberta Quattrocchi ne fut pas troublée, elle ne sembla guère intéressée et commença à faire ses valises pour rejoindre le Centre de détention en attendant d'être assignée à un nouveau mari de classe 6. Dans le bureau présidentiel les moulures tremblaient sous les vociférations et le président Bussoli promettait de lourdes sanctions contre tous ceux qui avaient sous-estimé la gravité de la situation en laissant en liberté un patient loin d'être régularisé sur le plan affectif et dangereux pour la sécurité nationale. Nous avons décidé de déclasser la doctoresse Anna Cordio, elle en sera notifiée dès demain matin annonça le ministre de la Santé qui suait dans le col de chemise d'où débordait sa tête, de notre côté nous recherchons d'éventuels complices parmi les infirmiers susceptibles d'avoir falsifié le dossier, dit le ministre de la Sécurité nationale qui n'avait jamais été aussi chancelant, il pianotait nerveusement sur la table, les yeux rutilants d'un loup errant dans l'obscurité, il est temps de serrer la vis à ces sentimentaux qui hantent nos hôpitaux, trop de gens qui rient, qui pleurent et se désespèrent ou tombent amoureux, en quelques mois c'est déjà le dixième citoyen qui se suicide après avoir été hospitalisé et imprudemment renvoyé chez lui, déplora le président Bussoli et tous de hocher la tête, oui, oui, mais ils avaient une peur bleue car les membres du gouvernement de DF, depuis toujours, étaient sensibles et n'avaient pas de plafond en matière de sentiments contrairement aux autres citoyens, ils étaient au courant du brouillard injecté dans les veines des nourrissons. Comment ? Un simple additif mélangé aux vaccins traditionnels qui permettait de faire disparaître à vie la sensibilité ou, sans la faire disparaître totalement, ce qui réduirait les personnes à l'état de cailloux improductifs, de l'atténuer disons, pour obtenir des citoyens dociles et faciles à manœuvrer tel un troupeau en file indienne dans la pente d'une colline. À peine nés, les enfants arrêtaient de crier dès la première injection et le rappel avant six mois complétait la prophylaxie. La formule était sans cesse perfectionnée dans un laboratoire géré par le Bureau des affaires privées du ministère de l'Intérieur, dont les chercheurs étaient exécutés tous les cinq ans par la Police affective, une gestion efficace et sans bavures.

Monsieur le président, intervint le ministre de la Santé qui fumait une cigarette comme s'il voulait la mâcher, nous sommes convaincus que l'augmentation des cas n'est pas due à des failles dans la vaccination mais à des éléments perturbateurs que nous n'avons pas encore réussi à identifier, probablement pas d'origine médicale, c'est vrai, confirma le ministre de la Sécurité nationale qui continuait à pianoter, nous investiguons également, le président Bussoli décolla à peine de sa chaise lorsqu'il se pencha en avant et écrasa la main du ministre sur la table pour interrompre le tambourinage, excusez-moi dit le ministre, qui maintenant avait les joues tombantes, dégoulinantes, nous vérifions si des erreurs dans l'attribution des professions ont pu influer sur les troubles sentimentaux des sujets concernés mais le fait qu'ils exerçaient tous des métiers différents nous indique qu'il s'agit sans doute d'une fausse piste, les nouvelles gammes de couleurs autorisées ne semblent pas en cause non plus, nous pensons plutôt à des exceptions normales qui, par une série de circonstances et de conjonctures, sont plus nombreuses ces derniers temps sans raison spécifique. Le président Bussoli fut frappé par la stupidité de cette explication et ne fit rien pour le cacher. Il bondissait, les poings sur la table, et hurlait véritablement, sans l'ombre d'un doute, disant qu'il ne tolérerait plus aucun cas à l'avenir, qu'il exigeait de tous une rigueur martiale et qu'il voulait savoir combien de personnes atteintes de troubles sentimentaux se trouvaient actuellement dans les hôpitaux de DF, pas plus de deux cents dit le ministre de la Santé, c'est trop affirma le président, c'est un chiffre normal que nous parvenons à contenir et à gérer aisément objecta le ministre et le président répéta que c'était trop et cette fois le volume était étourdissant alors le ministre, le doigt levé telle une hampe sans drapeau, expliqua que cela faisait des années qu'on tournait autour de quelques centaines de cas et qu'on n'avait jamais eu de problèmes, maintenant on en a dit le président Bussoli, c'était désormais un duel dont on devinait le perdant, mais les problèmes, eut le courage de glisser le ministre, les problèmes ne sont pas liés au nombre de citoyens hospitalisés parce que ce nombre est stationnaire depuis au moins une cinquantaine d'années, le problème poursuivit le ministre de la Santé est que le nombre de patients qui ne répondent pas aux traitements augmente, comme si la sensibilité avait changé de forme, qu'elle provenait d'une autre souche ou avait muté pour mieux pallier nos limites, et selon vous qui doit s'occuper de ça ? polémiqua le président Bussoli, alors le ministre comprit qu'il était effectivement dans une impasse et il expliqua que tous les médecins étudiaient chaque cas avec le plus grand soin et le président qui semblait pouvoir discuter ainsi pendant des mois dit que *le plus grand soin* ce n'était pas de laisser vadrouiller un patient comme ce Siani qui avait été en contact toute la journée avec ses collègues et des passants pour ensuite se mettre impunément la corde au cou et le ministre de la Santé répondit à nouveau du tac au tac, quel courage cet homme qui s'évertuait à parler quand les autres se taisaient, en suspens, tels des draps étendus au balcon, nous n'avons aucun élément qui nous permette d'affirmer que la sensibilité et l'empathie sont contagieuses, vous n'avez même pas les éléments pour m'expliquer ce qui se passe, mon cher ministre, parce que vous êtes tous une bande d'incapables qui ne savent pas où ils vont, à partir de maintenant j'exige un rapport détaillé sur tous les patients hospitalisés, sur leur état de santé, les problèmes qu'ils ont rencontrés, les raisons de leur hospitalisation, les thérapies mises en place, le processus de guérison envisagé, toutes les étapes et les éventuelles améliorations, les possibles rechutes, avec copie de tous les examens présents passés et futurs, alors le ministre de la Sécurité nationale qui écarquillait les yeux à chaque hurlement du président essaya de puiser un peu de courage au fond de ses poches et rappela que la vie de la nation ne semblait pas ébranlée, que céder à la panique était à son avis une erreur et que personne ne savait rien du suicide de ce maudit Siani qui ne pouvait par conséquent troubler la tranquillité nationale, qu'ils prenaient peut-être trop au sérieux un événement qu'il convenait de relativiser et de considérer pour ce qu'il était, un petit accident de parcours, le ministre de la Sécurité nationale savait bien que les démissions et les licenciements des membres du gouvernement, les seuls qui avaient connaissance avec une poignée d'autres de la réalité des choses, de l'état des cœurs et des cerveaux au sein de DF, ces démissions et ces licenciements étaient synonymes d'une mort inexorable et inéluctable, il n'y avait plus de gouvernement élu depuis soixante ans désormais et généralement, comme pour les présidents, c'étaient les enfants des ministres qui devenaient ministres, les seuls qui vivaient sans cette mixture dans les veines entre les murs de la citadelle présidentielle, où les couleurs s'imprimaient dans les yeux, où la tristesse et la mélancolie fluctuaient avec légèreté, où on s'engueulait dans les chambres et où l'engourdissement extérieur du reste des habitants était la garantie de succès d'un gouvernement serein qui pouvait se permettre de tout décider, même la forme et l'épaisseur des pensées tandis que le pire cauchemar du président Bussoli, qui avait été également le pire cauchemar de son père et de son grand-père présidents avant lui, était que DF se réveille et le traque avec des bâtons noueux comme cela avait pu arriver par le passé, c'est pourquoi Angelo Siani ne devait pas être considéré comme un modeste employé qui avait voulu se tuer, en effet, il pouvait être l'indice d'un risque plus grand, terriblement grand, d'ailleurs Bussoli aussi prenait des gouttes depuis quelques semaines, dix le matin et dix le soir, pour ne pas voir des choses qui n'existaient pas, pour ne pas amplifier les problèmes qui se présentaient et ne pas flairer des relents de complot dans chaque geste ou chaque mot, et les ministres savaient bien que Bussoli était sous surveillance médicale, qu'il se bourrait de calmants pour ne pas perdre pied et rester lucide, ils supportaient donc davantage qu'auparavant les sautes d'humeur, les insultes et les réactions irraisonnées tendant toujours à rabaisser ses collaborateurs mais aujourd'hui Bussoli avait les nerfs qui dansaient sur ses lèvres, il était carrément déformé, soudain plus laid et plus vieux, alors le ministre de la Sécurité nationale l'exhorta à se calmer, soutenu par le ministre de la Défense et celui des Transports, la réunion se transforma en une confession générale autour d'un feu de camp, enfin le président brisa une chaise en criant qu'ils devraient peut-être la tuer, cette doctoresse, que le moment était peut-être venu d'éliminer en silence tous les malades pour faire disparaître la maladie avec eux, et tout le monde tentait de le raisonner, de lui dire qu'ils ne pouvaient pas se permettre un bain de sang pour une situation qui n'était pas aussi alarmante qu'elle en avait l'air et Bussoli demandait l'intervention de l'armée, où donc ? firent les ministres et lui de réclamer au moins un signe, quelque chose, quelqu'un, pour le soulager de cette sensation d'être traqué par les événements. Ils décidèrent d'éliminer Roberta Quattrocchi, l'épouse assignée d'Angelo Siani, un sacrifice aux dieux pour assouvir la fureur du président qui admit que ça le rendrait sans doute plus tranquille, car qui sait si elle ne faisait pas semblant, vous croyez vraiment que son mari ne lui avait jamais parlé de ses réflexions dangereuses ? Ça le rendrait plus tranquille, certainement, alors le ministre de la Sécurité nationale proposa une solution plus douce, sans aller jusqu'à l'élimination physique, une quarantaine en prison, dit-il, c'est un message clair qui pourrait s'avérer un excellent signal, nous pourrions l'accuser et la condamner pour non-information des autorités en cette journée où son mari s'est suicidé, il est impossible qu'elle ne se soit aperçue de rien, ça ne me suffit pas rétorqua le président, ça ne me tranquillise pas assez, entre-temps il avait balancé un cendrier contre le mur où était accrochée la carte du pays et les domestiques s'étaient précipités pour ramasser les éclats de verre, trouant leurs gants blancs, puis le président Andrea Bussoli eut un début de crise de panique, une angoisse qui le fit haleter et on appela son médecin personnel. La réunion fut reportée.

Que fait-on de Mme Quattrocchi ? demanda le ministre de la Santé tandis qu'on aidait le président à rejoindre la haute porte en bois sculpté pour quitter la salle, et le ministre de la Sécurité nationale dit rien, on ne fait rien, on attend sagement et on ne fait pas de conneries, il ne s'est rien passé.

Chapitre 8

Le premier entretien

Dieu qu'elle était belle.

Bonjour, monsieur Albini.

Bonjour, docteur.

Ce matin la doctoresse Anna Cordio avait noué ses cheveux plus haut, elle semblait beaucoup plus jeune et avait les pommettes lisses comme des pommes.

Avez-vous pu vous reposer, monsieur Albini ? Comment allez-vous ?

Fausto Albini avait la mine froissée.

Bien, je crois. Je me sens juste très fatigué.

C'est normal, ce sont les médicaments. Avez-vous rêvé ?

J'ai rêvé que j'étais allongé dans un pré.

Et puis ?

Les rêves sont-ils des indicateurs de l'état ou de l'évolution d'une maladie ?

Monsieur Albini, vous ne devez pas avoir peur d'être malade. Ça arrive à tout le monde d'avoir besoin de soutien par moments.

Seulement moi, docteur, je l'admets, je n'ai pas encore compris ce que j'ai. Pourquoi je suis ici. J'ai l'impression que c'est un cauchemar.

Vous avez eu ce malaise sur la plage et nous pensons que vous souffrez de troubles affectifs. Que vos émotions ont pris de l'ampleur et que nous devons les contrôler le plus possible pour les remettre à leur place.

En clair, je suis devenu fou.

Ne soyez pas excessif.

La doctoresse Anna Cordio avait prononcé le mot *excessif* en faisant jaillir des perles de sa bouche.

Je ne reconnais pas non plus mes réactions, dit Fausto Albini, et la doctoresse prit des notes en bougeant la main comme on suture une plaie.

Revenons à votre rêve. Vous étiez dans un pré, et puis ? demanda Anna Cordio.

J'étais dans un pré, allongé. Je regardais le ciel qui était très bas, à quelques centimètres de ma poitrine. Les nuages filaient.

Le ciel était bleu ?

Le ciel bleu, les nuages blancs.

Et ensuite ?

Ensuite j'ai senti un tremblement, comme à l'approche d'un train, ou plutôt d'un métro qui circule sous terre, et autour de moi s'est dessiné un rectangle parfait, tiré au cordeau. Je n'ai pas bougé, je ne me suis pas levé, je suis resté couché mais je pouvais voir ce qui se passait. Je me voyais, de l'extérieur. Puis le rectangle s'est mis à descendre comme un ascenseur sans parois, je voyais le piston se comprimer, un rectangle d'herbe et moi couché dessus tel un idiot et je descendais de plus en plus bas, autour il y avait la terre avec toutes ses strates, une tranche de pré qui s'enfonçait dans un mouvement mécanique et régulier, toujours plus bas vers le centre de la Terre.

Et qu'est-ce qu'il y avait au centre de la Terre ?

Je ne sais pas. Je ne voyais que le ciel qui s'éloignait. Je l'observais. C'était une sensation de bien-être, un bercement. Puis j'ai été gagné par un sentiment de désespoir, de solitude plus que de désespoir, accompagné d'une douleur, comme des crampes au cœur, mon cœur qui semblait être au niveau de mon intestin, et la sensation de bien-être se mêlait à cette solitude désespérée.

Alors vous vous êtes réveillé ?

Non, à partir de là je ne me souviens de rien. Juste un sommeil profond.

Vous dormez bien ?

Je me réveille comme si je sortais du coma. Comme si j'émergeais d'abîmes insondables.

C'est bien ce que dit votre rêve, monsieur Albini. Vous arrive-t-il d'être angoissé, d'avoir du mal à respirer ?

Non, de temps en temps j'ai cette sensation que mon cerveau part tout seul et commence à ressasser trop rapidement des pensées sans que je puisse l'arrêter, sans réussir à m'en extraire. Est-il possible de faire quelque chose ?

Oui, je vous prescris un médicament qui devrait vous apaiser un peu.

Merci.

Monsieur Albini, vous sentez-vous différent ?

Mon Dieu. C'est une question difficile.

J'aimerais savoir si vous avez remarqué des changements après ce qui vous est arrivé. Par exemple : vous êtes-vous rendu compte que vous n'utilisez plus l'échelle numérique pour parler de vos états d'âme ?

Oui, je pensais que je m'expliquerais mieux avec les mots.

Je n'ai pas un rôle facile, monsieur Albini, et malheureusement je dois vous signaler que votre état semble déjà s'être aggravé. Au cours de cet entretien vous ne cessez de formuler des réponses qui dénotent une évidente instabilité affective : vous utilisez beaucoup d'adjectifs, vous décrivez des sensations qui ne méritent pas une telle attention, vous ne parvenez pas à quantifier vos pensées mais uniquement à les raconter, vous me parlez de montées et de descentes.

Je croyais que je pouvais être plus libre avec vous, docteur, je me suis laissé aller.

Il était là le talent d'Anna Cordio : elle était le confesseur qui recueillait tous les débordements. Elle continuait à prendre des notes et Fausto Albini se dit qu'il s'était trompé quelque part, qu'il n'avait pas suffisamment écouté les recommandations de ce Manlio Cuzzocrea qui ne délirait peut-être pas en l'alertant sur le risque de rester enfermé, en insistant sur cette circonspection que Fausto Albini s'était permis de laisser tomber, et maintenant il se retrouvait contraint à s'excuser d'avoir raconté ses pensées, d'avoir utilisé tous ces adjectifs.

Ce sont sans doute les médicaments qui modifient mon comportement, avança Fausto Albini mais la doctoresse répondit que les médicaments n'avaient pas de tels effets. C'était un problème de rétention affective défaillante.

Quelque chose s'est cassé ? demanda Fausto.

Quelque chose s'est déplacé, rectifia Anna Cordio. Quelque chose qui vous pousse à accorder trop d'importance aux détails insignifiants.

La préoccupation est insignifiante ?

C'est dans la loi de DF, et le fait que vous me le demandiez est le signe d'un dysfonctionnement évident.

Pourtant cela me semble tellement naturel, objecta Fausto, conscient d'avoir à présent franchi le gué, de se trouver sur la rive de ceux qui attendent une réponse à une question qu'ils ne se sont jamais posée. Vraiment, se préoccuper de sa santé pouvait être l'indicateur d'un problème de santé ? C'était un cercle vicieux, il savait très bien que, comme l'avait suggéré Manlio Cuzzocrea avec ses grosses mains, il aurait mieux fait de se taire, de prendre un air absorbé et superficiel, mais entendre que le fait de se préoccuper de son état de santé était stigmatisé comme un trouble le laissait songeur. Il n'y avait rien à faire. Il s'était imposé de suivre durant cet entretien les protocoles facilement imaginables à DF or cette doctoresse, la doctoresse Anna Cordio et son inégalable équilibre qui pommadait ses yeux, son nez et sa bouche dans les justes proportions, cette femme-là ne pouvait pas ne pas admettre qu'un entretien psychologique mené de cette manière était un piège à rats, il commençait à devenir fou, il parlait avec un poteau.

Et vous, docteur, comment allez-vous ? demanda Fausto Albini et Anna Cordio planta ses yeux dans les yeux de Fausto Albini.

Je vais bien, merci.

Vous a-t-on déjà demandé comment vous alliez ? J'y pensais hier soir, je n'arrivais pas à m'endormir, on ne m'a jamais demandé comment j'allais. Je ne parle pas de vous, les médecins ici, qui auscultez toute la journée ce que nous sommes, comment nous sommes et ce que nous faisons, mais on ne m'a jamais demandé comment j'allais quand je me promenais, quand je me rendais au travail, c'est comme si ce repos forcé me permettait de relire avec calme, allongé dans mon lit d'hôpital, tout ce qui est et a été. Selon moi, notre état s'aggrave ici parce que nous avons tout ce temps. Comment allez-vous ?

Et la doctoresse Anna Cordio leva un doigt sans rien indiquer de précis. Je vais bien, merci.

Que vous est-il arrivé ces jours-ci ?

Ce sont les médecins qui posent les questions, monsieur Albini.

Ça aussi on me l'a déjà dit, le jour où je me suis réveillé aux urgences, je pense, précisément. Mais s'il s'agit d'un entretien et non d'un interrogatoire... il vous est arrivé quelque chose ?

Oui.

Voilà, vous voyez. Et quoi donc ?

J'ai été déclassée.
Vous devez être dans une classe très élevée pour avoir ce pouvoir d'enfermer et de libérer.
9.
Vous avez été rétrogradée en classe 9 ?
Non, 8.
Et vous n'êtes pas préoccupée ?
Non. Je me réorganise et travaille dur pour me rattraper.
Vous êtes en parfaite santé, docteur, félicitations.
La doctoresse Anna Cordio décocha un regard interrogateur mais placide. Elle était très belle.
Je peux savoir pourquoi on vous a déclassée ou c'est un secret d'État ? demanda Fausto Albini, il avait soudain recouvré une grande assurance, il oscillait entre une fragilité farouche et une suffisance puissante, conscient d'avoir perdu l'équilibre surtout à cause de ses sautes d'humeur incessantes depuis son hospitalisation, maintenant qu'il avait l'attention de la doctoresse ses muscles étaient contractés et avaient gonflé, il se sentait plus grand, élancé même.
On m'a imputé une faute professionnelle.
Je ne m'attendais pas à avoir une réponse, lui confia Fausto. Et ce déclassement vous paraît justifié ?
Non. Je ne pense pas être en faute, mais évidemment les bureaux du gouvernement ont une vision plus large que la mienne et de meilleures clés de lecture pour analyser la situation.
Vous n'êtes pas convaincue.
Non.
Docteur, vous ne trouvez pas que ce non n'est tout compte fait pas si différent des préoccupations que vous entendez toute la journée et que vous sondez dans cet entretien ?
C'est facile de mettre au jour des contradictions, les pensées humaines suivent des mécaniques qui répondent à des

formules algébriques enfouies dans les tiroirs de la science, se dit Anna Cordio, en fait pour mettre au jour une contradiction il suffit souvent de creuser quelques centimètres, nous avons tous des pensées régulières qui affleurent, seulement elles ont des racines insidieuses qui trahissent les feuilles et les fleurs. Nous nous démenons pour apparaître maladroitement compliqués, nous mettons une vie à nous camoufler derrière notre narration cousue minutieusement chaque nuit et à la fin nous réagissons tous de la même façon, les ingénieurs aérospatiaux et les balayeurs, les hommes bardés de rides et de blessures et ceux qui ont eu une vie facile, sans un pli, Anna Cordio pensa qu'il suffisait de laisser un petit espace, une porte entrouverte pour que s'engouffre un vent qui chamboule les pièces toujours selon la même logique et la même mécanique. On pourrait écrire un mode d'emploi sur le chamboulement de la vie. Et elle aussi aurait mieux fait de se taire, car maintenant elle ne trônait plus sur son estrade imaginaire dans le rôle du médecin face à un Fausto Albini au degré zéro du patient qui accepte qu'on l'examine. Une légèreté impardonnable pour quelqu'un qui avait mené des milliers d'entretiens, qui voyait des dizaines de faustoalbini par jour en maintenant toujours admirablement la bonne distance. Voilà, pensa la doctoresse, elle avait perdu sa mesure, elle avait fait ce pas de plus qu'elle s'était toujours interdit, elle qui était la prêtresse des proportions.

Revenons à vous, monsieur Albini.

Vous n'avez pas envie d'en parler, glissa Fausto, il parvenait à présent à sentir le sang qui courait dans ses veines.

Non.

Tiens donc.

Quoi ?

Ne pas avoir envie. Le gouvernement n'aime pas ça non plus.

Monsieur Albini, il me semble que vous exagérez et que vos propos sont déplacés.
Écrivez-le. Écrivez que j'exagère et que je vous ai fait déraper. Accusez-moi d'avoir altéré votre régularité affective comme ces criminels contre lesquels les journaux nous mettent en garde. Je crois que je me sens beaucoup mieux, en effet. Du moins je sais que je ne suis pas fou, c'est déjà ça.
Sachez que personne ici ne met en doute votre santé mentale ni celle de vos compagnons de chambre, ici on veille à ce que les sensations ne perturbent pas vos activités quotidiennes normales. Mais notre discussion devient inutile et néfaste. Je suggère qu'on se revoie demain, je vous prescris un traitement pour la journée et vous recommande de ne pas lutter contre le sommeil, dormez, reposez-vous.
Je vais me reposer, docteur. Je vais dormir et suivre vos instructions.
Bien.
Quand pourrai-je rentrer chez moi ?
Il est trop tôt pour le dire.
Vous pensez être très différente de vos patients ?
Plus équilibrée. Oui.
Équilibrée, répéta Fausto Albini en claquant la langue. Ses yeux noirs tressautèrent, comme par un défaut de signal, une antenne secouée par le vent. Peut-être que je ne suis même pas malade, peut-être que j'ai dit des choses à ne pas dire, peut-être que j'ai si mal fait semblant qu'ils ne me le pardonneront pas, pensa Fausto Albini, puis il se dit qu'il ne ferait plus l'erreur de se dévoiler, comme quand dans la vie on décide de ne plus se mouiller la tête et de garder les épaules hors de l'eau, de tout prendre à la légère et de s'offrir la superficialité nécessaire pour tenir la souffrance éloignée. Cuzzocrea lui avait conseillé de rester discret, de ne pas céder à la tentation de

la sincérité et d'affronter l'entretien comme un tour d'essai, mais au lieu de cela, sûr des questions qu'il avait posées et qu'il n'aurait pas dû poser, Fausto s'était enchaîné là pour plusieurs semaines à se faire bourrer les veines de médicaments. Enfin, je l'ai fait, se dit-il, et en le faisant je me suis senti vivant. Ce qui, en toute honnêteté, était une satisfaction de merde. Il se leva pour saluer la doctoresse et il aurait voulu l'embrasser, l'embrasser là, devant l'infirmière, s'approcher et prendre son visage entre ses mains, ses paumes sur ses joues, comme quand on embrasse quelqu'un pour lui faire promettre, allez, de ne jamais nous quitter, il aurait voulu l'embrasser sans emphase, comme on fait une chose qu'on doit faire, car cela aurait été la juste conclusion si lui n'avait pas été jugé malade et si elle avait dit ces mots qu'elle s'était obligée à ne pas dire, pensa Fausto, un baiser, car on ne pouvait pas parler de visite médicale, non, mais plutôt d'une confession et d'une identification mutuelles, malgré la différence de classe et même si à la fin il serait sûrement déclassé lui aussi qui s'était fourré dans ce pétrin à cause d'un bout de bois à la con sur la plage avec ses rapprochés, lui qui à cet instant ne s'amusait pas du tout, ça aussi il l'aurait dit à Anna Cordio en l'embrassant, il lui aurait dit qu'il ne s'amusait pas du tout, qu'il ne s'était jamais vraiment amusé entouré de gens qui en une vie n'avaient pas trouvé l'occasion de lui demander comment il allait mais que lui, maintenant, avait fait cette demande et même obtenu une réponse, alors voilà pourquoi il voulait l'embrasser, maintenant, des baisers du bout des lèvres qui deviennent langues qui s'effleurent et se retirent, s'effleurent et se retirent, une danse de papillons prêts à s'unir. Cependant il la salua et s'en alla.

À demain, dit la doctoresse Anna Cordio.

À demain, dit Fausto Albini.

Chapitre 9

La passeuse

Bernadetta Colosimo descendit rue F14 au numéro 269. Elle paya le taxi qui la fixa du regard, Bernadetta n'arrivait pas à se fondre dans la masse comme elle aurait dû se fondre dans la masse et ce jour-là, elle avait décidé de mettre un foulard, un petit foulard qui dépassait à peine de son col de chemise et qui était rouge, un rouge non codifié, un rouge banni à DF depuis des années, jugé surchromatique car il procurait un sentiment de joie immédiat et Bernadetta ne pouvait vraiment pas se passer d'un détail qui lui rappelait qu'elle était vivante dans un dégradé de gris mortel, malgré les exhortations répétées de ses camarades à être plus vigilante, à faire preuve de prudence, seulement Bernadetta aimait la vie, Dieu qu'elle l'aimait cette vie qui lui sautait dessus tous les matins en ouvrant les yeux et qui la caressait tandis qu'elle se blottissait avant de s'endormir, si elle avait eu une voix, l'envie de vivre de Bernadetta aurait fait voler les vitres en éclats, elle courait le long de son dos tel un mille-pattes quand Bernadetta sortait déguisée en brave citoyenne. Elle descendit donc au 269 et prit une rue latérale, jusqu'à une maison qui devait être de classe 3 ou 4 puis elle poussa la porte qu'on avait laissée ouverte, l'odeur de tabac disait tout de suite que ce n'était pas une habitation conventionnelle et que quelque chose n'allait pas, car ce n'était pas le tabac des cigarettes nationales, ce succédané qui sentait le plastique brûlé sous un fer à repasser, mais un tabac dense comme une crème assez légère pour flotter dans l'air, un tabac chypriote, lui expliqua l'homme assis dans la pénombre en train de manipuler des cartons éventrés et rafistolés, un tabac chypriote ? s'étonna Bernadetta en retirant son manteau gris 122, en exhibant son foulard rouge, rouge comme ses joues, et en regardant ce trésor, un tabac chypriote arrivé avec la dernière cargaison, confirma l'homme barbu, alors Bernadetta demanda si dans cette cargaison il y avait aussi les vêtements, les foulards et les bracelets qu'elle avait commandés, mais l'homme aux cheveux déjà tous gris sauf à la racine répondit que pour le moment il valait mieux éviter de faire passer des vêtements, que c'était une période délicate, il avait entendu dire que le gouvernement avait les yeux grands ouverts et renforçait ses contrôles à la suite d'une multiplication des cas de suicide, selon moi ils sentent que quelque chose se prépare et que se joue une partie aux conséquences plus graves que d'habitude, nous devons donc redoubler de vigilance dans nos affaires, dit l'homme dont le visage semblait dénué de relief, une courbe formée d'un seul trait, et tout en parlant il se leva, prit deux verres et ouvrit une bouteille. Bois, dit-il en tendant à Bernadetta une main sur laquelle elle compta quatre anneaux, goûte insista-t-il, et elle but une gorgée de vin, du vin qu'on ne trouvait plus à DF depuis des décennies, on ne savait même plus à quoi ça ressemblait, vu que l'alcool pour le plaisir et le divertissement, toujours dans les doses personnalisées élaborées par le gouvernement, était distribué chaque semaine sous forme de gélules à prendre le soir avant le coucher entre conjoints ou, comme c'était le plus souvent le cas, à l'occasion des soirées entre rapprochés durant lesquelles on consommait ces amitiés *robotisées* comme disait Bernadetta avec toute la détestation qu'elle nourrissait à l'égard des personnes qu'elle devait continuer à fréquenter pour ne pas éveiller les soupçons ; Bernadetta goûta ce vin, un vin noir comme un repli de l'estomac, et elle le sentit s'agripper à son palais, sinuer sur sa langue puis descendre dans son œsophage en chantant des hymnes révolutionnaires, mon Dieu quelle merveille, oui, une merveille, dit l'homme qui portait une veste en velours parce qu'il aimait s'habiller à sa guise dans la pénombre de sa maison à l'abri des regards indiscrets. Un verre de ce vin suffirait à déclencher une révolution, ajouta-t-il en faisant claquer ses dents en désordre, encore cette révolution, lança Bernadetta, on parle de révolution, on invoque la révolution, la révolution, la révolution, mais pour raconter ce qui se passe là dehors y a plus personne, alors l'homme qui flottait dans son pantalon en futaine répliqua que bien sûr, si ça ne tenait qu'à toi, Berni, si ça ne tenait qu'à toi, nous serions déjà tous morts exécutés pour la théâtralité avec laquelle tu te frapperais la poitrine sur la place publique en appelant aux barricades, et il lui adressa un sourire bienveillant, un beau sourire qui flotta entre eux quelques secondes avant de se volatiliser, occupons-nous de notre marché noir et jouons notre petit rôle, chaque marchandise placée est une brique apportée à l'édifice reprit-il, et Bernadetta répondit qu'il fallait apporter des rochers entiers, pas des briques, mais nous parlons toujours des mêmes choses, laissons tomber, qu'est-ce qu'on nous a livré d'autre ? enchaîna-t-elle en déplaçant un carton d'un coup de pied, un peu de tout, que des bonnes choses cette fois, tu as des clients qui ont passé commande ? demanda l'homme, oui, fit Bernadetta, ils veulent de l'américaine, Amérique du Nord ou Amérique du Sud ? la pressa l'homme en sueur, un pan de front brûlé par un rayon de soleil, les deux, répliqua Bernadetta, au fait tu sais qu'ils ont coincé Giacomo, oui je sais, les camarades pensent qu'ils l'ont probablement déjà tué, une salope de femme assignée, lâcha Bernadetta, Giacomo a remis son colis à un type qui s'est fait surprendre par sa femme et cette folle a semé un bordel incroyable en appelant la police, si on n'était pas terrés comme des rats, si on n'était pas accaparés par la nécessité d'écouler notre marchandise cette conne mériterait d'être fusillée pour trahison et son imbécile de mari de se faire exploser les dents à coups de bâton, ah Berni, j'adore quand tu t'enflammes et que tu deviens grossière, s'exclama l'homme en lançant un autre de ces sourires planant à mi-hauteur tel un nuage bas, alors Bernadetta, qui ne supportait pas et n'avait jamais supporté de ne pas être prise au sérieux, dans un excès d'enthousiasme sans doute renforcé par le vin, extirpa le couteau de la veste en velours côtelé couleur crème de l'homme et le menaça en plaisantant à moitié, tu verras que tôt ou tard ils me tueront aussi et ils viendront te chercher dans ce trou qui n'a rien d'un repaire de bandits et là, tu ravaleras ta risette de guerrier du Far West, oh, oh, fit-il, arrête, tu vas déchirer ma veste, tu parles d'une veste, grogna Bernadetta en le bousculant encore, puis ils rirent et se jetèrent sur le canapé. Je suis triste pour Giacomo, glissa Bernadetta après quelques secondes de silence, je le regrette aussi, dit l'homme, c'était un des rares qui y croyait, qui savait que la contrebande était le seul moyen de se sentir vivant, de ne pas se laisser écraser par tout le reste, de prouver que nous pouvons exister aussi, putain, que nous pouvons échapper au scénario fixé par le gouvernement dans lequel nous sommes tous des numéros à engrainer, à exploiter, à multiplier puis à envoyer à la décharge, non ? Bernadetta s'était figée, elle avait envie de pleurer ou peut-être avait-elle pleuré sans verser de larmes, un pleur intérieur comme une pluie qui ne parvient pas à percer le ciel, puis elle avoua qu'elle avait peur, maintenant que leurs affaires commençaient à fructifier on pouvait les trahir, me dénoncer et te dénoncer, murmura-t-elle, et alors tout sera fini, adieu les tissus, la soie, le vin ou ce merveilleux chocolat qu'on nous a livré la dernière fois, tout sera fini parce que nous aurons été exécutés, se lamenta Bernadetta, sans autre forme de procès, parce que notre commerce ne doit pas exister et que nous ne devons pas exister, alors l'homme qui s'était levé et fumait en arpentant la pièce sombre dit que quand il se sentait essoufflé, essoufflé par cette angoisse de merde comme celle que tu exprimes maintenant, dit l'homme à Bernadetta, quand ça m'arrive, je pense aux instants de bonheur que nous offrons à nos clients, je pense à eux, à ce qu'ils éprouvent la première fois en essayant notre marchandise en cachette, dans leur maison pendant que leur conjoint dort, ils s'installent dans un coin avec juste ce qu'il faut de lumière, pas une goutte de trop, et ils restent là, à savourer nos produits avec l'impression d'être au paradis, ils le voient et le sentent le paradis, et peut-être qu'en découvrant ce paradis, leur vient l'envie d'en cultiver un peu aussi, dans leur jardin ou leur salle de bains, comme Franco qui a fini par remplir de terre la baignoire de la deuxième salle de bains où sa femme ne va jamais pour y faire pousser tout ce qui est interdit, du basilic et même un plan de tomates, tu imagines si quelqu'un voit ça, quelqu'un qui n'a jamais rien acheté, il penserait que Franco a perdu la tête, qu'il ne va pas bien, et en réalité il a créé son jardin illégal parce qu'il a besoin de savoir lui aussi, comme nous, que le paradis existe et il ne veut pas l'oublier ; avant d'aller dormir Franco va dans sa salle de bains se laver les dents et il sent des parfums, voit des couleurs, imagine des saveurs, tout ça interdit par la loi, alors avant d'aller dormir Franco se dit que le monde n'est pas ce qu'il voit dehors, que parfois le monde peut être dans une baignoire, ou souviens-toi de Giacomo, paix à son âme, quand il nous décrivait la tête des clients qui revenaient le voir, il disait qu'ils avaient de ces expressions, comme si leur visage avait explosé, et qu'ils trépignaient pour en avoir encore comme si leur vraie vie n'était plus la vie de tous les jours, comme si maintenant, leur vraie vie, c'était eux et notre marchandise, à consommer par quintaux, et Giacomo disait, tu te rappelles la voix rocailleuse de Giacomo, qu'est-ce qu'on a pu le chambrer, il disait qu'il les avait *convertis*, et il était content comme un prêtre en mission, lui et ses convertis, merveilleux l'interrompit Bernadetta, mais si nous voulons vendre plus il va bien falloir s'organiser autrement, nous ne pouvons pas continuer à tout gérer à deux en faisant confiance au premier venu pour nous donner un coup de main, et Bernadetta ajouta qu'à la fin, Giacomo, c'était aussi eux qui l'avaient tué en restant enfermés dans leur circuit étriqué, sans vouloir faire plus, sans vouloir grandir, alors l'homme qui était à nouveau assis sur le canapé une jambe posée sur l'autre dit stop, vraiment Berni, arrêtons avec la fougue révolutionnaire et écoulons cette marchandise sinon nous n'aurons jamais l'argent pour partir, vu que nous ne sommes même pas assez courageux pour nous glisser dans un de ces cartons et tenter de quitter cet endroit de merde, qui sait, nous serions peut-être déjà loin, je me demande comment cela va finir, et soudain Bernadetta se calma, elle se calma réellement et pensa qu'elle avait exagéré, en effet, avec sa soif de révolte, il était temps de préparer les colis et de dresser la liste habituelle avant d'appeler les autres pour organiser la distribution à travers l'État, les livraisons et les retraits, à l'insu de son mari, un connard pusillanime qui ne rêvait que de gravir les classes contre quelques mouchardages auprès de la Police affective, et s'il découvrait que son épouse assignée, la femme qui vivait sous son toit, était impliquée dans une telle affaire, il se verrait déjà élevé au rang de héros national, alors l'homme à la veste en velours demanda à Bernadetta si elle refusait toujours de coucher avec son mari et elle dit que oui, qu'elle tenait bon, c'est ce qu'elle dit, je m'invente des maux et il attend simplement que je lui fasse savoir quand nous pourrons nous reproduire parce que nous avons déjà reçu deux relances du gouvernement, mais tant qu'il n'a pas le courage d'avouer que je ne le laisse pas m'approcher d'un centimètre, je ne risque rien, ça fait juste baisser mon quotient de reproductivité, les hommes n'osent pas dire qu'on se refuse à eux et le gouvernement n'a pas anticipé la lâcheté des maris qui prétendent refuser pour ne pas devoir admettre qu'ils ont été refusés, et Bernadetta rit, elle rit tellement fort que son camarade dut l'inviter au silence, *chuuut*, le doigt sur sa bouche, mais elle riait comme si elle avait résolu l'équation de la misère masculine et pendant ce temps elle répartissait la marchandise dans des cartons plus petits et faciles à transporter en la triant par genre et par provenance, et l'homme commença à l'aider en lui glissant que lui aussi monterait bien d'une classe pour avoir une chance de faire l'amour avec elle, Bernadetta rit de plus belle et lui, allez, s'il te plaît, tu vas ameuter tout le quartier, tu imagines, dit-elle, si on nous accouplait, quelle veine, on n'aurait plus besoin de se cacher et on pourrait faire tout ça paisiblement pendant notre temps libre, on serait vraiment une équipe. Si j'étais ta femme assignée, on vendrait trois fois plus, mais l'homme lui expliqua que ce n'était pas son propos, qu'il était beaucoup plus terre à terre et qu'elle feignait de ne pas comprendre, alors Bernadetta lui dit maintenant arrête de faire le con, aide-moi à finir ces colis parce que je dois bientôt appeler le taxi pour les déposer chez moi avant que l'autre rentre et dis-moi plutôt quand est-ce qu'on se revoit, car Bernadetta expliqua qu'elle avait un rendez-vous, une chose importante, elle voulait tenter le coup, un patient en thérapie affective lui avait passé commande et elle voulait faire une livraison à l'hôpital de A, imagine la tête des médecins devant les résultats d'examens aberrants en train de se demander d'où vient ce merdier, fais attention s'il te plaît, dit l'homme et elle assura que c'était tranquille, un contact d'un contact sûr et que, s'il fallait savoir se contenter de petites satisfactions comme il le serinait, alors c'était une petite satisfaction qu'elle voulait s'accorder car livrer de la marchandise là où on enferme des individus en essayant de les convaincre qu'ils ne sont pas normaux relève de la guérilla urbaine, une histoire qui n'a pas fini de circuler dans le groupe, dans quelques années on dira Bernadetta ? Bernadetta, celle qui a fait passer de la marchandise prohibée au nez des médecins et des infirmières pour libérer un service entier ; ils finirent les colis, pendant ce temps l'homme fuma au moins deux autres cigarettes de ce merveilleux tabac, mon Dieu quelle bonne odeur répéta plusieurs fois Bernadetta, enfin ils rassemblèrent les quelques dizaines de paquets que Bernadetta chargea dans le taxi après avoir fait disparaître le foulard sous sa chemise, ils se saluèrent et Bernadetta lui dit que les criminels menaient une vie épouvante à DF, il rit et répliqua que ce n'était que le début.

Bernadetta était une passeuse de livres.

Chapitre 10

Les livres

Andrea Razzone entretenait sur son lit d'hôpital une pagaille déconcertante. Il parvenait à respecter un niveau de désordre soutenu en déplaçant et en remplaçant les objets entre son lit et sa table de chevet : là où avant il y avait un blister vide déchiré apparaissait subitement un mouchoir usagé, la boîte d'un flacon de gouttes, puis des restes de nourriture, un trousseau de clés, une chaussette chiffonnée, quelques prospectus, il y avait toujours quelque chose, toujours au même endroit, pour maintenir l'ordre dans ce désordre calculé, une forêt d'objets dont l'écosystème se régénérait grâce à la position apparemment anodine de ces éléments qui révélait cependant, en se répétant à l'identique, un équilibre naturel des choses et faisait de ce chaos un système, avec toutes les caractéristiques d'un système pensé et achevé ; ce désordre d'Andrea Razzone, pour Fausto Albini, son voisin de lit dans la chambre où il ne restait qu'eux deux et les grosses mains de Manlio Cuzzocrea, qui s'obstinait à paraître plat pour ne pas se faire aplanir par les médicaments, ce désordre d'Andrea Razzone suscitait chez Fausto Albini malaise et émerveillement, émerveillement et malaise, c'était cette dignité ostentatoire du chaos assumé, comme si, oui, Andrea Razzone souffrait de la maladie dont ils souffraient tous dans ce service, mais avec des manifestations extérieures, un langage qui s'exprimait, se confondait et s'évaporait partout où il allait. Il n'y avait pas seulement le lit et la table de chevet d'Andrea Razzone qui exprimaient le désordre, une désorganisation mathématiquement alignée, Andrea Razzone lui-même marchait en traînant les pieds avec son pyjama mal boutonné, il rangeait sa brosse à dents à côté de son porte-brosse à dents assigné, il restait muet lors de ses entretiens avec la doctoresse Anna Cordio et, dès qu'il sortait de son bureau, il errait dans les couloirs comme s'il traversait un monde que lui seul pouvait voir, il était même dispersé quand il avalait ses repas, aliments et comprimés mélangés, une tâche obligatoire dont il s'acquittait en quelques minutes avant de s'allonger, tordu et débraillé comme se vautrent ceux qui pensent ne pas être vus, en mâchonnant des choses créées par sa tête qui oscillait de travers, attachée à des yeux entrouverts. Non, on ne pouvait pas dire que Fausto Albini nourrissait envers Andrea Razzone une quelconque forme de sympathie, il ne lui accordait pas la distance respectueuse qu'il maintenait avec Manlio Cuzzocrea qui participait de sa stratégie de feindre la santé, Andrea Razzone et Fausto Albini échangeaient un salut matinal quand les infirmières les réveillaient très tôt avec un ton toujours trop haut, ils se souhaitaient un bon appétit, avec la tête de quand on se souhaite bon appétit à l'hôpital, une sorte de tchin tchin, quelques pardon et excuse-moi dans l'après-midi si leurs pas se croisaient, puis le bon appétit du soir et enfin de temps en temps, pas tous les jours, la bonne nuit quand sonnait l'heure et que parfois dehors il faisait encore jour, un bonne nuit qu'Andrea Razzone prononçait face au mur tandis qu'il s'emmêlait les pieds dans ses pantoufles et heurtait un pied à perfusion. Il a vraiment un problème, il vit dans un autre monde ce Razzone, avait dit un jour Manlio Cuzzocrea à Fausto Albini après qu'Andrea Razzone, perdu dans une de ses masturbations mentales, avait été appelé par un médecin et était sorti en réussissant carrément à embrasser le chambranle de la porte, il doit être à moitié confus, complètement sonné, ajouta Manlio Cuzzocrea en agitant ses mains comme des pelles et en indiquant l'ombre qui s'était cognée puis éloignée, et Fausto Albini avait répliqué, il s'en souvenait parfaitement car Manlio l'avait mal pris, comme si on lui avait tiré sur un cor avec un pistolet, Fausto avait dit que dans cette confusion d'Andrea Razzone il voyait du bonheur et c'était sans doute ce qui l'agaçait encore plus, ce qui le mettait de mauvaise humeur comme une erreur de calcul irrésolue, je peux sereinement affirmer que je le trouve détestable alors Manlio Cuzzocrea, en mettant son doigt devant sa bouche pour l'inviter à baisser la voix, un doigt qui barrait la moitié de son visage, avait expliqué que bonheur, mauvaise humeur et détestable étaient des mots qui, s'ils parvenaient aux oreilles de quelque infirmière sournoise, lui vaudraient de finir sa vie dans cet hôpital, il devait arrêter de se laisser aller à des considérations qui dans ce service étaient des sonnettes d'alarme brandies sous le nez des médecins, il devait être fourbe et de toute façon, au-delà de toute recommandation, cet Andrea Razzone était un détraqué dont il valait mieux se tenir éloigné, un de ceux qui, si on leur ouvrait la tête pour voir ce qu'il y a dedans, seraient jetés en prison et *ciao ciao*, enfin, dans cette situation, il n'y avait rien de pire que d'avoir un compagnon de chambre rêveur aux pensées obscènes qu'on devinait à des kilomètres et d'ailleurs la doctoresse Anna Cordio attendait probablement juste le bon moment pour le dénoncer à la Police affective.

Fausto Albini et Andrea Razzone parlèrent pour la première fois un après-midi où Manlio Cuzzocrea était à son entretien quotidien avec la doctoresse Anna Cordio et Andrea Razzone était depuis quinze bonnes minutes assis au bord de son lit les bras tendus agrippés au matelas, Fausto l'avait observé durant l'intégralité de ces bonnes quinze minutes, le corps d'Andrea Razzone était parcouru de sentiments qu'on aurait pu pointer du doigt même de l'extérieur, Fausto le fixa, un peu parce qu'il n'avait rien de mieux à faire dans cet hôpital qui était un piège à mauvaises pensées et un peu parce qu'on aurait dit qu'Andrea Razzone allait décoller d'un moment à l'autre, qu'il allait prendre son envol porté par un sentiment trop fort ou une pensée qui l'attraperait par le cou et le soulèverait, alors Fausto lui demanda s'il s'était passé quelque chose, il demanda à Andrea Razzone s'il se sentait bien, s'il avait besoin d'aide, et Andrea Razzone dit que non, qu'il allait très bien, qu'il repensait à des histoires qu'il avait entendues, tu t'inquiètes pour ton travail ou ton déclassement ? insista Fausto et jamais on ne le reprendrait à poser une question aussi stupide, jamais il ne lui était arrivé de se sentir à une distance à ce point astronomique d'un interlocuteur car Andrea Razzone se tourna et dans ses yeux se déployait une forêt avec des sorcières à cheval, des fragments de verre coloré pendaient à ses cheveux, il avait l'expression de quelqu'un qui était présent physiquement mais éclaté, comme si le reste de son être, tout le reste, se trouvait sur d'autres planètes, son cœur sur Mars, son foie sur la Lune, son sang sur Jupiter et il sembla rappeler toutes ces parties avant de répondre à Fausto Albini qu'il y avait des histoires, d'autres histoires que celles qu'ils avaient l'habitude d'entendre et de raconter à DF, et il le dit comme on dicte un commandement sans le moindre flottement et sans même contrôler s'il y avait quelqu'un à proximité, alors Fausto, au diable le bonheur de ce Razzone qui parlait comme un aviateur survolant l'océan, Fausto lui demanda quelles histoires ? de quoi parlait-il ? et à cet instant, un instant fondamental dans l'histoire racontée ici, Andrea Razzone expliqua à Fausto

Albini qu'il existait des textes qui racontaient d'autres mondes, des textes avec un début et une fin, des textes qui s'appelaient livres et qui décrivaient des amoureux qui n'arrivent pas à s'aimer, des amants qui un beau matin n'éprouvent plus rien l'un pour l'autre, des couples qui restent unis pour la vie sans être soumis à aucun roulement, des forêts qui n'ont pas été plantées par quelque gouvernement mais qui sont nées de graines portées par le vent au fil du temps, ces livres parlaient d'émotions, de sentiments qui font jaillir les larmes et trembler le cœur, de colère irraisonnée, une colère qui donne envie de tout casser, de l'espoir que demain puisse être un jour meilleur, de changement, des changements opérés par des gens qui décident de changer sans demander la permission à quiconque, de mondes dans lesquels les enfants s'appellent fils ou filles et vivent avec leurs parents qui les élèvent en se soutenant mutuellement, des personnes âgées qui sont notre mémoire et qui vivent avec les enfants de leurs enfants qui dans les livres s'appellent petits-enfants, de gestes qui contiennent une vie entière, des gestes voulus qui ne sont pas obligatoires mais volontaires et qui provoquent des actions et des réactions, et les réactions des réactions forment les marches d'une vie qu'ensuite il faut vivre, et d'hommes qui tombent amoureux de femmes, tomber quoi ? intervint Fausto et Andrea Razzone précisa que dans les livres les hommes et les femmes se choisissent, se courtisent, se cherchent, se rapprochent, se caressent, se rejettent juste pour renforcer le désir, ils sont attirés par la beauté des proportions du corps et par les arabesques de l'âme, l'amour est un pacte pour conquérir ensemble le bonheur chaque jour, expliqua Andrea Razzone et Fausto Albini ne pensait plus au fait que si quelqu'un les entendait, une aide-soignante, un médecin, une infirmière ou un technicien qui passaient et repassaient toutes les deux minutes, cette conversation déclencherait un incendie, mais malgré le danger Fausto Albini voulut en savoir davantage sur l'amour et ils en parlèrent pendant un temps qui sembla une ère et Andrea Razzone raconta l'histoire de ces deux êtres qui s'aiment d'un amour auquel leurs familles s'opposent, il dut expliquer ce qu'était la famille, puis il évoqua cet homme amoureux trahi par sa bien-aimée mais qui n'arrive pas à ouvrir les yeux, et aussi l'histoire de ces deux amants qui décident de tout quitter pour aller vivre au sommet d'une montagne, car il y a des endroits où on peut choisir sa maison avec des pièces, des couleurs et des goûts différents, et si le goût existe alors la beauté existe et ainsi l'amour éclot, dit Andrea Razzone et Fausto, tel un enfant face à la mer immense, demanda d'où venaient toutes ces histoires, des livres, elles sont contenues dans les livres, répondit Andrea Razzone, des histoires racontées avec des mots mais que tu peux sentir et toucher, si tu lisais un livre, lança Andrea Razzone à Fausto, si tu lisais un livre alors tu saurais que DF n'est pas un lieu comme un autre mais une nation amputée, et la question est pourquoi ne sentons-nous pas ce qui est écrit dans les livres, comme si c'était le quotidien d'un autre monde, un monde tellement semblable et tellement différent, un monde décrit dans un million de livres, peut-être plus, nous ne pouvons pas les trouver, nous ne pouvons pas les compter, alors Andrea Razzone tendit un livre qui était l'histoire d'un voyage de Constantinople jusqu'en Extrême-Orient, dans un de ces autres mondes, et Fausto Albini le prit comme s'il brûlait et il l'enferma dans son armoire comme si c'était une bombe, puis il aurait voulu parler et écouter encore mais, à cet instant, Manlio Cuzzocrea revint de son entretien avec la doctoresse Anna Cordio, Manlio et ses grandes mains qui déplaçaient l'air. Andrea Razzone regagna le jardin dans sa tête et Manlio Cuzzocrea se lava les dents avant d'annoncer à Fausto que cette fois c'était dans la poche, il avait répondu parfaitement à toutes les questions de la doctoresse, elle a semblé presque surprise par la rapidité de mon rétablissement et si tout va bien, selon moi, ce sont mes derniers jours ici, au revoir, dit-il en applaudissant, juste un battement de mains dont le clap s'encastra dans les angles du plafond et Fausto répondait oui, non. Seulement oui, non, avec des signes de tête, et en même temps il pensait mais quel détraqué cet Andrea Razzone pour s'inventer des trucs pareils, tu m'étonnes qu'il soit heureux s'il arrive à imaginer un tel monde, pour voyager il voyage, c'est sûr, eh bien qu'il voyage seul, en silence ; et Manlio Cuzzocrea qui disait au revoir, bientôt je vous tirerai ma révérence, il riait fort puis regrettait et mettait sa grosse main devant sa bouche pour s'excuser de cette trivialité qui pouvait lui causer des ennuis.

Puis vint la nuit et tout le monde dormait. Fausto se leva avec la légèreté d'un voile de sucre glace et ouvrit son armoire en dosant sa force tel un alchimiste, il prit le livre qu'il avait glissé dans une pile de sous-vêtements, des sous-vêtements gris 122, et se mit en quête d'un endroit suffisamment éclairé, il réfléchit en cachant le livre sous sa veste de pyjama tandis que l'hôpital baignait dans un silence foulé par le cliquetis de sabots lointains, et il s'enferma finalement dans la salle de bains ; assis sur l'abattant des toilettes, les jambes serrées comme un cagueur convaincu que son affaire va durer, les talons relevés pour tenir le volume bien droit, il lut les premières lignes et chaque mot était une histoire, à chaque mot il imaginait une vie qui démontait toute celle qu'il avait vécue jusque-là, il avalait un tube de colle et sentait ses organes se figer, une percée d'imagination trop violente, une douleur. Seigneurs, empereurs et rois, ducs et marquis, comtes, chevaliers et bourgeois, et vous tous qui voulez connaître les différentes races d'hommes, et la variété des diverses régions du monde, et être informés de leurs us et coutumes, prenez donc ce livre et faites-le lire ; car vous y trouverez toutes les grandissimes merveilles et diversités de la Grande et de la Petite Arménie, de la Perse, de la Turquie, des Tartares et de l'Inde, et de maintes autres provinces. Les papilles de Fausto étaient à vif. C'est ainsi que notre livre vous les contera en clair et bon ordre, tout comme messire Marco Polo, sage et noble citoyen de Venise, les décrit parce qu'il les a vues de ses propres yeux. Sans doute y a-t-il ici certaines choses qu'il ne vit pas, mais il les tient d'hommes dignes d'être crus et cités. C'est pourquoi nous présenterons les choses vues pour vues et les choses entendues pour entendues, de sorte que notre livre soit sincère et véritable sans nul mensonge. Comme si autour de lui l'hôpital était une coquille vide, Fausto pensa qu'il pourrait passer le reste de sa vie ici, juste avec de quoi boire et de quoi manger. Je peux bien vous le dire : depuis que notre Sire Dieu a façonné de ses mains Adam, notre premier père, et Ève et jusqu'aujourd'hui, oncques ne fut chrétien, sarrasin, païen, tartare, indien ou autre homme de quelque sorte, qui ait vu, connu ou étudié autant de choses dans les diverses parties du monde, ni de si grandes merveilles, que le susnommé messire Marco Polo. C'est pourquoi il s'est dit que ce serait grand malheur s'il ne faisait pas coucher par écrit toutes les grandes merveilles qu'il vit ou reçut pour vraies, de sorte que les autres gens, qui ne les ont ni vues ni connues, les sachent grâce à ce livre. Fausto déglutit et eut l'impression d'avoir avalé toutes les années de sa vie écoulée. En outre, je vous apprendrai qu'il demeura dans ces différentes régions et provinces bien vingt-six années entières ; puis reclus dans le donjon de Gênes par suite de la guerre, il a fait écrire toutes ces choses en bon ordre à messire Rustichello, citoyen de Pise, qui était avec lui dans le même donjon de Gênes, en l'an 1298 depuis la naissance de notre Seigneur et Maître Jésus-Christ. Des heures à lire ainsi de façon obscène, sauvage, crasseuse, misérable, avec le besoin de rejeter cette couverture qui s'effilochait et la tête qui explosait de questions, mais pourquoi ? où ? comment est-ce possible ? cela existe-t il vraiment ? Et il était 4 h 34 quand Manlio Cuzzocrea, mort de sommeil, activa ses fonctions vitales minimum pour sortir de ses draps, se lever, faire douze pas, ouvrir la porte de la salle de bains, se jeter sur les toilettes et pisser, alors Fausto Albini, surpris avec un air de voleur, ciel la porte, je n'ai pas fermé la porte, et Manlio Cuzzocrea faisant appel à ses muscles endormis pour mieux ouvrir les yeux, merde, qu'est-ce que tu fous ? Fausto qui tente de s'asseoir sur son livre, rien, non, rien, je suis aux toilettes, c'est occupé, comment ça occupé ? tu es assis sur l'abattant, rétorqua Manlio Cuzzocrea, et Fausto en proie à une honte et une peur jamais éprouvées qui répète non, rien, non et rien, et Manlio Cuzzocrea guidant sa main comme une grue pour attraper le livre et Fausto presque cul par-dessus tête, mais qu'est-ce que tu fous ? hurla tout bas Manlio Cuzzocrea à Fausto Albini qui voudrait devenir une plante, non, rien, rien du tout, c'est quoi cette merde ? demanda Manlio Cuzzocrea, rien, persista Fausto, tu es fou, tu vas tous nous faire tuer, tu es fou, je vais appeler les infirmières et t'expédier en prison, tu vas voir, ce sera autre chose que l'hôpital, non mais je rêve, tu es un criminel, tu lis comme un drogué caché dans les toilettes, et Fausto d'assurer que ce n'était rien et Manlio de déchirer le livre, mais qui te l'a donné, comment te l'es-tu procuré, c'est ce taré de Razzone, Razzone qui s'était levé sur ces entrefaites et qui apparut dans l'entrebâillement de la porte tout tordu et dégingandé, laisse-le tranquille, bafouilla-t-il, allez Cuzzocrea, ne crie pas comme ça, tu vas réveiller tout le couloir, mais Manlio Cuzzocrea, guéri que dalle, répliquant avec rage je vais vous faire coffrer tous les deux, tu étais dans le coup, c'est toi qui lui a filé ça je parie, Razzone, j'ai eu raison de me méfier de toi, et Fausto Albini qui maintenant était prêt à le manger, ce livre, de peur que ne rapplique un médecin, une infirmière, quelqu'un, et Razzone qui dit à Cuzzocrea de s'occuper de son cul, comme ça, sans craindre de finir broyé d'une pichenette, si tu veux nous dénoncer fais-le mais arrête ce cinéma, l'exhorta Andrea Razzone, nous aussi nous savons très bien que tu fais semblant d'être guéri, regarde-toi, cette rage bestiale, tu es loin d'être guéri, tu en as encore au moins pour un an ici, regarde ta réaction, et tandis que les orbites de Manlio Cuzzocrea crachaient du sang Fausto avait déjà enfoui le livre au fond de son armoire.

Eh bien, messieurs, on ne dort pas ? lança l'infirmière en allumant la lumière de la chambre, et tous les trois, là, debout, tels des évadés ne sachant où s'évader, allez, au lit, un nouveau patient arrive, M. Giacomo Titta, il a besoin de se reposer et vous aussi, elle tapotait en même temps d'une main sur le lit inoccupé qui attendait le nouveau fou à soigner à l'école des *détraqués sentimentaux*, alors Fausto Albini se glissa droit dans son lit, Andrea Razzone fit deux grandes enjambées et se glissa dans le sien, tordu, et même Manlio Cuzzocrea, renonçant à défoncer les murs comme le redoutaient les deux autres, regagna son lit en sifflant quelque chose. Avec le médecin arriva Giacomo Titta, suivait également la doctoresse Anna Cordio, un dossier dans la main droite.

Chapitre 11

Le sac

Le gouvernement de DF avait décidé que le large choix d'accessoires pour l'activité physique risquait de provoquer un excès de libre arbitre et un débordement de fantaisie chez les citoyens souvent désorientés devant un tapis de course, un vélo d'intérieur, des poids, des élastiques et tout l'équipement à disposition dans les salles de gym des habitations de toutes les classes de tous les citoyens. Le gouvernement savait bien que l'activité physique était indispensable au maintien de l'équilibre émotionnel et de l'ordre public au sein de la nation, tous les médecins et les scientifiques considéraient la transpiration comme le bromure nécessaire pour éviter le développement de foyers d'empathie ou de névroses soudaines, dès l'entrée à l'école le défoulement physique était la solution pour tous ceux qui avaient éprouvé la sensation d'avoir les ailes coupées, ainsi les enfants couraient des kilomètres jusqu'à endurcir leurs muscles, les adolescents se pressaient comme des fourmis dans les salles de sport des Centres pour l'enfance cherchant la crampe qui jugulerait leur excès de pensée, des cours de discipline militaire étaient donnés en milieu scolaire, les employés modèles se déchaînaient durant leurs pauses-déjeuner pour lisser quelque début de névrose, les ouvriers continuaient à peiner de retour chez eux pendant que leur femme préparait le dîner, les fonctionnaires étaient soumis à des épreuves d'effort une fois par mois, les dirigeants abandonnaient leur costume sur mesure fourni par le gouvernement et devenaient d'étranges leviers en mouvement sur des machines, les professeurs et les ingénieurs dégoulinaient derrière les verres de leurs lunettes, DF était une énorme cascade de calories brûlées sur des agrès, un flux d'effort continu détourné en tranquillisant, tous lénifiés par cette activité et réduits à l'état de chiffes molles avant d'aller se reposer et de recommencer le lendemain. Le président de DF, Andrea Bussoli, décida qu'il y avait trop de fantaisie dans le choix du matériel d'entraînement et, en l'espace de quelques jours, les citoyens de DF se virent retirer l'équipement qu'ils avaient consumé en se consumant au profit d'une roue de deux mètres de diamètre qui simplifierait les sensations avec son mouvement circulaire dénué d'ambiguïté. La nouvelle fut annoncée dans le journal et aux informations télévisées nationales, puis une armée de médecins et de psychologues vanta pendant des jours les avantages de la roue par rapport aux agrès désormais obsolètes : une posture de course avec vitesse variable, le regard fixe pour limiter les hésitations et les distractions, un gain de place dans les habitations, une circularité philosophique entendue comme mouvement propice à la libération de l'esprit, une performance facilement vérifiable grâce au compteur kilométrique de la roue relié directement au ministère de la Santé afin que les résultats de chaque citoyen soient transmis en temps réel pour ajuster les programmes nutritionnels, les postes et les horaires de travail, la liberté de courir sans assistance mécanique en utilisant uniquement sa propre force motrice dans la rotation, les multiples tests qui démontraient un apaisement supérieur à celui obtenu avec les autres agrès, une égalité retrouvée entre les citoyens, même de classes différentes, soudés autour d'une activité commune sans conflits de castes, les témoignages de nombreux sportifs qui faisaient l'éloge de ses bienfaits sur la colonne vertébrale, et enfin les études de l'éminente doctoresse Anna Cordio qui en illustraient les bénéfices incontestables pour une régulière existence.

Fausto Albini trottinait tel un hamster dans la roue du cabinet de la doctoresse Anna Cordio qui était assise à côté et prenait des notes car l'activité physique durant la consultation permettait de lisser les aspérités qui pointaient en restant immobile. En outre, Fausto avait eu l'honneur d'être le premier patient à pouvoir tournicoter tandis que la doctoresse tâtait le pouls de ses opinions et sa callosité sentimentale. Elle l'interrogeait sur ses rêves, ses pensées, ses sensations, comment il avait dormi, comment il avait mangé, si quelque chose lui procurait de la satisfaction et Fausto Albini, malgré le va-et-vient éprouvant de ses pas dans la roue, avait déjà remarqué à deux reprises l'élan timide d'une ombre de sourire sur le visage de la doctoresse qui lui avait semblé plus belle que d'habitude, avec ses cheveux rassemblés d'un côté comme le font les femmes qui reconnaissent le désir, comme le lui avait raconté Andrea Razzone et comme il l'avait entrevu dans un livre sur l'amour que le même Andrea Razzone avait réussi à récupérer auprès de sa passeuse de confiance. Quel courage, cette passeuse de livres : elle était entrée dans l'hôpital en se présentant comme une rapprochée de Razzone mais les visites n'étaient pas autorisées alors elle s'était déguisée en infirmière, blouse et sabots blanc 012, stéthoscope piqué au vol sur un chariot, puis elle avait rejoint le service des Troubles affectifs avec deux livres dissimulés dans un dossier. Durant son parcours elle avait même été interpellée par un médecin qui lui avait demandé de poser une perfusion à un patient, et elle, d'une placidité qui aurait été applaudie au Palais présidentiel, avait rassemblé tout l'attirail nécessaire et, pour la première fois de sa vie, avait introduit une aiguille papillon dans la veine d'un homme presque vieux qui mourait de mélancolie, j'ai réussi du premier coup, bien mieux que certaines infirmières distraites et aigries, avait-elle dit à l'homme à la veste en velours buvant du vin dans la pénombre de sa maison, et lui, l'homme à la veste en velours, avait répondu les livres, Bernadetta, tu es la seule ici à pouvoir les écrire, tu fais des choses qui tôt ou tard finiront dans les livres, et elle qui chaque fois qu'il lui faisait un compliment devenait tellement femme, se lovant comme une plante grimpante et rougissant de fierté, enfin j'ai fait ce que je devais faire et après le patient m'a demandé comment je m'appelais, parce qu'il ne m'avait jamais vue, et qu'est-ce que tu lui as répondu ? la pressa l'homme, alors Bernadetta avait dit qu'elle s'était présentée comme une infirmière d'un autre service, sans préciser lequel évidemment, qu'elle passait par là et avait accepté d'aider un peu, il mériterait d'être libéré, avait continué Bernadetta et l'homme à la veste en velours s'était allumé une cigarette, il mériterait la libération pour la douceur avec laquelle il m'a remerciée en posant sa main sur le dos de la mienne, cette douceur qu'ils tentent probablement de lui extirper, ces bâtards, la douceur dont ils sont incapables et qu'ils considèrent comme une maladie ; en fumant sa cigarette l'homme à la veste en velours avait confirmé à Bernadetta que ce service était un enfer, de quoi faire un procès pour violation de droits humains si quelqu'un à DF se rendait compte et savait vraiment ce qu'étaient les droits humains, puis il s'était étrangement enflammé, lui qui ne s'énervait jamais, en pinçant sa cigarette comme pour la broyer et en serrant son autre poing, enfin il avait demandé si Razzone avait payé ses livres, oui, il a payé, avait répondu Bernadetta, il a aussi réglé ceux de la dernière fois et il m'a dit qu'il avait trouvé un autre consommateur là-bas dedans, là-bas dedans ? avait répété l'homme à la veste en velours, oui, dans la chambre avec lui, avait précisé Bernadetta, et il a déjà passé une nouvelle commande, je lui ai promis que j'essaierai de revenir la semaine prochaine, d'ailleurs il nous faudrait une couverture, l'idéal serait une infirmière ou un médecin qui soit des nôtres, ce serait merveilleux, avait lancé Bernadetta avec une expression enfantine.

Fausto Albini tournait dans la roue en transpirant même des genoux et la doctoresse Anna Cordio était assise avec sa chevelure rassemblée d'un côté, très belle, mon Dieu, très belle, tandis que sur son bureau attendaient un porte-stylos, des dossiers médicaux et une boîte en plastique fermée qui contenait probablement des morceaux de carottes, c'était la semaine des carottes à DF, qu'elle mangerait dans l'après-midi sans exercer son droit au goût parfaitement effacé par le nouveau vaccin que la doctoresse avait elle-même testé ici, dans le service des Troubles affectifs de la capitale de DF, un programme d'essais cliniques qui lui avait valu la mention d'honneur, Anna Cordio qui venait d'être rétrogradée en classe 8 après l'autorisation de sortie téméraire accordée à Angelo Siani et qui maintenant interrogeait Fausto Albini en le regardant tourner comme un insecte piégé dans une toile d'araignée.

Donc vos pensées ne sont pas ralenties ? lui demanda-t-elle.

Non, docteur, et si je peux me permettre, je suis fier de mes pensées, plus fier que quand je suis arrivé ici, et je trouve que ce n'est pas une bonne chose d'étouffer les sensations.

Vous semblez bien sûr de vous.

Oui, docteur.

Et d'où vient cette certitude de pouvoir être fier de votre maladie ?

C'est la normalisation qui définit les maladies.

Je ne vous suis pas.

Je ne me considère pas comme malade.

Donc vous considérez que vous êtes hospitalisé injustement ?

Je respecte les règles. Si vous et vos collègues pensez que je souffre de quelque trouble, je ne peux que l'accepter.

Et Fausto courait toujours et cette roue de merde faisait un boucan de vis et de vent.

Monsieur Albini, je note un changement, un changement de niveau 8 au moins, 8,5 par rapport à l'état dans lequel vous avez été hospitalisé et je voudrais comprendre à quoi cela est dû, vous voulez bien me l'expliquer ?

À rien, docteur, rien du tout. Je doute qu'on puisse soigner la nature des personnes.

Vous croyez, monsieur Albini, que c'est dans la nature des personnes de se vautrer dans les émotions les plus obscènes ?

Je crois, docteur, qu'il n'existe pas d'émotions obscènes.

Donc vous croyez que les lois du pays dans lequel nous vivons ne sont pas fondées ?

Je ne commettrais jamais l'erreur de répondre à une telle question. Je n'ai pas l'intention de me faire arrêter.

Ici, personne ne vous arrêtera, ici, nous essayons de prendre soin de vous.

Je vous le répète, je ne pense pas que mes émotions soient un symptôme. Je n'y crois plus.

Avez-vous jamais vu un monde dans lequel les hommes s'abaissent à persévérer dans leurs distorsions affectives et sentimentales comme des bêtes ? lança Anna Cordio en durcissant le ton.

Non, mais je peux l'imaginer, et ce ne serait pas un monde si terrible. Vous, docteur, avez-vous essayé de l'imaginer ?

L'imagination est interdite, monsieur Albini, vous le savez mieux que moi.

L'avez-vous déjà imaginé ?

La doctoresse Anna Cordio, je ne sais plus si j'ai dit qu'elle était ce jour-là d'une beauté qui aurait fait pleurer Fausto s'il avait pu, claqua le cul d'un stylo sur son bureau dans un craquement de feu de cheminée et dit à Fausto qu'il devait arrêter, que l'entretien était terminé, alors Fausto relâcha ses jambes en attendant que la roue ralentisse pour ensuite tenter un saut de sortie mais il trébucha et manqua de tomber tête la première, il sourit, gêné, les freins mériteraient un petit réglage, glissa-t-il, et la doctoresse ne rit pas, elle ne sourit probablement pas non plus, merci monsieur Albini, vous pouvez disposer, merci docteur, répondit Fausto avant d'ajouter, je voulais vous dire une chose, je vous écoute, il fit un pas vers elle et murmura comme s'il parlait à l'oreille d'un arbre, s'il existait ce monde interdit où circulent librement les *émotions obscènes*, si ce monde existait, vous seriez magnifique, puis il passa la porte avec une synchronisation parfaite qui lui fit parcourir le couloir en se pavanant comme un chef d'orchestre ; en regagnant sa chambre il trouva Andrea Razzone et Manlio Cuzzocrea à couteaux tirés, maugréant et se lançant des éclairs d'un lit à l'autre, non, encore ? dit Fausto et Manlio Cuzzocrea lui expliqua furtivement, toujours entre ses dents, que Giacomo Titta avait probablement découvert l'histoire des livres, que ce matin il s'était levé en lui confiant qu'il avait l'impression qu'Andrea Razzone lisait la nuit autre chose que le journal national ou qu'un document de travail, il avait l'impression qu'il riait et commentait à voix basse, et c'était le cas ? demanda Fausto, alors Andrea Razzone qui ce jour-là semblait plus tordu que d'habitude, vaguement assis sur son lit, dit que oui, c'était vrai mais qu'il avait vérifié et que tout le monde dormait, eh non, pas tout le monde manifestement, répliqua Manlio Cuzzocrea qui bouillonnait, des veines affleuraient sur ses tempes, et à présent le doute devenait contagieux, Fausto Albini, Andrea Razzone et Manlio

Cuzzocrea commençaient à avoir peur, quand on a la même peur on a tous la même odeur, et Fausto demanda comment ils pouvaient faire, qu'ils pouvaient peut-être dire à Giacomo Titta qu'il s'était trompé mais Manlio Cuzzocrea expliqua que lui, celui-là il dit précisément, celui-là était sûr de ce qu'il avait vu et il ne lui faudrait pas plus de quelques heures pour confirmer son hypothèse, il n'a besoin de personne pour se convaincre, et s'il en parle à Anna Cordio ou à n'importe quel autre médecin ou infirmière on est dans la merde, alors Andrea Razzone lâcha qu'ils étaient déjà dans la merde, en cage avec les fous, et que ça ne pouvait pas être pire, en tout cas difficilement, et Manlio Cuzzocrea l'aurait étranglé, je vous jure qu'il l'aurait étranglé et c'est sans doute ça qui leur donna l'idée, enfin, soyons précis, qui donna l'idée à Manlio désormais désespéré en plus d'être effrayé comme les autres, une idée d'abord lancée par plaisanterie et qui fit son chemin tandis que les trois hommes feignaient de ne pas y croire, ils ne voulaient pas y croire puis chacun fut convaincu que la décision émanait des autres, que la responsabilité appartenait aux autres, ainsi l'idée devint projet, et quand on s'accorde à trois sur quelque chose, cela devient une promesse, dans cet engrenage incontrôlable tout semble finalement relever du destin alors il n'y a plus qu'à en prendre acte. Ce soir-là Giacomo Titta s'endormit et les autres firent tout leur possible pour attendre et ne pas s'endormir, ils se levèrent ensemble, simultanément, au bout de trois, comme font les enfants avant de s'élancer, ils fermèrent la porte, Fausto tint les bras, Andrea Razzone les jambes et Manlio Cuzzocrea écrasa le visage de Giacomo Titta sous son oreiller avec ses grosses mains qui ressemblaient aux piles d'un pont, Giacomo Titta poussait des gémissements feutrés qui imitaient le glissement d'une boule jaune sur une table de billard, un frémissement apparemment amusé, ce fut l'affaire de quelques minutes et de quelques tentatives de dégagement, juste le temps d'un râle, une baguette magique tombée de la table, puis il s'immobilisa étendu sur son lit, raide mort, les yeux des trois hommes quand Giacomo Titta s'avachit comme un tas de chiffons furent des yeux sans regard, puis ils allèrent dormir. Le matin Giacomo Titta ne se réveilla pas et les médecins arrivèrent ainsi que le chef de service et ils parlèrent frénétiquement, avec Anna Cordio également, il s'agissait d'une mort douce pendant le sommeil, un étouffement sans doute lié à la position, ce sont les émotions dont vous devez guérir, dit un médecin à l'attention des trois autres, je regrette que vous ayez dû subir cet inconvénient.

Giacomo Titta entra dans le sac et ils l'embarquèrent.

Chapitre 12

La solution

Bien, maintenant nous voilà avec des livres et un mort sur les bras, disait Manlio Cuzzocrea, un sacré bordel, c'est comme si on avait creusé notre tombe avec nos propres mains, et en parlant il agitait les siennes, ces mains qui faisaient de l'ombre même là où il n'y avait pas de lumière ; en quelques jours, la relation entre les trois, Fausto Albini, Andrea Razzone et Manlio Cuzzocrea, s'était un peu engluée, ils étaient désormais coupables ensemble, et quand on est coupables ensemble on finit par se rapprocher, l'amitié n'est-elle pas un pacte de complicité, l'amour n'est-il pas la promesse de se pardonner et ainsi le fait d'être impliqués dans le même homicide n'est-il pas le viatique d'une amitié indéfectible, au sens le plus mesquin du terme, ces amitiés qui obligent à se couvrir et à vivre dans la terreur d'être découverts ? Qu'étaient-ils tous les trois ? Des compagnons, dirait une certaine littérature, cette littérature interdite à DF qui continuait à décrire des personnes qui partageaient leur pain, des compagnons, justement. En compagnons donc, ils passèrent les jours suivants à se frôler et à feindre d'être fâchés, chacun avec la conviction d'être redevable aux autres et d'avoir un crédit mortel sur les épaules, ils ne riaient pas, ne plaisantaient pas, ils ne se souhaitaient plus ni bonne nuit ni bon appétit, ils cohabitaient en partageant l'espace et l'air et en ajustant leurs horaires, mais ils avaient tous en travers de la gorge quelque chose à se dire qu'ils n'avaient pas le courage de se dire, un nœud, et en attendant ce quelque chose entre eux se cimentait, ils s'en rendaient compte. Ils étaient à la fois indifférents et liés, de l'extérieur ils semblaient presque guéris, aurait dit un médecin un peu trop superficiel et distrait. Manlio Cuzzocrea ronchonnait toujours, craignant d'être écouté, il avait envie de cogner sur tout et tout le monde, il n'allait vraiment pas bien, non, il le savait, et gare à celui qui osait le lui faire remarquer, Andrea Razzone désormais dédouané lisait toute la nuit sans débrider et consommait une quantité de livres démesurée, saisissant le moindre coin, le moindre trou, la moindre occasion qui se présentait, un littéromane qui ne se cachait plus, qui dodelinait comme ces gens qui vous demandent une pièce sur les quais de gare, on ne les voyait pas à DF et on ne les avait jamais vus mais il l'avait lu, tandis que Fausto Albini persistait dans son raisonnement, un raisonnement plat et lisse, qui coulait en lui avec des pointes de conviction absolue, c'était la meilleure maladie qu'il pouvait avoir, sauf que les médecins et les infirmiers et la direction du service commençaient à avoir des doutes sur le décès de Giacomo Titta, ils réfléchissaient à voix haute, aucun des médicaments prescrits pour lisser les pensées n'avait comme risque associé une mort douce pendant le sommeil et cet étouffement, dans cette position en particulier, celle dans laquelle ils avaient trouvé le corps, suscitait des interrogations, moult interrogations, des interrogations que la doctoresse Anna Cordio avait soumises tous les jours à ses trois patients qui racontaient toujours la même histoire, ils s'étaient endormis et pfft le lendemain matin Titta était raide semblant soudain solidifié, et la Police affective avait également effectué quelques investigations dans leur chambre, posant les questions rituelles, c'est ce qu'ils dirent, comme s'il existait un rituel policier qui consiste à poser des questions dont on présuppose les réponses, comme s'il existait une messe laïque durant laquelle les policiers font les policiers et les fidèles font la queue pour être interrogés au lieu de recevoir l'hostie, en somme, pour ne pas perdre trop de temps en écriture, l'atmosphère dans le service des Troubles affectifs, dans la chambre numéro 7 surtout, celle d'Andrea Razzone, Manlio Cuzzocrea et Fausto Albini, devint terriblement pesante, le spectre du soupçon rôdait matin midi et soir dans les couloirs, et les trois hommes furent mis dans la case des patients dont il fallait se méfier, et quand dans un hôpital le personnel commence à se méfier de ses patients, arrive inévitablement le moment où ces derniers deviennent des corps étrangers, des peaux mortes attendant le coup de bistouri, des durillons, en clair on fuyait l'occasion de s'y frotter.

L'occasion vint cependant car Fausto Albini avait lourdement insisté pour rencontrer la passeuse de livres, comme l'appelait Andrea Razzone, et à la fin même Manlio Cuzzocrea qui jouait les éternels contradicteurs mais qui était désormais parfaitement intégré dans le fonctionnement du groupe, même lui, fit savoir que tout bien considéré il souhaitait la connaître, il souhaitait connaître celle qui au fond était la cause de tout ce bordel, celle qui avait infecté l'hôpital déjà contaminé et qui les avait mis tous les trois dans ce sale pétrin dont ils ne savaient pas comment sortir. Ainsi un mercredi, un mercredi après-midi lors du changement d'équipe des infirmières, Bernadetta Colosimo se présenta en blouse blanche, elle avait les mollets musclés du personnel hospitalier et elle se présenta aux trois compagnons en fermant la porte de la chambre numéro 7, avec un sourire fier pour avoir à nouveau resquillé, pour s'être infiltrée dans le même déguisement de surcroît, avec la satisfaction du voleur qui revient là où il n'y a plus rien à voler, qui revient juste pour pouvoir dire au reste du monde coucou, c'est encore moi, je suis plus fort que vos enquêtes, plus fort que vos soupçons, et qui prend la pose comme certains chasseurs le pied sur la tête du lion, ça non plus on ne le voyait pas à DF et on ne l'avait jamais vu mais ils l'avaient tous lu dans les livres, tous, tous, car même Manlio Cuzzocrea, qui jouait les grincheux, s'était finalement mis à lire, pas grand-chose, il lisait surtout pour pouvoir imaginer, sentir ce qui était bon ou mauvais, les excès de certaines lois en vigueur à DF et de certaines façons d'agir, et Manlio Cuzzocrea avait dû reconnaître que cette empathie, on l'appelait ainsi dans les livres, cette empathie qui à DF était un délit, semblait en réalité être le sel d'une vie digne d'être vécue, elle n'avait rien d'immoral contrairement à ce qu'on lui avait inculqué, et à la fin il avait cédé à la curiosité d'imaginer un autre monde, un autre lieu, un autre monde possible répétait sans cesse Fausto Albini et, comme cette définition lui tapait sur les nerfs, Manlio Cuzzocrea s'obligeait à dire un autre monde, sans possible, ou encore un autre lieu possible, parfois il disait aussi un autre endroit possible ; bref, ce jour-là, Bernadetta Colosimo se présenta, bonjour, je suis Bernadetta, vous vouliez me rencontrer je crois, et Andrea Razzone lui répondit bonjour, et Fausto Albini lui dit que c'était un immense plaisir de la rencontrer enfin en personne, puis il la remercia pour toute la marchandise qu'elle leur fournissait régulièrement, et Manlio Cuzzocrea ajouta qu'elle était la maîtresse de tous les maux, l'origine du malheur, et elle ne le prit pas très bien, au fond Bernadetta Colosimo et Manlio Cuzzocrea avaient ce point commun de penser qu'ils avaient toujours raison dans un monde qui avait toujours tort et, comme pour se venger, elle glissa qu'elle avait entendu des rumeurs, provenant de ses informateurs, qui disaient qu'une enquête avait été ouverte sur la mort de Giacomo Titta et qu'ils figuraient tous les trois parmi les suspects, foutaises, lança Manlio Cuzzocrea qui comme d'habitude prenait tout personnellement, ce sont des foutaises, comment peuvent-ils nous soupçonner ? ils n'ont aucune preuve, ce type est mort sans montrer la moindre égratignure, alors Bernadetta expliqua que cette mort avait été rapprochée du suicide de l'autre, comment il s'appelait déjà celui-là, Siano, Siani, hésita Fausto, incroyable, nous avons déjà oublié son nom, cela montre à quel point on nous bombarde de médicaments, puis Bernadetta les invita à se tenir sur leurs gardes, à n'apporter aucun élément aux médecins ou à la police et, à cet instant, Andrea Razzone demanda à Bernadetta ce qu'ils devaient faire, ce qu'il convenait d'entreprendre, comment se comporter, alors Manlio Cuzzocrea trancha avec son ton de dresseur de fauves, ils devaient arrêter, mettre fin à tout ça, cesser de contester, cesser de lire et de cacher des livres, et Bernadetta Colosimo dit oui, pourquoi pas, seulement au milieu ils étaient tous les trois et chacun devrait pouvoir faire confiance aux deux autres pour le restant de sa vie, ce qui n'était pas rien, en outre il y avait un mort avec une mort qui ne serait pas classée facilement, c'est certain, certain, répéta Fausto qui écoutait plus qu'il ne parlait, sinon vous devez considérer l'hypothèse de faire un pas décisif, le choix définitif de nous rejoindre, de devenir membres de notre organisation, ah, voilà, nous sommes victimes d'une organisation criminelle, bravo ! s'écria Manlio Cuzzocrea, et Bernadetta répliqua qu'il y avait déjà une organisation criminelle dans cette pièce, vous trois, dit-elle en prenant soin de s'exclure, vous avez tué ce type tous les trois et selon le Code pénal de DF vous formez une organisation criminelle, un silence d'orang-outan s'insinua entre eux, personne ne regardait personne, pourtant les trois hommes se sentaient très observés, alors c'est peut-être le moment de rassembler vos affaires et de lever le camp, d'entrer dans la clandestinité, vous pourrez compter sur toute l'aide et le soutien possibles, il suffit de faire fonctionner le réseau, le même que celui du marché noir, pour garantir votre survie, mais c'est une plaisanterie, pas vrai ? intervint Manlio Cuzzocrea, quelle histoire, dit Andrea Razzone en basculant dangereusement vers la gauche, et Fausto Albini pensa aux entretiens qui n'auraient plus lieu avec cette magnifique doctoresse, cependant ils étaient de plus en plus convaincus que pour éviter les ennuis sérieux il fallait sans doute considérer l'idée de disparaître. Si jamais, j'ai déjà élaboré un plan avec un camarade, glissa Bernadetta Colosimo en retroussant ses manches comme un marin prêt à larguer les amarres, et elle leur donna tous les détails ; Andrea Razzone, Fausto Albini et Manlio Cuzzocrea semblèrent perplexes, mais finalement ils acceptèrent.

Nous arrivons donc au soir de leur départ, la grande évasion, disait Andrea en se penchant et en riant toutes dents dehors, ils attendaient le changement d'équipe des infirmières avec les combinaisons que Bernadetta Colosimo leur avait procurées, des combinaisons de mécaniciens, nous sommes les chauffagistes, avait décrété Andrea Razzone, si on nous interpelle nous venons pour l'entretien des chaudières, je t'en foutrais des chaudières ! grommelait Manlio Cuzzocrea, si on nous interpelle on est finis, dit-il, et cette fois même Fausto lui donna raison, trois combinaisons gris 123 comme celles de tous les techniciens de DF qui réparaient les chaudières, les piscines, les cuisines, les fours, les machines industrielles, les toilettes, les conduits de cheminée, les véhicules de transport public, les voies ferrées, les tunnels, les ponts, un gris mécanicien on aurait écrit si à DF il était possible d'utiliser des adjectifs et d'écrire des livres ; ils attendaient le changement d'équipe donc, tous les trois déguisés en mécaniciens gris, leurs lits rembourrés de vêtements, le quatrième lit vide depuis la mort de Giacomo Titta et ce lit encore vide laissait deviner que dans cet hôpital on ne leur faisait vraiment plus confiance, et ils empoignèrent leurs trousses à outils, de fausses trousses qui ne contenaient aucun outil mais juste quelques affaires indispensables et des livres à ne pas laisser traîner au risque d'offrir de nouvelles pistes aux enquêteurs, et à minuit le service se vidait durant une poignée de minutes, les uns s'habillaient pour rentrer chez eux et les autres pour aller travailler, un calme d'hôpital abandonné avec ses patients oubliés, alors les trois complices déguisés eux aussi pour leur métier imaginaire s'étreignirent naturellement dans la pénombre, une étreinte bancale autour d'Andrea Razzone, une étreinte maladroite de ce serpent froid de Manlio Cuzzocrea et pour Fausto Albini une étreinte imprégnée de sa dernière lecture, enfin, leur serment scellé, ils se lancèrent à pas feutrés mais décidés, et Fausto Albini trébucha, c'est parti, contre un montant de lit, espèce d'idiot, siffla Manlio Cuzzocrea qui avait le pelage hérissé du chat devant un museau ennemi, attention bon Dieu, ajouta-t-il tandis qu'Andrea Razzone riait en postillonnant, et ainsi ils longèrent le couloir vide de l'hôpital abandonné, franchirent la porte du service puis se retrouvèrent au niveau des escaliers qui puaient le désinfectant oublié en plein soleil, ils descendirent la première rampe sans croiser personne, la deuxième rampe sans croiser personne, la troisième et ils croisèrent une infirmière chargée de linge sale, des draps probablement, les draps de quelqu'un qui s'était fait dessus et bonsoir, dit l'infirmière, bonsoir, ils répondirent en chœur, trop en chœur, pensa Manlio Cuzzocrea, trois techniciens aussi éduqués et courtois c'était du jamais vu, puis ils descendirent la quatrième rampe et durent attendre car un brancard bloquait le passage et excusez-moi, dit un infirmier tout en muscles qui les observa en se demandant ce qui était encore cassé dans cet hôpital où décidément rien ne fonctionnait et, quand ils atteignirent la cinquième rampe, Andrea Razzone susurra qu'il avait oublié un livre dans son armoire, il n'en était pas sûr mais il le craignait fortement, alors Fausto Albini se mit à rire comme il n'avait ri qu'en lisant certaines histoires de gens qui se cassent la figure et Manlio Cuzzocrea fit tomber sa trousse à outils dans un geste de colère, une vraie colère, une colère granuleuse, guéri que dalle, puis il lâcha quelques grossièretés passibles d'internement immédiat, mais je rêve ? lança-t-il à Andrea Razzone, je rêve ? et il lui aboya de se bouger, de se magner, et finalement que c'était sans doute trop risqué, le changement d'équipe était fait désormais, si ça se trouve on s'était déjà aperçu qu'ils n'étaient pas dans leurs lits, non, je pense que ce n'est pas une bonne idée, alors Andrea Razzone, avec sa façon de ne pas broncher même devant un cataclysme imminent, objecta qu'au fond où était le mal ? ils n'existaient plus et ce livre n'était pas susceptible de révéler quoi que ce soit ni de constituer un indice de leur fuite, ils furent tous assez d'accord, aussi parce qu'ils n'avaient guère le choix, les termes de la discussion s'étaient dilués dans un échange de regards incrédules, contrariés, préoccupés, déjà fatigués, découragés quand passa un technicien, avec une combinaison semblable à la leur, il montait à cet instant précis et les regarda, tous les trois, qui avaient aussitôt cessé de parler et qui le regardèrent en jouant la carte de la connivence professionnelle, travaillez bien et travaillez bien et travaillez bien et travaillez bien et le technicien passa, un soulagement, mais ils perdaient trop de temps et pressèrent le pas dans la sixième rampe, puis dans la septième et enfin la huitième et arrivés au rez-de-chaussée, avant d'ouvrir une porte de service, Andrea Razzone s'arrêta à nouveau, figé et de guingois, avec la tête de celui qui a encore oublié quelque chose et la réaction de Manlio Cuzzocrea et de

Fausto Albini fut telle qu'il n'eut pas le courage de parler, il ne dit pas un mot, alors ils firent comme s'il ne s'était rien passé ; au rez-de-chaussée de l'hôpital se trouvaient l'entrée principale et l'accès aux urgences, c'était plein de gens qui allaient et venaient, un va-et-vient rassurant, ils veillèrent à ne pas croiser de regards, comme quand on marche en espérant ne rencontrer personne, seul Fausto aperçut la doctoresse Anna Cordio et fut un instant ébloui, Dieu qu'elle était belle, il abaissa sa casquette de faux mécanicien gris 122, elle le regarda, il la regarda, de simples regards. Ils sortirent et sur la route, c'était une nuit sans vent mais zébrée de courants d'air qui fusaient en tous sens, il ne faisait pas froid mais une humidité s'immisçait dans leurs cheveux, ils furent soulagés, même si leurs corps tâtonnaient dans cet espace aux dimensions différentes de celles auxquelles ils étaient désormais habitués, comme si autour d'eux tout était trop, trop de route, trop d'air, trop de monde, avec cette sensation de vertige qui vient quand on essaie de nouvelles lunettes et que la perfection de la vision est d'une beauté difficile à supporter d'emblée, on doit s'habituer à la liberté et s'habituer est parfois douloureux, c'est pourquoi bien des hommes préfèrent la familiarité rassurante des chaînes.

Andrea Razzone monta dans une voiture conduite par un vieux, Manlio Cuzzocrea prit un taxi avec dans sa poche l'adresse que lui avait donnée Bernadetta et Fausto sauta dans une camionnette qui attendait le moteur allumé, bravo, vous avez réussi, mais le plus dur reste à faire, dit le conducteur voûté comme un prêtre, le plus dur reste à faire, répéta Fausto, puis il se tut, pas un mot, jusqu'au bout du trajet, il avait l'impression d'être dans un livre policier avec des opprimés qui fuient leurs oppresseurs et, en peu de temps, ils se retrouvèrent au 269 de la rue F14, une maison éteinte qui semblait endormie, pourtant la porte d'entrée était entrouverte et Fausto la poussa, encore immergé dans le mythe de la fuite et il entendit un bruit, un bruit léger qui caressait ses oreilles, qui léchait son âme, un bruit aux accents célestes, une harmonie, harmonie était un mot qu'il avait découvert en lisant et qui devait avoir la texture de ce bruit, c'était comme si ses veines se fissuraient à nouveau, comme le cercle sur la plage, la musique, la musique, quelle beauté, dit l'homme à la veste en velours assis sur le canapé dans l'obscurité, bienvenue camarade Fausto Albini, enfin libéré, et Fausto n'arrivait pas à penser, sa tête lui tournait, il écoutait ce bruit qui le pénétrait, le brisait, mais qu'est-ce que c'est ? demanda-t-il, de la musique, de la musique, c'est un livre écrit avec des notes, les notes de musique combinées selon les canons de la beauté forment cette chose-là, alors Fausto éprouva un tel plaisir qu'il s'évanouit, il s'évanouit en se cognant le nez et en s'affublant d'une entaille au-dessus du sourcil qu'il gardera au moins durant les trois chapitres suivants.

Chapitre 13

Unité spéciale

Les voitures garées en épi devant le Palais présidentiel, noires et luisantes, comme neuves, les chauffeurs qui cuisaient au soleil, garés eux aussi, à côté, et garées les lunettes sur leur nez, garée la cravatc sur leur chemise blanche, tout cela annonçait une réunion au sommet, une réunion durant laquelle le président Andrea Bussoli déverserait toute sa colère et son inquiétude. La citadelle présidentielle de DF était un aquarium de sentiments où seuls le président et sa famille, les ministres et leurs familles n'étaient pas atténués et vivaient comme on vit dans les livres, car les sentiments étaient considérés depuis toujours comme indispensables pour prendre le pouls de la nation, pour être capables de saisir les signaux de danger ou les avertissements dont il fallait tenir compte, c'était déjà ainsi au temps du grand-père d'Andrea Bussoli, le président Giovanni, puis au temps du père d'Andrea Bussoli, Franco Bussoli, le président qui avait mis au point le vaccin et toutes les procédures, et les ministres aussi étaient les enfants des enfants des enfants, alors vous vous demandez peut-être : et les élections ? mais les élections ne sont pas nécessaires dans un pays où le sentiment de liberté n'existe pas, où l'inhibition sentimentale n'existe pas, où les besoins n'existent pas. Et comment faisait le gouvernement pour préserver son statut ? Simple, très simple : la citadelle présidentielle offrait tout ce qu'il fallait pour éviter les contacts avec l'extérieur, le président et les ministres n'apparaissaient que dans le journal ou aux informations télévisées nationales et leurs collaborateurs étaient sondés un par un pour vérifier qu'ils ne perçoivent aucune interférence sentimentale ou affective. Andrea Bussoli avait demandé plusieurs fois à bénéficier du vaccin mais le Conseil des ministres de la présidence de la République avait toujours mis son veto, tous les ministres étaient d'accord sur le fait qu'un président incapable de sentir nuirait à DF. Seulement le président Andrea Bussoli était déprimé, et pas qu'un peu déprimé, déprimé par une dépression qui l'entraînait trop souvent dans la rage et les émotions les plus scabreuses, des émotions qui dans le pays du non-sentiment fragilisaient et déstabilisaient le gouvernement. Le président et son épouse, du reste, comme toutes les familles de tous les ministres, savaient bien que la Constitution de DF stipulait clairement que nul ne pouvait renoncer à sa fonction gouvernementale sans être confiné voire éliminé, gouverner DF était une condamnation et la pire condamnation était d'en garantir la régularité affective et sentimentale. Alors ils savaient ? Bien sûr, tous savaient, au sein du gouvernement, le président, les ministres et leurs épouses qui n'étaient pas assignées mais choisies pour la vie, interdiction de se quitter pour préserver le secret, ils savaient tous que DF était une nation jugulée par un vaccin infantile qui permettait d'éliminer la sensibilité et l'empathie, éléments perturbateurs de la démocratie, et Andrea Bussoli traînait cette responsabilité comme un fardeau. Les ministres étaient assis dans la salle de réunion et attendaient le président. Vous allez me dire, et les collaborateurs ? Non, les employés de la forteresse présidentielle ne sentaient pas, ils n'étaient pas capables de sentir, de comprendre, et ils vaquaient à leurs missions dans un palais qui ressemblait davantage à un palais royal qu'à celui d'une république. Bussoli arriva en sueur, il avait eu une nuit difficile, il ne dormait jamais quand quelque chose de grave venait de se produire et il n'avait même pas la force de déchiffrer le présent avec le minimum de lucidité qu'on attendrait d'un président médiocre, non, Andrea Bussoli restait englué dans les peurs et les fragilités qu'il vivait chaque jour comme la pire des défaites électorales. Bon, je suppose que tout le monde est au courant, on m'a téléphoné hier soir et je sais que vous avez tous été informés, c'est pour cette raison que je vous ai aussitôt convoqués, dit le président Andrea Bussoli à ses ministres qui savaient, bien sûr, qui avaient été informés que trois patients s'étaient échappés de l'hôpital civil de la capitale de DF et se cachaient probablement quelque part, un certain Fausto Albini, un certain Andrea Razzone et un certain Manlio Cuzzocrea ; ils s'étaient peut-être glissés par une fenêtre ou qui sait comment ils avaient réussi à ne pas se faire remarquer, et pas besoin de raconter quel torrent de rage se déversa sur les médecins et les infirmières, en partant du ministre de la Santé jusqu'au chef du département puis, plus bas, au directeur de l'hôpital, au chef de service et plus bas, toujours plus bas, jusqu'à ce que les rangs des punis comptent au moins une centaine de personnes, toutes sous le feu de la colère du président, le président en personne, personnellement, qui exigeait que lumière soit faite et qu'une enquête soit ouverte sur-le-champ, alors le ministre de la Santé, qui déglutissait comme déglutit un ministre qui sait que sa démission coïncide avec sa mort ou *a minima* avec son confinement, expliqua qu'ils avaient encore très peu d'éléments à disposition, qu'ils avaient interrogé tous les soignants présents dans le service cette nuit-là et qu'aucun n'avait eu ne serait-ce que la vague impression d'un mouvement, ils n'avaient découvert les faits que le lendemain matin en soulevant les trois couvertures qui cachaient des vêtements roulés en boule pour simuler une présence, vous comprenez que ces hommes nous ont ridiculisés aux yeux du monde et que cette information ne doit pas circuler, gronda le président Andrea Bussoli et les ministres acquiescèrent et le président rappela que jamais trois personnes, trois carrément, ne s'étaient organisées pour fuir ainsi impunément et qu'on pouvait véritablement parler d'une cellule terroriste à part entière, le genre de chose qui commence par une étincelle et qui finit par embraser tout le pays ; à cet instant, le ministre de la Sécurité nationale qui entretenait d'excellents rapports avec le président Andrea Bussoli car, presque tous les jours, ils allaient ensemble pêcher la carpe dans le lac artificiel de la citadelle présidentielle, le ministre de la Sécurité nationale dit que les recherches seraient immédiates et rapides, qu'on ne tarderait pas à obtenir des réponses, mais le président Andrea Bussoli répliqua que non, ça ne l'intéressait pas, qu'il ne leur faisait plus confiance, inutile de fermer l'écurie une fois les chevaux enfuis, Andrea Bussoli feignait toujours d'avoir une grande culture en citant des proverbes comme si c'étaient les maximes de quelque théoricien ou philosophe éminent, et le ministre de la Sécurité nationale réaffirma qu'il se permettait d'être très confiant alors le président Bussoli s'enflamma soudainement, sa peau se couvrit de plaques rouges et on aurait dit qu'elle allait sécher puis tomber comme les feuilles en automne, il cria que c'était à lui de décider s'ils faisaient du bon travail ou pas et que non, en l'occurrence, ils ne faisaient pas du bon travail et qu'ils devaient arrêter de le traiter comme un idiot en le rassurant avec des propos qui n'étaient pas rassurants, alors le ministre de la Sécurité nationale se retira en bon ordre, il se tassa dans sa veste et dans son col de chemise tel l'enfant réprimandé qui attend sa punition, quel est notre plan ? demanda le président, et le chef de cabinet expliqua qu'ils étaient déjà sur les traces des trois fugitifs, qu'un témoin les avait vus monter dans trois véhicules différents, c'est inutile, l'interrompit Andrea Bussoli, inutile de vous préciser qu'il n'y aura pas de procès dans cette affaire et qu'au nom de la sécurité nationale nous devons procéder directement à leur élimination, évidemment, répondirent les ministres, évidemment, et tous s'accordèrent pour écrire que la première décision officielle de cette réunion confidentielle, comme toutes les réunions du gouvernement de DF, était la peine capitale pour les trois évadés. Sinon que savons-nous sur la mort de leur compagnon de chambre ? comment s'appelait-il déjà, Giacomo Titta, dit le commandant de l'armée, M. Giacomo Titta est décédé à la suite d'un accident respiratoire survenu pendant son sommeil et ce décès semble compatible avec une mort par étouffement même si nous n'avons pas d'éléments susceptibles d'indiquer qu'un des trois l'aurait causée, en effet, le cadavre ne présentait pas de marques de violence au niveau du cou ni la raideur qui aurait prouvé qu'il s'était débattu, ils sont fourbes, dit le président Bussoli, ces trois hommes sont fourbes et dangereux. Dangereux. Il répéta encore, dangereux. Et nous, on est là à piétiner. Que savons-nous d'eux ? alors le président eut droit à un rapport détaillé sur la vie professionnelle et familiale de Manlio Cuzzocrea, de Fausto Albini et d'Andrea Razzone, mais il n'y avait rien d'étrange, ils avaient tous les trois été hospitalisés à la suite de troubles affectifs et on savait seulement qu'Andrea Razzone avait été surpris par son épouse assignée en train de lire un livre, il lisait et riait même, mon Dieu, s'exclama le président, donc cet Andrea Razzone est le cerveau de la bande, c'est lui le chef ? demanda-t-il et personne n'avait de preuves pour confirmer une telle affirmation mais personne n'avait le courage de l'avouer alors personne ne répondit et le président était tellement concentré sur sa question qu'il ne s'intéressa pas à la réponse, la réponse ? quelle réponse ? le rapport fut long et circonstancié, et Andrea Bussoli l'écoutait avec une légèreté qui aurait été insupportable, pour lui j'entends, il n'aurait jamais supporté qu'on ne l'écoute pas comme il n'écoutait pas ceux qui lui parlaient et tout le monde aurait été prié de supporter cet idiot de président par le sang de son père, et de son grand-père, et de père en fils, jusqu'à ce que le ministre de la Sécurité nationale propose la création d'une unité spéciale, une unité antiterrorisme affectif, alors le président Andrea Bussoli se ranima, terrorisme ? lança-t-il, terrorisme ? et on lui expliqua que oui, absolument, on pouvait supposer à partir des éléments à disposition que le trio était en lien avec le réseau du marché noir et de potentielles cellules séditieuses, oh les fourbes, reprit Andrea Bussoli, les fourbes, et les ministres ajoutèrent qu'ils étaient également dangereux, oh que oui, dangereux, ainsi fut instituée une unité spéciale, des agents sélectionnés parmi l'élite de la Police affective chargés de retrouver les trois fuyards et de procéder à leur élimination, totale, ajouta le président, totale, acquiesça le général et tous approuvèrent quand un doute rattrapa le président, un doute ? quelles intentions avaient ces trois citoyens, pouvait-on s'attendre à des actions publiques, devait-on craindre des revendications ? les ministres dirent que non, qu'ils étaient sûrement cachés quelque part sans papiers pour se déplacer, manger ou agir et qu'ils finiraient piégés comme des rats, aucun risque, risque ou pas c'est à moi de le dire, intervint Andrea Bussoli, c'est à moi d'évaluer les risques et les dangers, vous, vous devez me décrire le contexte, rien d'autre, sur les risques vous avez déjà été gravement défaillants. Vint enfin le moment d'écouter la doctoresse Anna Cordio qui avait été convoquée, elle entra dans la salle accompagnée d'un huissier luisant de civilité, elle portait sa blouse de médecin comme si elle n'avait pas d'autres vêtements et cette fois ses cheveux étaient détachés, à peine coiffés, bonjour, dit la doctoresse.

Bonjour, bonjour, c'est vous qui le dites, docteur Cordio, ça va mal, de plus en plus mal, maugréa Andrea Bussoli.

Oui, président. Sur une échelle de 1 à 10, nous sommes à 9, tout le service reconnaît sa défaillance.

Ça ne m'intéresse pas.

Président, nous n'aurions jamais imaginé qu'ils s'enfuiraient tous les trois.

Eh bien vous auriez dû.

Ils se sont sûrement procuré une tenue de camouflage, aucun patient ne peut circuler librement la nuit dans l'hôpital et passer inaperçu.

Et comment ont-ils pu se procurer cette tenue de camouflage ?

Le registre des entrées révèle une probable infraction, une femme déguisée en infirmière.

Je suis sidéré, dit le président.

Sidéré par quoi ? demanda Anna Cordio.

Sidéré par la superficialité avec laquelle vous faites votre travail.

Je comprends.

Je ne m'explique toujours pas et n'ai pas eu d'explication concernant le suicide d'un patient survenu il y a seulement quelques jours, patient qui, si je ne me trompe pas, sortait à peine de ce même service.

Oui, président, Angelo Siani partageait la chambre d'Andrea Razzone, Manlio Cuzzocrea et Fausto Albini.

Il a donc pu être perturbé par ses voisins ?

Il semblait en parfaite disposition au cours de nos entretiens quotidiens.

Cela signifie donc que quelque chose ne fonctionne pas dans vos entretiens, vous ne trouvez pas ?

Oui, monsieur le président, nous sommes en train de réviser les procédures.

Et les autres ?

Pardon ?

Parlez-moi des autres.

Manlio Cuzzocrea était en voie de guérison, il présentait un net aplanissement de ses fonctions affectives.

Alors pourquoi s'est-il échappé ?

Des trois, c'est probablement celui qui a le plus subi l'influence des autres et qui s'est fait entraîner.

Fausto Albini ?

Fausto Albini était un patient difficile, les derniers jours il montrait des signes de détérioration évidents et ne répondait plus au traitement.

Et pourquoi n'avez-vous pas signalé la dangerosité du sujet ?

Parce que nous pensions pouvoir le garder sous contrôle, monsieur le président.

Eh bien vous pensiez mal.

Oui, monsieur le président. Lors des derniers entretiens il donnait l'impression d'être presque conscient de sa maladie.

Mais docteur, quel est le problème clinique de ces sujets, pourquoi ne répondent-ils pas à notre vaccination comme ils devraient ?

Ce sont des sujets qui, pour des raisons diverses, ont été confrontés à des sollicitations affectives et n'ont pas réussi à les vivre avec la bonne distance. Je pense qu'il s'agit moins d'une éventuelle inefficacité du vaccin que d'un excès de stimuli, de stimuli dangereux encore en circulation.

Avez-vous préparé un rapport sur ces stimuli ?

Nous n'avons pas pu les mettre en évidence, monsieur le président, aucun des trois patients n'a su identifier le moment où sont apparus les premiers troubles.

Et le troisième ? Comment s'appelle le troisième ?

Andrea Razzone, monsieur le président.

Que pouvez-vous me dire de lui ?

Andrea Razzone était un patient nonchalant, très distrait, pour lequel nous envisagions un internement permanent, peut-être a-t-il eu accès à de la littérature, à de la musique ou à du matériel illégal.

Non mais vous l'entendez ? Du matériel illégal ? Et comment faisait-il pour se procurer ce matériel illégal dans le service le plus sensible de l'hôpital ?

Nous pouvons supposer que c'est grâce à la femme qui a réussi à entrer.

Vous êtes une bande d'incapables.

Je vous demande pardon, monsieur le président ?

Vous êtes une incompétente. Une incapable. Une bonne à rien.

Je comprends, président.

Non, vous ne comprenez pas parce que vous êtes manifestement trop stupide pour comprendre.

Andrea Bussoli commençait à perdre le contrôle.

Nous avons fait notre possible.

Votre possible, c'est de la merde au point où nous en sommes. Andrea Bussoli était rubicond et ses ministres faisaient le dos rond.

La sécurité de l'hôpital ne se rappelle même pas avoir vu un groupe de trois personnes, dit Anna Cordio.

Alors le président vomit toute sa haine. Une haine que la doctoresse avait étudiée dans les livres et qu'elle sentait à présent sur sa peau, une haine intense, brûlante, haine et violence,

violence et haine, et à la fin Anna Cordio n'eut plus rien à dire, vidée, humiliée, raillée, massacrée, déchiquetée.

La doctoresse pensa que si elle avait un patient comme le président Bussoli, elle devrait l'interner, le dénoncer. Elle y pensa tout au long du trajet de retour, tandis que les collaborateurs du président la raccompagnaient à l'hôpital, et elle se dit que c'était absurde et injuste de soigner les sentiments et d'en être submergée, d'être submergée par le pire d'entre eux de surcroît, la haine, elle qui soignait même le doute. Elle arriva dans son bureau. Elle prit les clés du laboratoire et décida d'aller chercher une fiole de l'antidote. L'antidote auquel elle travaillait depuis des années pour perfectionner le vaccin. L'antidote qui annulait l'effet de la vaccination contre la sensibilité. Elle s'injecta l'antidote.

Elle sentait.

Chapitre 14

La grande mission

À la naissance, l'enfant était immédiatement transféré de la salle d'accouchement à la salle de vaccination. Pas une minute à perdre. Aucun contact avant l'administration du vaccin national fabriqué en continu dans des bâtiments où personne ne connaissait la fonction et la composition de ce qui était produit. Un vaccin générique pour prévenir les maladies infantiles, parfois mortelles, qui contenait un composé spécial élaboré au fil des années pour éliminer les émotions. Pas toutes, attention, il ne fallait pas éliminer toutes les émotions : on aurait assisté au suicide collectif des habitants de DF et il aurait été impossible de respecter les règles sociales fondamentales nécessaires au fonctionnement d'un État qui a l'obligation d'être productif. Parlons plutôt d'une atténuation générale de la sensibilité, de l'empathie en particulier. Grâce à des études poussées, le gouvernement de DF avait en effet observé que le manque d'empathie était la garantie la plus solide et efficace pour le maintien du pouvoir : si l'homme ne s'identifie pas à ses semblables, il ne peut mettre un nom sur ses propres besoins. Et un homme qui n'identifie pas ses besoins ne possède pas le vocabulaire de la démocratie. Le pouvoir qui gouverne avec paternalisme en feignant d'instruire a devant lui une route toute tracée. Le secret pour bien gouverner est de rendre les citoyens bien gouvernables, soumis, incapables de s'unir entre eux et avec le monde extérieur. Les citoyens de DF étaient des esprits atrophiés qui erraient là où on les envoyait. Au cours des dernières années le vaccin avait été perfectionné, grâce au travail minutieux du laboratoire de A orchestré par la doctoresse Anna Cordio, et elle était la seule avec un groupe très restreint de personnes à connaître la formule. Eux et le gouvernement, évidemment. Anna Cordio ne sentait pas toutefois, et elle travaillait sur ce vaccin avec l'innocence du forgeron qui forge sa cage, consciente que ce précieux liquide était très cher au gouvernement et surtout, docile et précise, qu'elle devait garder le secret. On s'était longtemps demandé s'il fallait transférer la doctoresse à l'intérieur de la citadelle présidentielle et la sortir des roulements, mais le président Bussoli III et ses ministres avaient estimé que son exclusion de la vie sociale engourdie de DF et des roulements réguliers pourrait semer le doute. Le gouvernement racontait qu'il devait rester muré dans sa citadelle en vertu d'incontournables mesures de sécurité, invoquant la menace d'un ennemi obscur, une menace brandie depuis des années car, même si la peur n'existait pas, la peur proprement dite, celle qui est décrite dans les livres d'un pays normal, un subtil voile d'inquiétude suffisait à engraisser la confiance totale des citoyens envers leurs dirigeants. Outre le vaccin, on avait beaucoup travaillé sur les stimuli et pour prévenir les nombreuses carences qui étaient apparues, comme cette fois où à la suite d'un défaut de fabrication toute une série d'enfants étaient effrayés par la lune et couraient se cacher dès qu'elle pointait, ou comme quand une autre génération se mit, vers cinq ou six ans, à refuser la nourriture, en proie à ce qui ressemblait à des réminiscences gustatives. Avec les stimuli on avait fait en sorte que personne ne puisse trouver aucune branche à laquelle raccrocher ses lacunes provoquées chimiquement : les gradations de couleurs furent abolies et remplacées par une gamme de tonalités standard, peu vives, passant autant que possible inaperçues, l'art dans toutes ses manifestations fut aboli, les livres, les films, les spectacles, la danse, le cinéma, la musique, la sculpture, la peinture, etc., la cuisine fut réduite au service et à l'absorption d'aliments distribués selon un roulement, les gradations de lumière artificielle furent abolies, l'alcool évidemment fut aboli, fourni en quantité personnalisée et fixée par le gouvernement sous forme de comprimés faciles à avaler avant les soirées avec ses rapprochés. À propos des rapprochés : l'empathie disparaissant, l'amitié disparut également à DF mais on constata que le manque de socialité, bien qu'assimilé, provoquait souvent des déséquilibres psychologiques, alors on instaura là aussi un roulement des personnes en compagnie desquelles chaque citoyen ou citoyenne passait, avec sa conjointe ou son conjoint assigné le temps de se reproduire, une ou deux soirées par semaine, selon les classes, pour entretenir ce minimum d'échanges jugé indispensable et éviter ainsi les épisodes de déconnexion de la réalité. Les conjoints et les rapprochés étaient choisis par le Bureau des assignations du ministère du Roulement qui suivait les développements, corrigeait les erreurs, augmentait ou diminuait les doses d'interactions tel un compte-gouttes dédié aux humeurs et à l'humanité. La tâche du ministère du Roulement était extrêmement délicate car en dépendait la tension du fil rouge qui maintenait en équilibre la société de DF, les erreurs n'étaient pas admises et le président Bussoli, comme les autres Bussoli, avait systématiquement fait appliquer les ajustements jugés opportuns par les ingénieurs affectifs. Si de l'extérieur DF pouvait sembler un État à l'équilibre précaire, les années d'expérience l'avaient amené à se stabiliser sans trop s'exposer. Aucun problème grave au-delà d'une poignée de citoyens inévitablement ébranlés par quelques malencontreux stimuli : certaines superpositions de voix générant des mélodies qui charmaient les nerfs, certains couchers de soleil, maudits couchers de soleil, se lamentait souvent le président Andrea Bussoli, qui remplissaient de nouveaux lits dans les services des Troubles affectifs des hôpitaux ou certaines mélancolies qui jaillissaient d'on ne savait où. De toute façon, au besoin, un traitement médical éprouvé parvenait à renforcer le vaccin et à niveler les problèmes. En revanche, ceux qui se révélaient incapables de guérir finissaient confinés, là où on envoyait toutes les personnes âgées de DF. En se promenant dans les villes on ne croisait pas de vieux. Pas de vieux et pas d'enfants. Les personnes âgées étaient mises au repos dans des structures aménagées par le gouvernement après avoir effectué leur cycle productif et les enfants restaient jusqu'à la majorité dans les Centres pour l'enfance. Pas de famille, évidemment, la famille était l'ennemie du gouvernement de DF, la famille était le nid des sensations et des expériences incontrôlées. Les enfants de n'existaient pas, les pères de n'existaient pas, les mères de n'existaient pas, rien de tout ça n'existait. Et les noms alors ? Les noms étaient attribués par le biais d'une simple équation qui visait à conserver les patronymes historiques de DF, nos racines, expliquait le président Bussoli et on n'avait plus les protéines nécessaires pour apprécier l'histoire et les racines mais le président était tellement fier de prononcer ces mots que personne ne l'arrêtait. Et l'Histoire ? Une histoire plate, simplissime, savamment récrite et interprétée pour être enseignée à l'école. À DF, bien sûr, la recherche était interdite et, plus qu'interdite, elle n'était même pas envisagée : sans empathie les citoyens n'étaient jamais effleurés par ce qui pouvait ressembler à de la curiosité.

L'homme à la veste en velours et son réseau de trafiquants, ces personnes troubles qui proposaient des livres, des disques, des vêtements, des tableaux, des films et de la nourriture qui pouvaient sinon réveiller, du moins stimuler tout ce qui avait été endormi à la naissance, ces gens n'auraient pas su expliquer exactement ce qui ne fonctionnait pas à DF, ce qui rendait leur pays si différent des pays écrits, chantés, sculptés ou filmés. En général, ils l'expliquaient comme l'expliqua l'homme à la veste en velours à Fausto Albini, Manlio Cuzzocrea et Andrea Razzone, car il fit venir chez lui les deux autres qui logeaient chez des membres de l'organisation sans conjoint assigné à ce moment-là, et donc en mesure d'héberger clandestinement un hôte illégal, l'homme à la veste en velours expliqua qu'il existait, leur marchandise en était la preuve, un autre mode de vie avec un ordre social différent et des comportements différents, que eux aussi avaient d'abord pensé qu'il s'agissait de fantaisies bien ficelées mais c'était impossible d'imaginer une telle multitude d'artistes, d'époques et de provenances diverses, capables de décrire la même matrice d'un même monde, et ainsi ils étaient arrivés à la conclusion qu'il devait y avoir quelque chose dans les aliments, dans le système juridique, dans l'instruction reçue, dans l'organisation sociale ou dans tous ces éléments à la fois, quelque chose qui au fil des années les avait rendus inertes, comme une régression sociale et affective, disait l'homme à la veste en velours et Bernadetta confirma qu'il y avait quelque chose d'étrange, qu'ils n'avaient pas encore réussi à identifier. Parce que vous sentez, vous ? demanda Fausto Albini et ils répondirent, enfin l'homme à la veste en velours répondit que non, qu'il ne sentait pas, qu'ils ne sentaient pas plus que les autres, mais qu'ils stimulaient simplement leur sensibilité atrophiée en lisant, en regardant, en apprenant, et ainsi ils essayaient d'imaginer combien pouvait être long le muscle de la curiosité par exemple, combien de fibres pouvait avoir celui de l'amour, mais eux aussi, même après avoir lu des quintaux de livres, regardé des kilomètres de films ou écouté de la musique des journées entières retombaient dans cette lassitude émotionnelle qui imprégnait DF, alors Manlio Cuzzocrea, qui s'intéressait et allait toujours à l'essentiel, demanda ce qu'ils avaient l'intention de faire, ce qu'ils comptaient faire à partir de maintenant, ils avaient découvert tous ces gens qui avaient changé le monde, ils avaient lu et étudié leurs récits, mais il ne voyait pas bien ce qu'ils pouvaient faire maintenant, et l'homme à la veste en velours répondit que leur mission, leur objectif déclaré était de faire ouvrir les yeux au plus grand nombre, d'expliquer à un cercle de plus en plus large de personnes que si on voulait, on pouvait imaginer un autre paradigme, quelle connerie, lâcha Manlio Cuzzocrea en semant un peu d'embarras, pourquoi ? demanda Bernadetta Colosimo et il répliqua qu'ils en étaient réduits à lire des livres en cachette, c'est merveilleux de passer du temps à lire, intervint Andrea Razzone et Manlio Cuzzocrea dit que non, c'était peut-être merveilleux de lire, mais être obligé de se cacher jusqu'à ce que tôt ou tard, parce que tôt ou tard on les retrouverait, ça n'avait rien de merveilleux, alors l'homme à la veste en velours dit que ce discours, celui que tenait Manlio Cuzzocrea sans rechigner à boire un verre de vin, ce discours prononcé de cette manière signifiait que Manlio Cuzzocrea sentait, et comment, qu'il était de ceux pour qui la satisfaction immédiate de contempler l'art ne suffit pas et qui éprouvent le besoin d'en produire, Bernadetta aussi est comme ça, et certains d'entre nous, affirma-t-il et Manlio Cuzzocrea s'énerva, il était presque vexé et dit que ça lui semblait juste stupide de devenir ennemis du gouvernement pour pouvoir regarder un film ou écouter une chanson, qu'il lui semblait également difficile de réussir à *faire ouvrir les yeux*, il scanda ces mots d'un ton railleur, au plus grand nombre en distribuant un livre par-ci un livre par-là, et enfin que c'était impossible d'imaginer qu'on ne les prenait pas pour des illuminés. Et puis pourquoi nous ne sentons pas ? enchaîna Manlio Cuzzocrea. Personne n'avait la réponse. Vous croyez vraiment que c'est la nourriture ? Un pays contrôlé par la nourriture et l'instruction ? Ce sont les petits détails mis bout à bout qui contribuent à l'aveuglement général, se défendit l'homme à la veste en velours. Allons donc... fit Manlio Cuzzocrea. Et Fausto Albini lui donna raison. C'est déjà la deuxième fois dans ce livre qu'il lui donne raison. Quelque chose nous échappe, dit-il et Manlio Cuzzocrea se réjouit, il se réjouit vraiment et tapa dans le dos de son compagnon qui toussa pendant un quart d'heure.

Fausto eut l'idée et ils la mirent en œuvre un mercredi. La grande mission, l'avait appelée Fausto, et elle avait vraiment une odeur de grande mission tandis qu'il la présentait à ses camarades qui se réunissaient désormais presque tous les jours pour lire, regarder et discuter, on aurait dit un café d'intellectuels sauf qu'à DF les intellectuels étaient chassés comme des bandits. Bandits, reprit Bernadetta Colosimo, un mot rond et parfumé, bandits, répéta-t-elle avec cet air de brigande prête à détrousser les puissants comme elle l'avait lu dans certains livres, et elle devint songeuse, et quand Bernadetta devenait songeuse, elle posait son menton sur son poing perpendiculaire, assise le coude sur son genou avec des explosifs au bout des doigts, alors Fausto expliqua dans une pose professorale que tous les citoyens devaient entendre, que le plus de gens possible devaient entendre et écouter comme la vie détonnait, comme toute cette mécanique imposée par le gouvernement pouvait facilement s'enrayer, il suffisait d'un petit grain de sable et leur petit grain de sable c'était une note. Des notes de musique, les notes sont les armes les plus sournoises parce qu'on ne peut pas les toucher, ni les transporter, elles sont plus légères que l'air, vous imaginez la Police affective tirer sur des notes ? lança Fausto, quelle belle question, pensa l'homme à la veste en velours, elle pourrait figurer dans un livre, et puis les notes n'ont pas d'expéditeur, elles n'ont pas de couleur, pas de responsable, les notes appartiennent à ceux qui les écoutent, ainsi nous pouvons contaminer sans nous montrer, nous pouvons briser ce maudit silence qui étouffe la nation, nous devons être organisés et attentifs. D'abord, ils avaient étudié le plan du système de sonorisation de la station de métro G22, le fonctionnement des amplificateurs et des haut-parleurs qui diffusaient les informations radiophoniques nationales et les annonces aux voyageurs, train à l'approche, train en retard, train supprimé, nous vous rappelons qu'il est interdit de parler aux voyageurs à l'exception des rapprochés qui vous sont régulièrement assignés, éloignez-vous de la bordure du quai, merci de laisser les voyageurs descendre du train avant de monter à bord, toutes ces choses que nous écoutons sans les écouter, qui glissent sur nous qui pensons à où nous devons arriver et d'où nous sommes partis, à ce que nous devons faire, pendant que les minutes s'imbriquent et nous encagent ; Manlio Cuzzocrea avait quelques notions d'électricité, Manlio Cuzzocrea, avec ses paluches qui semblaient pouvoir arracher tous les fils rien qu'en les effleurant, s'était entraîné dans leur repaire et ses mains devenaient les aiguilles d'une habile couturière, Andrea Razzone se posterait à côté du tableau de commande situé près du kiosque qui distribuait le journal national, les titres de transport, de l'eau et d'autres petites choses, Andrea Razzone ferait la sentinelle et une sentinelle aussi tordue, dégingandée, pourrait peut-être éveiller des soupçons, mais Andrea Razzone avait toujours cette allure d'homme qui est là sans être là et on penserait qu'il s'était arrêté en chemin pour méditer sur quelque affaire à régler dans l'après-midi, ils décidèrent que le meilleur moment était le matin quand les pendulaires pendulent en masse, pour toucher le plus de gens possible comme acté dans les termes de la grande mission, Bernadetta Colosimo ferait des allers-retours entre l'entrée et le quai pour s'assurer qu'il n'y avait pas de vigiles ou de policiers, et Fausto Albini arriverait une fois le tableau ouvert, passant tel un passant de passage pour insérer la cassette qui inonderait la station, quelle musique on met ? demanda Bernadetta, et surtout combien de temps pourra-t-on la diffuser ? alors Manlio Cuzzocrea expliqua que ça dépendait, parce qu'il y avait huit tableaux de commande dans la station, et ça dépendait de comment ils décideraient de les contrôler, dans quel ordre, et Fausto Albini dit qu'il avait choisi la *Symphonie n° 5 en do mineur* de Beethoven, dédiée au prince Lobkowitz et au comte Razumovsky, en commençant par le premier mouvement, l'« Allegro con brio », et ces quatre notes inquiétantes qui selon le compositeur incarnaient le destin frappant à la porte, le destin n'est-il pas un concept que nos dirigeants ont tué ? lança Fausto, un concept qu'on nous refuse, et n'était-ce pas une inquiétude qu'ils devraient ôter aux voyageurs et pulvériser, puis Fausto ajouta que s'ils avaient assez de temps ils diffuseraient aussi le deuxième mouvement, « Andante con moto », un *andante* en *la* bémol majeur, Fausto avait étudié, qui transforme l'inquiétude en détente et se transforme dans les passages les plus intenses en *do* majeur cédant la place aux cuivres et là, au moment où ils l'écoutèrent ensemble dans la pénombre du salon de l'homme à la veste en velours, à faible volume pour ne pas alerter les voisins, Manlio Cuzzocrea se mit à pleurer comme un enfant, les mêmes pleurs qui l'avaient conduit à l'hôpital, et lui vint l'envie d'étreindre, une envie d'étreindre famélique, tel un loup qui hurle à la solitude, et Andrea Razzone se redressa pour l'accueillir en lui caressant la tête, dans la première exécution, les violons et les violes accompagnent les accords en *do* majeur et *sol* majeur, en triolets, donnant une sensation de lenteur mais dans un rythme de marche, la deuxième exécution met à l'honneur les violons et les violes, et les quartolets remplacent les triolets apportant davantage de mouvement à la composition ; dans la troisième exécution, les violons et les violes accompagnent à nouveau, expliqua l'homme à la veste en velours tandis que l'émotion empiétait sur l'attention. Ainsi, ce mercredi, Fausto arriva à la station G22 à l'horaire convenu, la cassette en poche, chacun venait d'un point différent, Manlio Cuzzocrea était encore une fois habillé en technicien mais qu'est-ce qu'elle tombait bien cette combinaison sur son corps solide comme un chêne, Bernadetta Colosimo était déjà dans les profondeurs du métro à scruter l'horizon et Andrea Razzone faisait la sentinelle contenant difficilement son excitation à l'idée de ce qui allait se passer ; les escaliers et les quais étaient des colonnes de fourmis rangées et disciplinées qui se déplaçaient sans respirer, une marée synthétique et industrieuse, des citoyens de classe 1, de classe 2, de classe 3, de classe 4, de classe 5, de classe 6, de classe 7, de classe 8, de classe 9 et de classe 10 qui se mélangeaient sans un mot, sans un bruit superflu, juste le cliquetis des pas, le frottement des sacs et les régurgitations des rames qui arrivaient puis repartaient, et Manlio Cuzzocrea, telle une abeille ouvrière devant le tableau de commande, plan à la main, ajustait les fils et relevait les interrupteurs, autour de lui un bruit plat, un bourdonnement de gens qui semblaient avoir perdu l'usage de la parole, un troupeau en mouvement qui écoutait son propre piétinement, une ville comme ces petits paysages en fer-blanc qui s'animent avec une clé, il y a les bus, les voitures, les cloches, les trains, les habitants, et les enfants exultent à la première illusion de vie avant de s'ennuyer inévitablement devant ce mécanisme prévisible qui, très vite, redevient objet, grincement de ferraille, et à DF on n'avait jamais vu ce genre de jouet, mais si vous en avez vu, voilà, c'était comme ça ; Fausto était inquiet mais content, Manlio Cuzzocrea réfléchissait avant de décider où placer son tournevis et il n'était pas de ces gens capables de suivre deux pensées en même temps, Bernadetta guettait le moment et Andrea Razzone penchait immobile mais vigilant, sans laisser perler le moindre tressaillement, c'est à cet instant que Fausto passa et inséra la cassette, un bzzz résonna, la musique commença, et quand la musique commença, quand elle se propagea en ricochant sur les murs noirs 400 et sur les portes des issues de secours blanc 020, quand elle s'insinua comme un doigt crochu dans les narines puis dans les cerveaux, un rideau qui se déchire derrière une fenêtre ouverte par un coup de vent, les habitants de DF se regardèrent incrédules et honteux, certains prenaient leur tête dans leurs mains, d'autres se tiraient les cheveux, les deux personnes assises à l'extrémité du quai se levèrent et esquissèrent un pas de danse sans savoir que c'était une danse, une femme poussa un cri désespérant à faire sauter ses cordes vocales comme les cordes d'un violon, beaucoup se mirent à courir pour tenter de remonter à la surface comme s'ils se noyaient sous l'écho de ces *sol*, beaucoup se couchèrent semblant vouloir se protéger d'un effondrement qui n'était en réalité qu'ascension, après avoir jeté en l'air sa sacoche contenant ses documents de travail un homme s'arracha les yeux et les lança sur les voies, puis les cerveaux gonflèrent comme des éponges qui n'ont jamais connu l'eau, ils frappaient pour sortir des crânes causant des douleurs lancinantes et, tandis que la police courait pour contrer cette attaque, un train sans arrêt déboula et emporta dans sa course une douzaine de personnes, très peu seulement se figèrent dans une extase qui paralysait les muscles, et pendant ce temps Andrea Razzone, au milieu de l'effervescence des gens qui hurlaient et couraient, faisait de grands moulinets avec ses bras tel un chef d'orchestre aux cheveux trop longs et trop ébouriffés sur une île que lui seul connaissait, un technicien proposa de couper l'électricité, un policier qui saignait des oreilles tirait sur les haut-parleurs et, non loin de Fausto, une femme s'assit jambes croisées et essaya de chanter en obtenant les sons étranglés d'une gorge noyée, enfin les sirènes d'alarme balayèrent la musique bruyamment. Ce furent au moins quatre minutes de délire, un délire, raconta Fausto à l'homme à la veste en velours qui n'était pas du tout satisfait du résultat et réfléchirait le lendemain avec les autres sur les conséquences dramatiques de la grande mission. Fausto Albini, Bernadetta Colosimo, Andrea Razzone et Manlio Cuzzocrea se dirigèrent vers la sortie en simulant un vague désespoir et en laissant derrière eux un chaos souterrain de crabes qui guerroyaient à coups de pince, ils sortirent tranquillement tandis que les ambulances et les véhicules de police s'agglutinaient aux entrées de la station, et ils prirent quatre directions différentes en se promettant de ne pas se revoir ce jour-là, de tout remettre au lendemain, de tourner le dos à cette apocalypse comme on s'éloigne d'un lieu désormais visité ; alors la ville sembla prise d'un frémissement, la rumeur d'une attaque terroriste se répandit, on parlait de nombreuses victimes, de très nombreux blessés, d'une volonté de frapper la nation en plein cœur, les policiers ordonnaient dans leurs micros de regagner son domicile, d'abandonner ses effets personnels, de se mettre en sécurité et de libérer la zone pour faciliter les interventions. Dans un taxi pour rejoindre sa planque, Andrea Razzone regardait les rues qu'on traversait comme on glisse sur des toboggans et il pensa que cette introduction, ce *sol sol sol mi*, pause, *fa fa fa ré* était un cri de guerre, Beethoven avait raison, c'était le destin qui frappait à la porte, et Fausto Albini, qui dans le bus 77 rejoignait le 269 de la rue F14, pensa qu'ils n'avaient provoqué que douleur, mort et douleur, et ce n'était pas ce qu'ils avaient en tête, ils s'étaient trompés quelque part, les choses ne s'étaient pas du tout passées comme il l'imaginait.

Chapitre 15

L'antidote

La une du journal national titrait en pleine page, *ATTAQUE MEURTRIÈRE*, avec en photo des ambulances et des civières pour illustrer le *terrible acte terroriste*, le décompte des morts, quatorze au total et près d'une centaine de blessés, les témoignages sordides de ceux qui avaient pataugé dans le sang tandis qu'une infâme combinaison d'ondes sonores avait rendu fous les pendulaires de la station de métro G22, l'hypothèse qu'il s'agissait de la première d'une série d'attaques planifiées par la cellule terroriste, évidemment les témoignages des survivants qui remerciaient les statistiques et les probabilités qui les avaient sauvés, car ils l'avaient vraiment échappé belle, et enfin les réactions des conjoints assignés qui exigeaient que justice soit faite, même sommairement. Mais ne transparaissait aucune peur, non. Le compte-rendu se déroulait comme un souvenir détaché des faits advenus qui étaient déjà histoire, avec la distance patinée de ceux qui les étudient sans affect, et les lecteurs de DF, car tous les citoyens étaient invités à lire chaque matin le quotidien national, lisaient avec une attention flottante comme on reçoit une nouvelle de l'autre bout du monde qui laisse cependant une empreinte fraîche sur la porte de notre maison, seulement ce détachement insidieux avec lequel les citoyens s'obstinaient à se réveiller chaque matin, à aller travailler, à faire du sport, à dîner, à regarder les informations télévisées nationales et à s'endormir le soir, un sentiment d'inertie permanent tatoué sur le quotidien, faire, faire, faire, faire, faire, sans réfléchir, puis faire, faire, faire et ne pas réfléchir, et même l'information de l'*ATTAQUE MEURTRIÈRE* ne changea rien aux préoccupations, ne décala pas les regards, n'aiguisa pas les doutes, n'éveilla pas les soupçons, les citoyens de DF prirent acte que le gouvernement pointait un ennemi inconnu et qu'il le neutraliserait bientôt et, le lendemain matin, dans la station de métro G22 parfaitement nettoyée, telle qu'elle était deux jours plus tôt, la densité était la même, oui, la rapidité était la même, crépitante, les regards étaient les mêmes, concentrés sur le vide, et le déploiement accru des forces de l'ordre était le signe objectif d'une chose qui devait être endiguée, qu'on s'empressait d'endiguer, et ce n'est pas notre affaire, disaient les citoyens de DF, le résultat d'une attaque qui avait échoué. L'absence de peur était, tout compte fait, un problème pour le gouvernement de DF qui aurait voulu l'utiliser et le président Andrea Bussoli, après y avoir réfléchi toute la nuit, demanda s'il n'était pas possible d'instiller d'une manière ou d'une autre un peu de peur dans tout ça, de la pulvériser depuis le ciel, de la mélanger aux rations hebdomadaires, enfin, inventez quelque chose, et le ministre de la Santé demanda au laboratoire et la doctoresse Anna Cordio répondit que bien sûr, ils allaient essayer, expérimenter, vider leurs fioles et étendre la recherche jusqu'à trouver une solution, sans ajouter d'empathie, en revanche, juste un peu de peur, ça doit être possible, en l'injectant dans les fruits et légumes, de la peur dans une carotte ou dans un bifteck, merde, qu'est-ce qu'on leur donne à manger cette semaine ? demanda le président et le ministre de l'Alimentation lui répondit que c'était la semaine des tomates, voilà, dans les tomates, dites à la doctoresse de se réveiller et d'intervenir ; voilà ce qu'il se passait au Palais présidentiel où tous les ministres et le président convinrent que, si on ne ranimait pas la peur, ils risquaient de se retrouver seuls en guerre contre des gens dont pour l'heure ils ne savaient rien, et puis dans le journal national il y avait une interview, une longue interview comme c'était le cas presque tous les jours, du président Andrea Bussoli qui déclarait être prêt, avec le gouvernement, à prendre des mesures et à déployer toutes les forces nécessaires pour traquer ces terroristes, des terroristes au pays de la terreur qu'on n'arrivait pas à éprouver, et il annonçait un décret qui serait bientôt publié : pas un mot autorisé en dehors du cercle des conjoints et des rapprochés, une généreuse récompense pour quiconque donnerait des informations sur des consommateurs illégaux de produits illégaux, le signalement obligatoire du moindre comportement suspect sous peine d'être accusé de trahison, un coup de vis supplémentaire sur les gradations de couleurs, l'installation sur l'ensemble du territoire national de puissants phares pointés vers le ciel pour annuler les effets de l'aube, des étoiles et des couchers de soleil, une lumière constante, vingt-quatre heures sur vingt-quatre, pour éviter de nouvelles interférences morales, un grand projet, assura le président, le lancement d'une unité spéciale pour débusquer les assassins, et y avait-il déjà des suspects ? non, non, je ne donnerai pas de noms ici, la création d'une nouvelle Police sonore équipée des dernières technologies, de drones notamment, pour mettre toutes les habitations sur écoute et davantage de rigueur dans l'évaluation de la moindre altération de la régularité affective, une belle interview avec la photo du président, un regard sévère mais rassurant, un costume gris, gris 126 la veste, gris 126 la cravate et gris 126 la chemise, un ton sur ton à vomir, avait commenté Bernadetta Colosimo, et le président Andrea Bussoli concluait en appelant à la vigilance, une grande vigilance, la plus grande vigilance, en espérant que la peur ne gagne pas les esprits car c'était un sentiment qui avait dévasté des civilisations entières, un sentiment que, fort heureusement, le brillant gouvernement de DF n'avait jamais connu, je ne voudrais pas que la peur gagne, dit le président sournois à la journaliste, et fin de l'interview.

Dans le repaire de l'homme à la veste en velours et de ceux qui s'entraînaient à sentir, Fausto Albini, Andrea Razzone, Manlio Cuzzocrea, Bernadetta Colosimo et l'homme à la veste en velours, flottait une ambiance d'enterrement, la grande mission était une connerie, lâcha Manlio Cuzzocrea, et Fausto Albini réfléchissait tout haut au fait qu'ils n'avaient pas eu l'intelligence d'imaginer ce qui allait se passer, nous arrivons à communiquer entre nous mais nous ne sommes plus en phase avec nos concitoyens, nous sommes sur une île, dit Fausto Albini, et l'homme à la veste en velours exprima son inquiétude par rapport à ces réactions que leur plan n'avait pas prévues, nous sommes partis du principe que découvrir quelque chose de nouveau était une libération or la beauté, si elle est inconnue, revêt les apparences de la laideur, c'est l'effet de l'inconnu, expliqua l'homme à la veste en velours et Bernadetta Colosimo, même elle, dit qu'il fallait peut-être laisser tomber, arrêter, attendre, réfléchir, elle tenait le journal entre ses mains et tremblait de rage, au fond ils se sentaient coupables, maintenant qu'ils s'étaient entraînés à sentir ils éprouvaient les émotions les plus troubles et tous priaient pour que revienne à leur secours l'engourdissement sentimental, ils auraient voulu retourner dans la coquille qu'ils avaient eu tant de mal à fendre. Bernadetta Colosimo, assise, portait une tunique indienne et froissait son journal, Manlio Cuzzocrea, qui dernièrement avait pris grand plaisir à s'habiller, n'avait pas eu la force ce jour-là de faire semblant et portait les vêtements du gouvernement, il marchait nerveusement, c'est ma faute, grommelait-il, ce sont mes mains qui ont fait ça, et l'homme à la veste en velours lui dit qu'il y avait une part de libération dans la culpabilité, que la culpabilité était un sentiment comme les autres et qu'ils devaient l'appréhender pleinement, aller au bout de cet échec pour apprendre et s'améliorer, mais Manlio Cuzzocrea répétait allons donc, allons donc, allons donc, en arpentant la semi-obscurité du salon, devant le canapé couvert d'un drap chocolat imprimé de fleurs de mûrier, alors Andrea Razzone dit qu'ils devaient ajuster le tir, qu'ils sentaient de travers, qu'il n'y avait pas pire douleur que celle endurée par deux personnes qui n'arrivent pas à s'entendre et jouent deux partitions différentes, que même les amants, quand ils s'aiment sur des fréquences trop éloignées, finissent souvent brisés par la force de leur amour, et qu'ils devaient répondre, oui, nous devons répondre, approuva Fausto Albini et l'homme à la veste en velours dit qu'on ne leur en donnerait jamais les moyens, que même s'ils écrivaient une réponse elle resterait lettre morte, alors Manlio Cuzzocrea, enlisé dans ses allons donc, allons donc, allons donc, émergea pour dire qu'il faudrait en imprimer des millions d'exemplaires pour se faire entendre, et les glisser un par un dans les boîtes aux lettres de tous les habitants de DF, ce qui était impossible, et Bernadetta pensa à un de ses clients qui travaillait à l'Imprimerie nationale et qui parvenait à imprimer discrètement certains documents, Davide Valenti, dit Bernadetta avant d'ajouter qu'il lui rendrait ce service, qu'elle pouvait essayer de lui parler, c'est trop dangereux pour le moment, objecta Manlio Cuzzocrea, c'est dangereux de recruter des nouveaux résistants alors que le gouvernement incite tous les citoyens à cafarder pour décrocher des récompenses, mais Bernadetta répéta qu'elle pouvait essayer, non, non, dit l'homme à la veste en velours, et Fausto Albini, qui semblait n'avoir rien écouté, affirma qu'ils n'avaient pas échoué, qu'ils avaient ouvert un sentier, nous ne pouvions pas imaginer ce qui s'est passé parce que nous ne savons pas ce qui nous rend si figés et imperméables, nous ne savons rien de cette dureté de cœur et rien du gouffre entre ce que nous sommes et ce que nous voudrions être, puis il ajouta qu'ils devaient honorer ces morts en révélant à tout le monde qu'on les avait conditionnés pour se tuer devant la beauté, c'est facile, dit Fausto, d'éduquer les gens à la laideur, il suffit de les habituer à ramper jusqu'à les convaincre de la normalité de la situation, éduquer à la beauté signifie ouvrir les cœurs et tout y faire entrer, comme la bouche d'une baleine au fond de l'océan, les belles choses bien sûr mais aussi quelques fragments de verre et de l'air vicié, tout, car il n'y a pas de filtres dans les branchies d'un peuple qui a désappris à respirer, puis il se perdit dans des dizaines d'autres métaphores que personne ne comprit. Que répondrons-nous, alors ? Nous répondrons ceci, dit l'homme à la veste en velours, *nous ne sommes pas des meurtriers et nous n'acceptons pas l'arrogance d'un gouvernement qui vend la prison comme la liberté, nous avons accompli ce geste pour démontrer que la beauté blesse un peuple qui a été élevé en rampant, nous poursuivrons notre éducation à la beauté par tous les moyens possibles et portons sur notre poitrine la médaille de la haine d'un gouvernement qui n'a pas le courage d'opprimer au grand jour et qui agit en taillant les veines de l'être véritablement humain, nous avons les yeux ouverts et nous ferons ouvrir les yeux partout*, bravo, lança Bernadetta, bravo, si seulement on pouvait, et elle embrassa l'homme à la veste en velours, les autres s'étonnèrent encore, ce repaire était un horizon de surprises permanentes, et comment signons-nous ? signons *Les Brigades sentimentales*, dit Fausto Albini, nous sommes les Brigades sentimentales.

Ils décidèrent de ne pas s'arrêter, non, et ils firent bien car lorsqu'ils envoyèrent à nouveau Bernadetta Colosimo avec une pile de livres à vendre dans le service des Troubles affectifs de l'hôpital de la capitale de DF, ils réussirent le coup qui marquera le énième rebondissement de ce livre.

Ils avaient décidé de cibler les citoyens internés qui, au fond, montraient déjà une certaine prédisposition, et ils avaient besoin de renforts, d'élargir le cercle, disait Fausto Albini, et là, dans les chambres de ce service il y avait sûrement d'autres patients qui attendaient comme eux de pouvoir mettre un nom sur ce qu'ils sentaient, et il fallait les avertir que leur maladie était en réalité une aspiration à cultiver et non à réprimer, et Bernadetta Colosimo prépara encore une fois sa tenue d'infirmière, Bernadetta Colosimo était la reine des déguisements parce qu'elle devenait infirmière jusque dans la forme de ses pensées, elle se sentait infirmière, disait l'homme à la veste en velours, puis elle monta dans le bus 32, arriva à l'hôpital et fut bientôt dans le service, elle ne savait pas encore comment reconnaître les clients potentiels, qui d'ailleurs ne seraient pas des clients parce qu'elle avait décidé en accord avec les autres d'offrir ces livres, je pourrais peut-être leur demander s'ils sont vraiment convaincus d'être malades, je pourrais leur demander s'ils n'ont pas l'impression que ce mal est un bien et que le bien qu'on prétend leur imposer est un mal, je pourrais leur demander en quoi est-ce une faute de s'émouvoir pour telle ou telle chose ou peut-être que je pourrais trouver dans l'hôpital une infirmière, une vraie, qui accepte d'être des nôtres et nous facilite la tâche, pensa-t-elle et tandis qu'elle marchait, elle entendit appeler, infirmière, c'était elle qu'on appelait et elle eut un coup au cœur car elle était hantée par ces morts et cette interview et, infirmière, on appela encore et c'était Anna Cordio, la doctoresse dont elle avait longuement parlé avec Fausto Albini, Manlio Cuzzocrea et Andrea Razzone, cette doctoresse qui apparaissait souvent dans le journal avec une kyrielle de photos, venez par ici s'il vous plaît, lui dit Anna Cordio en entrebâillant une porte qui était sans doute celle de son bureau.

Entrez, s'il vous plaît.

Bonjour docteur, je suis juste de passage.

Dans quel service travaillez-vous ? Anna Cordio s'assura qu'il n'y avait personne alentour.

Au premier étage, docteur.

Venez. Entrez.

Bernadetta Colosimo entra dans une salle avec une grande roue, un petit lit, une table, une photo du président Andrea Bussoli, une armoire remplie de flacons et de dossiers, enfin ce qui ressemblait à des dossiers.

Je suis un peu pressée, docteur.

Où allez-vous.

Je dois remettre un document.

À qui.

À la direction.

À qui.

Figurez-vous que j'ai oublié. Avec ces roulements de jour et de nuit, je suis fatiguée et étourdie.

Puis-je voir ce document. La doctoresse n'avait pas un ton interrogatif, elle jouait un prélude par obligation, à contrecœur.

C'est confidentiel, répondit Bernadetta Colosimo.

Comment va Fausto Albini ?

Bernadetta se crispa.

Alors infirmière, et Manlio Cuzzocrea ? Et Andrea Razzone ?

Qui ça ?

C'est à vous de me le dire. Puis-je connaître votre nom ?

Docteur, je crois qu'il y a un malentendu. On m'attend.

Qui vous attend. Anna Cordio assenait ses questions comme des haches.

Bernadetta Colosimo tremblait à présent.
Anna Cordio aussi tremblait.
Tremblait-elle de colère ? Pour sa victoire ? Bernadetta sentait leurs tremblements synchrones et elle aurait voulu connaître tout de suite la fin de cet épisode.
La doctoresse ferma la porte à clé.
Je suis Anna, dit Anna Cordio en lui tendant la main.
Bernadetta répondit en lui donnant la sienne.
Vibrato.
Je n'ai pas l'intention de vous dénoncer. Mais vous devez répondre.
À quoi ?
Decrescendo.
Vous devez me répondre. La musique dans le métro, c'était vous ?
Non.
Comment vous l'êtes-vous procurée.
Il y a de la musique partout. Il suffit de savoir la trouver, docteur.
Crescendo.
Et comment l'avez-vous trouvée ?
Ça se trouve.
De la musique, des livres, de la peinture, vous trouvez de tout ?
Crescendo fortissimo.
Ça dépend.
De quoi.
Ça dépend qui cherche.
Vous avez le bon état d'esprit, mais vous êtes sur le mauvais chemin.
Je ne vous comprends pas.
J'imagine.
Quel état d'esprit ?

L'esprit de rébellion. La rébellion est saine et justifiée. Seulement personne ne vous suivra. Ils n'ont pas les yeux pour voir.

Qui ?

Tous.

Tous ?

Une ligne rouge les séparait maintenant du reste du monde. *Andante animato.*

Et pourquoi ils ne voient pas ?

Parce que dans ce pays rares sont ceux qui ont des oreilles, un nez et des yeux. Vous en avez trouvé quelques-uns ici, dans cet hôpital. Dehors, dans la rue, il n'y en a pas.

Et vous alors ? Et moi ?

Le vaccin n'a pas eu sur nous l'effet désiré.

Quel vaccin ?

Pour parler à un sourd, il faut d'abord lui redonner l'ouïe.

Quel vaccin ?

L'impossibilité d'éprouver des émotions est le résultat d'un vaccin national. Vous éprouvez des émotions que vous ne savez pas identifier, vous en distinguez certaines, mais la plupart restent cachées ou endormies. Les personnes auxquelles vous avez fait écouter cette musique ne l'ont pas entendue, elles ont juste éprouvé une sensation qu'elles ont assimilée à une maladie, d'où les manifestations de désespoir. Pour construire des émotions il faut en maîtriser le vocabulaire, or les citoyens de DF sont analphabètes. Vous voulez raconter une belle histoire à des gens qui ne comprennent pas votre langue.

Un vaccin ?

Un vaccin, exactement. Un vaccin administré à tous, dès la naissance. Parfois il ne parvient pas à couvrir tout le spectre des émotions et il reste des failles, c'est votre cas et probablement celui de vos camarades. Cependant vous manquez de lucidité et agissez maladroitement.

Alors pourquoi nos livres fonctionnent, docteur ?
Parce qu'ils touchent des nerfs sclérosés mais toujours actifs.
Vos livres ont-ils le même effet sur tout le monde ?
Non, sur certains ils n'ont aucun effet.
Voilà, ce sont les gens pour lesquels le vaccin a joué pleinement son rôle. Vous êtes donc capables de découvrir les maillons faibles.
Comment ? Nous n'avons pas de stratégie.
Quand le vaccin fonctionne pleinement, on ne devrait même pas avoir la curiosité de lire un livre, réfléchissez, les curieux sont déjà des sentimentaux en puissance, des personnes qui ont simplement besoin d'être stimulées.
Ça a du sens, dit Bernadetta Colosimo.
Bien sûr que ça a du sens. La curiosité devrait être complètement neutralisée par le vaccin.
Mais pourquoi ce vaccin ?
Je ne peux pas vous répondre avec exactitude, je suppose que c'est une forme de contrôle. Un peuple vacciné tend à être plus docile, à accepter plus facilement les décisions, à poser moins de questions, à éviter les problèmes.
En clair, cela nous rend plus gouvernables.
Je suppose que oui, mais c'est une supposition. En tout cas, nous sommes un pays où règne une conception altérée de la liberté et de la démocratie, vous ne trouvez pas ? demanda la doctoresse.
Nous sommes un pays très différent de ceux décrits dans les livres, ça, c'est sûr. Je ne sais pas pour la liberté, mais je sais qu'on nous interdit la beauté.
Pas vraiment, c'est la vitalité qui est interdite, sous toutes ses formes. Le vaccin nous prive de la beauté et nous sauve de la laideur, il les rend indiscernables. C'est un compromis qui se perpétue et que nous traînons de génération en génération.

Donc notre bataille est juste !

Oui, mais elle n'est pas lucide, je vous le répète. Parce que vous n'êtes pas lucides.

Bernadetta Colosimo se vexa ostensiblement. *Andante con brio.*

Et vous, docteur, vous vous croyez lucide ? Pardon mais si nous ne pouvons pas être lucides, comment le seriez-vous ?

Parce que moi, je sens. Tout. J'ai annulé les effets du vaccin. D'ailleurs, être confrontée aujourd'hui au mode de vie que j'ai suivi depuis ma naissance m'angoisse énormément.

Comment avez-vous annulé les effets du vaccin ?

Avec un antidote.

Vous avez un antidote ?

C'est mon travail. C'est mon travail depuis toujours. En élaborant le vaccin, nous avons également développé son antidote, cela faisait partie du programme.

Il fonctionne pour tout le monde ?

Scientifiquement parlant, son taux d'efficacité est très élevé.

Anna Cordio était différente. Différente de tous les autres citoyens, se dit Bernadetta Colosimo, elle avait des gestes conscients, elle explorait les pensées de fond en comble et était propriétaire de son corps comme personne, elle se distinguait même de l'homme à la veste en velours que Bernadetta Colosimo croyait être l'homme le plus éclairé qu'elle ait jamais vu dans l'obscurité ; la doctoresse n'était pas son ennemie, elle tendait à une proximité que Bernadetta sentait sur sa peau, elle était dans ses mots. Leur échange devint une symphonie, Bernadetta Colosimo était une voix et Anna Cordio dix, douze, vingt, une pour chaque mot.

Pardon, docteur, mais je ne comprends pas. Vous m'avez interpellée, vous me racontez tout ça et... je ne sais pas quoi vous répondre, moi, dit Bernadetta.

Normal, c'est normal. Il y a des situations que même vous, qui êtes pourtant incroyablement plus sensible que la majorité des personnes, n'arrivez pas à lire. En ce moment vous devriez être euphorique, et quand je vous ai appelée vous auriez dû avoir peur, or vous restez incorporée à une somnolence émotive. Vous ne m'avez même pas demandé comment je vous ai reconnue, je ne devrais pas vous souffler les questions que vous me poseriez dans une situation normale, vous ne croyez pas ?
C'est vrai, comment m'avez-vous reconnue ?
Dans certains cas vous avez la vie facile : vos déguisements fonctionnent car la curiosité est faible et nonchalante. Une personne qui sent, une personne qui s'est administré l'antidote détecterait parfaitement votre subterfuge ; c'était évident à votre empressement non conforme à l'attitude attendue d'une infirmière en service, vos yeux ne pointaient pas vers un endroit précis mais cherchaient, comme si vous aviez atterri là par hasard, et votre sac bourré de livres ne ressemble à aucun matériel en circulation dans un hôpital.
Ciel, quelle sagacité !
Nous avons une capacité d'observation nettement plus grande que celle conditionnée par le vaccin.
Alors je vais m'efforcer de déployer toute ma curiosité, Bernadetta Colosimo sourit, fière de son intuition, et on passa à l'*allegretto*. Qu'attendez-vous de nous exactement ?
Pour faire ce que vous voulez faire, vous avez besoin de gens ayant pris l'antidote. Pour bien voir vous avez besoin de l'antidote. Pour comprendre vous avez besoin de l'antidote.
Et vous avez l'antidote.
Voilà.
Et maintenant quoi, je dois vous remercier ?
Suivez-moi, murmura Anna Cordio et elles sortirent du bureau, la doctoresse posa sa main sur la hanche de Bernadetta

Colosimo pour l'inviter à franchir la porte et Bernadetta Colosimo pensa que c'était une main vivante, une main vivante parmi des mains mortes, des pieds morts, des lèvres mortes, des langues mortes, elle brûlait, elle n'avait jamais senti une main aussi chaude, elles longèrent une partie du couloir et les infirmières, les médecins, tous saluaient avec révérence, bonjour docteur, et Anna Cordio répondait bonjour, mais ce n'était pas un bonjour mort, c'était un bonjour entouré de chair qui roulait sur le carrelage, ricochait sur les murs et s'agrippait aux épaules de son destinataire, Bernadetta Colosimo regardait droit devant elle, elle devenait une espionne hors pair, parfaitement dans son rôle, *ici les violons se déchaînent*, puis elles entrèrent dans une autre salle fermée cette fois par une porte lourde et épaisse, la doctoresse fit asseoir Bernadetta Colosimo sur une chaise en plastique gris aux coins ébréchés et lui demanda de patienter, quelle aventure, se dit Bernadetta, cette histoire mériterait vraiment un livre, alors l'assaillit la terrible envie d'avoir un public, l'homme à la veste en velours, Fausto Albini, Andrea Razzone et Manlio Cuzzocrea assis sur un bout d'amphithéâtre, là, à l'observer au seuil de la victoire en applaudissant, depuis qu'elle avait découvert les applaudissements dans un livre, on n'avait jamais rien vu de tel à DF, elle rêvait d'en recevoir, je le mériterais bien, se dit-elle et la doctoresse Anna Cordio revint avec une seringue qu'elle tenait comme une fiole de potion magique, concentrée sur la pointe de l'aiguille, la fixant de tout son corps, puis elle lui demanda de remonter la manche de son déguisement d'infirmière et Bernadetta Colosimo pensa que, peut-être, elle devrait avoir peur, pourtant elle ne ressentait rien et elle remonta sa manche, ce geste aussi avait à cet instant sa part d'héroïsme, et enfin la doctoresse posa l'aiguille sur sa peau, y imprima une petite pression pour la piquer avant de pousser le piston et Bernadetta Colosimo sentit des fourmis courir dans ses veines, la pièce entière sembla venir à sa rencontre telle une danseuse de flamenco qui avance vers un spectateur isolé pour faire cliqueter ses castagnettes sous son nez, elle lut des lignes invisibles, entendit des grésillements, huma l'odeur de l'air, frissonna au contact de la poussière sur son bras, du vent dans ses membres, les pores dilatés comme des cratères qui engloutissent de la lave, je vais m'évanouir, je vais vomir, bredouilla Bernadetta à la doctoresse qui soutenait sa tête et ne respectait plus les distances réglementaires, une prêtresse derrière son autel, puis Bernadetta Colosimo eut envie de dormir, sa tête devint lourde et pencha d'un côté, elle entendit juste la doctoresse Anna Cordio lui murmurer de ne pas s'inquiéter, que c'était un malaise passager.

DEUXIÈME PARTIE

Chapitre 16

La base

Les Brigades sentimentales se constituèrent ce jour-là, s'il fallait cocher une date dans le calendrier, au stylo, une date qui revient comme celles qu'on n'arrive pas à dévisser de sa mémoire, alors ce jour serait celui où ils décidèrent de partir, où une aide leur vint de l'extérieur, de ces pays étrangers qui se disaient prêts à soutenir la Résistance, il faut de l'argent pour gagner les batailles avait dit l'homme à la veste en velours et les autres ne s'expliquaient pas comment faisait l'homme à la veste en velours pour être aussi international, pour enjamber les barrières d'un État comme DF qui était un parfait circuit fermé, seule Bernadetta, la veille du départ, eut le cran de lui demander combien d'argent et de qui, elle dit qu'ils avaient le droit de savoir et que s'ils formaient une équipe, elle le dit avec ses pommettes qui pointaient comme chaque fois qu'elle parlait de lutte, s'ils formaient une troupe alors ils devaient partager non seulement les risques mais aussi les informations, et l'homme à la veste en velours, dans la fumée de sa pipe, avec la légèreté d'un enfant endormi, répliqua que la somme était considérable, qu'elle suffirait pour accomplir la révolution et que cela ne poserait aucun problème, puis il ajouta que ces relations avec l'étranger étaient un point délicat, je ne vous mettrais jamais en difficulté, dit-il en précisant que sa discrétion était indispensable pour préserver le groupe justement, moins vous en savez moins vous pourrez parler moins vous serez en danger, et l'homme à la veste en velours exigea de clore cette discussion une fois pour toutes, quelle tristesse une révolution sentimentale qui gaspille des pages à parler d'argent, là-dessus je suis bien d'accord, quelle mesquinerie de cracher sur un peu d'argent comptant, et le lendemain ils décidèrent d'abandonner le refuge où ils s'étaient terrés ces dernières semaines pour échapper à l'unité spéciale du président Bussoli, des perquisitions avaient lieu partout, les militaires fouillaient les anfractuosités de la capitale, on les savait là, quelque part, le gouvernement leur prêtait une malice incompatible avec le vaccin, une ruse très éloignée de l'atténuation sentimentale et les forces spéciales avaient à plusieurs reprises fait irruption dans les habitations voisines, une perquisition avait eu lieu dans la maison attenante à la planque de Manlio Cuzzocrea, il devient difficile de se déplacer, dit Fausto Albini, nous n'allons pas pouvoir continuer longtemps à nous voir ici, en ville, et à passer incognito, Fausto Albini avait raison car leurs noms et leurs visages avaient déjà plus d'une fois fait la une du journal national, la Police affective demandait *la collaboration de tous les citoyens* et la doctoresse Anna Cordio avait assuré à Bernadetta que la collaboration, la capacité à débusquer l'ennemi, n'irait pas bien loin avec ce vaccin dans les veines, mais que l'adhésion aux règles suffirait à pousser quiconque les croiserait à les dénoncer, quiconque briguant une promotion dans la classe supérieure, ils devaient donc se méfier, dit Anna Cordio et elle avait également averti Fausto les fois où il avait remplacé Bernadetta retenue par je ne sais quelle difficulté, d'ailleurs Fausto en avait profité pour tenter de déclarer sa flamme, de confier à Anna qu'avec l'antidote sa beauté devenait une obsession et, quand elle lui avait pris les mains pour lui dire que c'était risqué, trop risqué, que le président et son unité spéciale ratissaient la ville, qu'ils devaient prendre une décision, à cet instant Fausto avait pensé se déclarer, une phrase brève, un je t'aime clair et sans fioritures, hop là, et puis attendre de s'envoler ou d'être enterré, mais la doctoresse nourrissait une rancœur, une colère bouillonnante à l'égard du président qui parfois déformait son visage, la rendait abrupte et impétueuse, elle avait fait promettre à Fausto qu'ils auraient sa peau et cette grâce, cette poésie, cette délicatesse qui avaient le charme fulgurant d'un arc-en-ciel étaient devenues une brume chargée d'humidité, une chape sur l'horizon, une barrière qui incitait Fausto à attendre, attendre une conjoncture plus favorable, à adopter peut-être une autre stratégie en prenant de la distance et en revenant pas à pas ou en laissant une lettre sur son bureau avant de sortir, en tout cas l'inquiétude d'être arrêtés s'était alimentée jour après jour, au cours des semaines suivantes, et les avait amenés à faire ce choix.

Ils avaient trouvé une maison abandonnée à trente kilomètres de A, à flanc de montagne, et avec l'aide de Pietro Rossetti, chef de chantier, ils avaient retapé cette ruine perdue entre les arbres et accessible uniquement par un sentier qu'ils avaient dû débroussailler et épierrer en totalité, trois semaines de travaux sans relâche qui avaient cimenté le groupe, avec Manlio Cuzzocrea qui jubilait entre le mortier et la colle, l'homme à la veste en velours qui faisait la navette pour transporter le matériel dans une vieille Jeep qu'il s'était procurée auprès d'un vendeur partisan, Andrea Razzone qui agençait les espaces communs et individuels en contrôlant la progression du chantier et les finitions, enfin Fausto Albini et Bernadetta Colosimo qui s'approvisionnaient au marché noir et au marché blanc de tout le nécessaire pour l'aménagement et la vie quotidienne. Les ouvriers de Pietro Rossetti avaient reçu l'antidote le premier jour des travaux et, après les deux heures canoniques où l'effet était similaire à un évanouissement, ils avaient écouté bouche bée l'épopée de leurs nouveaux clients et les avaient remerciés infiniment pour cette libération en redoublant de cœur à l'ouvrage, avec la même concentration et la même ardeur que s'ils réalisaient une œuvre d'art censée défier les siècles à venir, cette maison doit être un manifeste politique, expliqua l'homme à la veste en velours, il voulait que ce lieu soit d'une beauté inégalée, qu'il ressuscite les formes que DF avait émoussées ou effacées au fil des années pour anesthésier les esprits, chaque détail devait respirer la bravoure du rebelle conscient de la justesse de sa rébellion, cette maison doit être consciente jusque dans le moindre recoin, disait l'homme à la veste en velours, cette maison ne doit contenir aucun objet mort, cette maison doit être une révélation pour tous ceux qui auront l'honneur de visiter le quartier général des Brigades sentimentales, et grâce au goût de Bernadetta qui chaque jour ajoutait sa petite touche à la composition, grâce à ses décorations, ses voûtes, ses couleurs assorties, son jardin, cette maison était émotion, émotion pure, au sens où les larmes montaient aux yeux des ouvriers en action et où l'avancement du chantier portait une intensité dramatique, une maison impossible à imaginer, un éclair de génie et de tour de main ; ainsi elle ne ressemblait pas à un repaire de combattants mais à un musée dans un pays où les musées étaient interdits, avec ses carreaux bleu italien baignés de soleil, la courbe de ses arcs qui rappelait la quiétude de certains couchers de soleil, le premier arc surtout, celui de la cour extérieure que l'homme à la veste en velours avait dessiné lui-même, comme la marque laissée par un père à son enfant, une empreinte dans la forme des yeux, du nez, dans l'implantation des cheveux, un trait de ressemblance affirmant que oui, ils se succèdent l'un à l'autre, comme une chaîne infinie de signes particuliers qui se transmettent au fil du temps et, quand l'homme à la veste en velours dit aux ouvriers de Pietro Rossetti que chaque maison devrait être unique, que dans la charte du bonheur de ce DF qu'ils reconstruiraient on avait le droit d'avoir une maison qui ne ressemble à aucune autre, le droit de l'aménager et de la décorer selon ses goûts, que les inclinations sont les germes de la vitalité, ce qui nous rend vivants, authentiques, uniques dans notre attrait pour le galbe d'un verre ou dans notre manière de poser un carrelage, alors les ouvriers furent happés par la Résistance, des soldats sans armes auxquels on demandait d'instaurer le droit au goût jusque-là nié par la loi, et Manlio Cuzzocrea dit que la *base*, ils avaient commencé à l'appeler ainsi, la base, fascinés par les récits de combats et de rébellions qu'ils avaient lus et vus, fascinés par le fait de devoir se retrancher du monde qu'ils voulaient libérer, prêts chaque matin à lancer un nouvel assaut, Manlio Cuzzocrea dit que la base était le cœur battant des Brigades sentimentales, comme une tanière raconte les habitudes de l'animal qui l'habite, notre tanière me plaît, le seconda Fausto et Bernadetta pensa qu'elle ne serait plus jamais heureuse comme elle l'avait été en choisissant des canapés indiens qu'elle avait réussi à se faire livrer, coussin après coussin, en l'espace d'une semaine, ou en cherchant des fournisseurs d'encens et de musiques de ces contrées lointaines. La beauté peut devenir une mission et, une fois enrôlé, on mesure combien sont parfois trompeuses les luttes mesquines du quotidien.

Les Brigades sentimentales se formèrent donc officiellement ce jour-là, un mardi où Fausto, l'homme à la veste en velours, Andrea, Manlio et Bernadetta décidèrent de se réfugier ensemble dans leur base joignant ainsi les rives d'un même destin. Leur emménagement eut lieu un mardi également, et fut scellé par un dîner sous le signe des affinités choisies envers et contre les algorithmes du gouvernement, la doctoresse Anna Cordio dit qu'elle aurait souhaité les rejoindre à cette table mais qu'elle préférait ne pas prendre de risques dans cette période si tendue, et ils ne convièrent personne d'autre, même parmi les plus proches et les plus fidèles partisans, pour éviter de faire courir trop de bruits autour de leur nouveau refuge en attendant que le gouvernement et son unité spéciale se lassent et desserrent leur étau. La table fut dressée avec un soin presque maniaque, ils dégotèrent carrément des verres en cristal, et l'homme à la veste en velours élabora personnellement le menu en se procurant la matière première grâce à un contact qui vendait des livres en dehors de DF, il passa la journée en cuisine pour préparer un tartare de bœuf à la truffe noire et aux noisettes, des ris de veau glacés au marsala sec sur un lit de navets et roquette, il avait même réussi à obtenir du confit de canard qu'il maria avec des tagliatelles, des olives et du fenouil croquant, un risotto aux gambas, courgettes et burrata, puis un rôti de veau aux champignons poêlés et enfin une tarte amandine aux poires servie avec de la glace ; ainsi, ils découvrirent qu'il existait à DF des poches de résistance gastronomique, des citoyens, des éleveurs et des agriculteurs qui, pour eux et leurs familles, ne renonçaient pas au plaisir de stimuler l'esprit avec la nourriture, en dépit de la loi nationale qui prévoyait les mêmes aliments pour tous répartis uniquement en fonction du programme nutritionnel de chacun, une révolution alimentaire était en marche depuis plusieurs années sans que le gouvernement parvienne ni à la maîtriser ni à l'arrêter, car pour cela il aurait dû priver de leurs arômes certaines herbes secrètes, éliminer les bêtes élevées à l'arrière des étables et contrôler les réserves des paysans une par une, au contraire, une tradition culinaire était née et entretenait inconsciemment une lueur d'espoir, si la meilleure arme de l'oppresseur est l'esprit de l'opprimé, alors les tables de certains citoyens de DF étaient des fusils pointés sur l'intoxication gouvernementale et les Brigades sentimentales avaient pris soin d'administrer l'antidote à leurs précieux fournisseurs qui, une fois libérés, les avaient remerciées de leur permettre d'explorer des goûts qu'auparavant ils devinaient à peine et ensemble ils avaient décrété que la nourriture, oui, la nourriture, serait fondamentale pour le réveil national, nous n'avons jamais été plus heureux que le jour de l'inauguration de la base, répétait sans cesse Bernadetta, et ce qu'elle entendait par là était cette minute avant que tout arrive, quand nous étions convaincus d'avoir trouvé une vie possible, de réussir quelque chose qui était possible et que nous ne savions pas encore expliquer.

Ils se retrouvèrent autour de la table en proie à l'euphorie débordante des premiers instants de leur cohabitation, une excitation crépitante de noix qui se cassent, le rire au bord des lèvres, tout devait être parfait, comme quand on décide de rédiger un aide-mémoire pour un examen en y mettant tout ce qu'on a appris et en espérant avoir un peu de chance, Bernadetta qui jusqu'à maintenant avait joué avec des déguisements s'était habillée pour l'occasion en femme libre et accomplie, une voyageuse prête à se laisser contaminer par le rêve, un pull en soie et cachemire orné de splendides boutons en perles de cristal à emmanchures basses, coupe ample sur les hanches, gris tourterelle classique avec fil pailleté, une jupe bohémienne en pure soie beige à volants et motifs contrastés, des bottes tige haute à bout pointu, quand tu es arrivée les flammes dans la cheminée se sont mises à danser, se rappellerait l'homme à la veste en velours, les tissus buvaient et renvoyaient la lumière, absorbaient et nuançaient les couleurs, lumineuse Bernadetta, lumineuse combattante, lui glissa l'homme à la veste en velours en nouant le foulard rouge autour de son cou, puis Fausto les rejoignit dans sa veste en tweed piqué fantaisie sel et poivre, tricotée en mailles côtelées, avec des boutons or vieilli en forme de marguerites discrètement brillantes, une chemise rouge grenat, un rouge plus lumineux que le bordeaux classique et plus vif que le rouge marsala, précisa Fausto Albini fier d'avoir accordé tant de soin au choix de la tonalité, une paire de souliers anglais marron à lacets et talons en cuir lamellé, c'est un tissu composé, continua Fausto en caressant sa veste, et les autres l'observaient prêts à rire, deux fils de chaîne pour l'armure, un tendu pour le fond et un autre plus libre, deux fils de trame pour le tissage, un pour le fond et un pour la matelassure, les fils de chaîne du fond plus tendus abaissent les fils de la trame en passant devant et forment une dépression, les fils libres restent en surface et créent le relief, d'où son effet moelleux et léger, il a même étudié le tissage, commenta Manlio Cuzzocrea et ils libérèrent le rire qu'ils avaient retenu, Fausto portait un pantalon en coton avec poches latérales et patte de boutonnage invisible devant, merci pour la leçon professeur, ajouta Manlio Cuzzocrea qui attaquait avant d'être attaqué, évidemment mal à l'aise dans son uniforme d'homme élégant, agitant ses paluches comme des poêles à frire, un pantalon décontracté à coulisse, une chemise en denim fluide avec boutons-pression, poches à rabat et empiècement visible qui lui donnait l'allure d'un shérif du Far West, une doudoune sans manches avec inserts en daim, deux poches intérieures, porte-stylos et poches basses fermées par boutons-pression également, vivement la fin de cette mascarade et que je retrouve mon confort, bougonna Manlio, pendant ce temps l'homme à la veste en velours fumait son cigare cubain assis près de la cheminée, vêtu d'un blazer brun en velours côtelé, coupe boxy stylisée à emmanchures basses, fermeture droite avec deux boutons et épaulettes, d'un pantalon en tartan à carreaux rouges et bleus, des grands carreaux qui englobent les petits, des chaussures en cuir de veau avec queue d'hirondelle, tonalité brun foncé, il a vraiment l'allure d'un chef, dit Manlio, dommage qu'il ne soit pas le chef, parce qu'il n'est pas le chef, nous sommes d'accord, non ? demanda Manlio en souriant et l'homme à la veste en velours lui répondit de se calmer, de ne pas s'agiter sinon il allait faire sauter ses boutons, et ce fut un énième éclat de rire, encore, nous n'avons jamais connu plus grand bonheur, à moins que le bonheur ne soit un leurre de la mémoire qui, ennemie du présent, s'amuse à décolorer les événements passés, pensa Bernadetta, à moins que le bonheur ne soit cet instant où on court pieds nus au bord d'un précipice avant de tomber dans le vide et où, sans voir le fond, on croit pouvoir continuer à courir, suspendu dans le vide, et quand ils furent autour de la table, après s'être observés à voix haute, ils se rendirent compte qu'il manquait Andrea car Andrea Razzone avait quitté sa planque, avec dans ses valises les affaires et les habits qu'il avait choisis minutieusement, sifflant au volant de sa voiture rempli d'une joie inexpliquée, toujours tordu, songeant au fleuve souterrain de la vie qui parfois affleure à l'improviste, songeant à ce livre découvert à l'hôpital, dans le service des Troubles affectifs, ce livre qui avait eu l'effet d'une bombe, et à lui qui n'aurait jamais cru qu'on pouvait vivre avec le cœur aussi plein, il avait pris la rue S33 pour sortir de A et remerciait le ciel de lui permettre de quitter la ville pour ne plus avoir à craindre le moindre regard, Andrea rêvait déjà secrètement de la montagne, un rêve disséminé dans ses lectures en minuscules grains de sable, et maintenant il l'avait trouvée, la montagne, il savourait la sensation d'être libéré de tout et soudain un feu rouge, il s'arrêta, quatre hommes frappaient aux vitres de sa voiture, quatre hommes et quatre pistolets, ouvrez la portière et descendez lentement, disaient-ils et Andrea qui avait le nez collé à la voiture de devant et le cul collé à celle de derrière aurait pu partir et tamponner froisser emboutir, il pensa que c'était le moment de dévoiler une aptitude à l'action, ne dit-on pas que quand un homme se sent traqué il parvient pour s'en tirer à déployer une énergie insoupçonnée ? et pourtant rien, car Andrea était tordu, disaient les autres, arc-bouté sur sa nature et ses inclinations tellement pointues qu'elles avaient transpercé le vaccin, et maintenant Andrea avait juste envie de vomir, il espérait en finir vite, fermer les yeux et se retrouver en cellule, où vont-ils m'emmener ? la peine capitale, que vont-ils me faire bordel ? tandis que les policiers semblaient vouloir baisser les vitres et que les gens passaient sans se retourner, à pas pressés, ouvrez cette portière, criait l'agent, presque courtois à vrai dire, Andrea qui conservait les sédiments de sa joie idiote eut même envie de rire, on est loin de la férocité de la police dans les films, des enfants de chœur avec des pistolets, et Andrea pensa que les autres se seraient tordus de rire s'il avait pu leur raconter mais il savait qu'il ne raconterait rien à personne, que maintenant c'était vraiment fini, alors il ouvrit sa portière avec une lenteur qu'il n'oublierait jamais, il descendit et posa ses mains sur le capot de la voiture pendant qu'on le menottait, pas le moindre encombrement ne se forma au niveau du feu, tout le monde filait, un flux d'air qui contourne un mur, et il eut peur, Andrea sentit monter la peur comme un chiotte qui déborde et il vomit là, il vomit sur les vêtements qu'il avait choisis minutieusement pour épater ses camarades et faire honneur à la base, il vomit sur ses babouches, un génie de la lampe arrêté en pleine rue par la Police affective, il soufflait un vent nerveux qui séchait les larmes dans les yeux et les agents le poussèrent dans leur véhicule comme on pose un piège à souris, Andrea Razzone vous êtes en état d'arrestation pour activité terroriste contre l'État, lança un de ceux qui montaient dans le véhicule avec l'excitation d'un enfant qui a sauvé un chat perché sur une branche, et tandis que ses camarades l'attendaient, tandis qu'ils avaient déjà débouché un meursault blanc, allez, histoire de se chauffer un peu en attendant ce tordu d'Andrea, qui sait où il s'est encore fourré, la voiture avait l'odeur d'un taxi stationné devant l'aéroport, quand le soleil parfume les tissus, et Andrea se disait quelle tristesse d'avaler cette amère déception, quel calvaire de se dire qu'on est perdu et quelle cruelle dramaturgie, celle qui égare les personnages au cours de l'action, la loi devrait interdire que quelqu'un se perde en route comme dans une expédition où quelqu'un meurt toujours de faim ou de soif, et les policiers conduisaient sans parler vers la citadelle présidentielle et le journal du soir, l'unique journal télévisé que pouvaient suivre les citoyens de DF en mangeant les denrées de la semaine assignées par le gouvernement dans la cuisine assignée par le gouvernement avec leur conjoint assigné par le gouvernement, le journal du soir s'ouvrait, enfin, sur la nouvelle de l'arrestation d'un dangereux criminel, un des auteurs de la sanglante attaque terroriste de la station de métro G22, et on ne donnait pas son identité et il n'y avait pas d'autres nouvelles mais c'était déjà un grand pas pour la sécurité de la communauté et les citoyens de DF qui depuis une semaine ingéraient de la peur mêlée à leur alimentation car le gouvernement avait réussi à instiller la peur comme du citron sur les denrées assignées, les citoyens poussèrent un soupir de soulagement sans savoir quel était ce soulagement, sans savoir ce qu'était un soupir mais avec la sensation d'aller mieux parce qu'ils l'avaient dit clairement aux informations et comment pourraient-ils dire des choses fausses aux informations, ce qu'on dit à la télévision est forcément vrai, et si on le répète alors c'est encore plus vrai, c'est plus que vrai, de toute façon ils ne connaissaient pas le doute, le muscle du doute était ratatiné dans un coin de leur cerveau, ainsi ce soir-là tous se sentirent en sécurité, sans savoir exactement quel était le danger, une sensation de sécurité qui ressemble davantage à l'assurance d'aller dans la bonne direction, que le monde est bien tel qu'on le croit, c'était cette conviction qui traversait ce soir-là l'État de DF tandis qu'Andrea Razzone le tordu était emmené dans une salle du centre militaire situé à l'intérieur de la citadelle présidentielle, on ne l'avait pas conduit dans un commissariat quelconque car les consignes étaient de le tenir au maximum à l'écart de ses camarades qui feraient probablement tout pour le libérer, sauf qu'eux n'avaient pas allumé la télévision ni même un crachouillis de radio, écouter le baratin du gouvernement un soir de fête et puis quoi encore, et ils continuaient à boire en attendant impatiemment Andrea qui n'arrivait pas pendant que le dangereux criminel Andrea Razzone était interrogé dans une cellule où il n'y avait que quatre murs, une chaise et un éclairage de pizzeria, le brigadiste sentimental émit l'idée qu'il avait peut-être le droit de se défendre mais on lui dit que non, l'heure n'était pas à la défense et pas au droit non plus et, tordu qu'il était, il ne protesta pas car il savait que cela devait se passer ainsi, l'antidote avait également réveillé son sens de la résignation, il savait désormais ce que cela coûtait d'être consciemment résigné, combien c'était plus douloureux que la résignation mécanique, puis on lui demanda où il se rendait, il répondit qu'il allait faire une commission, on lui demanda où se trouvaient ses camarades et il répondit qu'il n'avait pas de camarades, qu'il n'en savait rien, il avait à peine lu ce qui était arrivé dans le métro, alors on lui rappela qu'il s'était échappé de l'hôpital avec deux autres personnes et il expliqua qu'une fois dehors ils s'étaient salués avant de partir chacun de son côté, chacun sa route, terminé, mais on ne le croyait pas, Andrea le répétait mais on ne le croyait toujours pas et cela ressemblait à un dialogue de sourds, une scène qui ne se dénouerait pas même si le plafond venait à s'écrouler, cependant Andrea se sentait assez tranquille, mieux que prévu, l'important est de ne pas parler, puis on lui demanda pourquoi il ne s'était plus présenté au travail, pourquoi il n'était plus allé retirer son salaire, avec quel argent vivez-vous ? il expliqua qu'il avait quelques économies, qu'il n'avait pas envie de travailler, était-ce un crime de ne pas travailler ? on lui répondit oui, de relire les lois de DF, que ne pas exercer son métier assigné était un acte d'insubordination, alors Andrea s'aperçut qu'à force de se bercer de futur il avait presque oublié les lois, enfin on lui demanda où il avait acheté cette tenue non réglementaire en suggérant qu'il l'avait probablement achetée au marché noir, Andrea répondit que oui, il l'avait achetée au marché noir avec le livre qu'ils avaient sans doute déjà trouvé dans sa voiture, et on voulut savoir qui étaient ses fournisseurs, s'il donnait des noms il bénéficierait sûrement de quelques égards, il répliqua qu'il ne voulait pas d'égards mais un avocat et on lui dit que non, qu'il n'y avait plus d'avocats à DF depuis des décennies, Andrea pensa que cette discussion pourrait continuer un siècle durant, qu'être un brigadiste semblait plus simple que prévu, il espéra même s'en tirer avec un peu de prison et qu'en fin de compte il ne serait pas trop mal traité, et pendant ce temps, à la base, Bernadetta avait un mauvais pressentiment, c'était étrange qu'Andrea ne soit pas encore là, l'homme à la veste en velours aussi commença à s'inquiéter, mais non, que veux-tu qu'il soit arrivé ? demanda Fausto, et Manlio dit qu'une seule chose avait pu lui arriver, qu'il se soit fait prendre, alors ils tournèrent le bouton de leur radio d'époque qui se trouvait dans le salon et entendirent la nouvelle, qu'est-ce qu'on fait maintenant ? demanda Bernadetta, s'il parle on est foutus, lâcha Manlio et Fausto assura que non, il ne parlera pas, non, rien à craindre, cela dit mieux vaut peut-être organiser un tour de garde pour surveiller le sentier, car l'unique voie d'accès à la base était visible jusqu'au fond de la vallée, et là seulement pouvait s'arrêter quelque véhicule de quelque visiteur, et pendant ce temps Andrea ne parlait pas, non, il répondait sans donner de noms, il croyait avoir le droit, oubliant que la guerre, quand on s'arroge le droit de s'amuser à jouer à la guerre, change les règles du jeu et laisse commander les humeurs, surtout dans une pièce vide où personne ne nous voit, avec cet éclairage de pizzeria, puis on l'obligea à se lever pour rejoindre une autre pièce, mais d'abord on lui banda les yeux, pourquoi ? fit Andrea et on lui dit de ne pas s'inquiéter, que s'il n'avait rien à cacher, il n'avait aucune raison de s'inquiéter, on l'installa sur un petit lit avec la tête en bas et les jambes en l'air, on lui bloqua les poignets et il pensa qu'on allait sans doute lui injecter une nouvelle saloperie pour le faire parler, sauf que dans ce cas la doctoresse Anna Cordio les aurait alertés, on remplaça son bandeau par un linge qui couvrait tout son visage, Andrea se dit que c'étaient des procédés bien étranges et, tandis qu'il imaginait ce que penseraient ses camarades, des seaux d'eau se déversèrent sur lui, dans sa gorge, ses narines, boire une rivière, il toussa et son ventre se déchira, il se noyait, dix, vingt secondes, son cerveau gonfla, il cherchait l'air du bout des doigts, et on lui demandait s'il était sûr de n'avoir rien à dire, qu'il lui suffisait d'indiquer où trouver les autres pour que ça s'arrête, et Andrea ne sut pas où il puisa la résistance, et voilà son aptitude à l'action, il répétait je ne sais pas et des torrents d'eau dévalaient son front, une cascade, une autre encore, une autre encore, une autre encore, une autre encore, une autre encore, et Manlio avait déjà revêtu une tenue confortable, inquiet, au bord des larmes, il avait cassé deux assiettes sous le coup de la colère et Fausto lui avait crié mais qu'est-ce que tu fais ? Tu n'es qu'un fichu neurasthénique, reprends-toi et sors monter la garde, tu n'es pas un homme, tu es un ours de merde, on n'aurait jamais dû te donner l'antidote, et la peur fit lever la main de Manlio comme tenue par un fil, et l'autre fil, celui de la colère de se sentir attaqué, lui fit envoyer une gifle à Fausto qui claqua telle une bûche humide jetée dans la cheminée, Fausto que Bernadetta et l'homme à la veste en velours durent retenir parce qu'il l'aurait tué là, il l'aurait tué à coups de fourchette dans le cœur, et Manlio avait envie de s'excuser mais la colère qui semblait contrôler également sa bouche lui faisait répéter que c'était un con, il disait à Fausto, tu n'es qu'un con, tandis qu'Andrea vomissait à s'en décoller le palais et se noyait encore, finalement Manlio avait pris ses affaires pour aller surveiller ce sentier qui était devenu la queue d'un serpent, adieu la voie du paradis, et il se sentait stupide, comme il se sentait stupide de s'être déguisé pour faire la fête alors qu'Andrea était peut-être mort, mais Andrea n'était pas encore mort, l'eau comme de l'alcool submergeait ses orbites, l'homme à la veste en velours disait de rester calme, criait de rester calme mais ce cri criait qu'il n'était pas calme non plus, les ordres doivent être crédibles, et Bernadetta pleurait, pourquoi tu pleures, merde ? pourquoi tu chiales ? la pressait Fausto qui avait grand besoin de s'en prendre à quelqu'un, ça sert à quoi ? pourquoi sommes-nous devenus aussi faibles ? et l'homme à la veste en velours exhortait Fausto à laisser tomber, à arrêter, c'était le moment de se calmer et de réfléchir, entre-temps Andrea avait perdu connaissance avec ces litres d'eau qui flottaient dans son sang et il ne voulait pas parler, il ne parle pas, on avait téléphoné au président Andrea Bussoli qui avait ordonné de le ranimer puis de réessayer, et Manlio était assis là dehors, dans la nuit tombante, il plissait les yeux pour distinguer une lueur, un mouvement, un tremblement, un déplacement et pensa que l'antidote les avait rendus si faibles, si perméables, si abattus.

Chapitre 17

Le vaccin

Tout avait commencé par un débat sur la réforme agraire, un débat qui s'était enlisé au Parlement, il y avait des pour et des contre de tous les côtés, les pour matraquaient leur propagande pour et les contre intoxiquaient la discussion en évoquant des scénarios apocalyptiques, le gouvernement de DF avait besoin de cette réforme, le président Bussoli racontait le moment où on avait eu recours au vaccin, il le racontait à la manière d'un chanteur de gestes, cependant il était toujours assez ennuyeux, dans sa verbosité postillonnante, quand il se laissait prendre au jeu de l'idylle narrative, avec cette veine sur son front telle une branche qui se serait insinuée sous sa peau par inadvertance ; il y a combien d'années ? désormais on ne les comptait plus, le président de DF n'était même pas un Bussoli alors, le grand-père du grand-père du grand-père et de qui sait combien de grands-pères encore d'Andrea Bussoli était un ministre et, le président n'ayant pas eu d'enfant, il avait passé le pouvoir aux Bussoli, à ce Bussoli qui était ministre de l'Intérieur et qui, lui, avait un fils dans les règles, auquel céder sa place ; en quelle année exactement, on ne sait pas, aucune trace du vaccin dans les documents officiels de l'époque, dans les documents actuels non plus, même en regardant bien, certains secrets d'État passent de bouche en bouche puis avec le temps se déforment, s'altèrent, se lézardent et allez savoir après si le secret d'hier était vraiment celui qui circule aujourd'hui, expliquait Andrea Bussoli, néanmoins son père lui avait confié que cette réforme agraire avait donné l'élan décisif, qu'elle avait décidé le gouvernement à intervenir avec responsabilité pour calmer un DF déchaîné autour d'une évolution inévitable et nécessaire, une réforme qui établissait que oui, dans la vie il faut des maîtres et des serviteurs, car si tout le monde veut être maître à la fin il y a trop d'intelligences et trop peu de bras, un pays ne peut pas se permettre de satisfaire tous ses habitants, de se transformer ou de se déformer pour nourrir l'appétit et l'ambition de chacun, disait Andrea Bussoli, vous imaginez si demain tout le monde voulait être poissonnier, tous ceux qui naissent ici, et que parallèlement nous manquions d'ingénieurs, comment ferions-nous ? demandait Andrea Bussoli et quand il racontait cette histoire, son auditoire qui l'avait déjà entendue au moins une dizaine de fois faisait oui oui de la tête, il y a des professionnels du oui oui de la tête capables de montrer un intérêt toujours vierge, même au bout de la millième fois, des oreilles toujours intactes, et Andrea Bussoli racontait que le pays était terriblement imparfait, chacun détenait sa vérité et tout était matière à débat, débat entre maris et femmes pour dresser la table le soir, débat entre vendeurs et acheteurs pour fixer les prix ou évaluer la qualité des produits, débat entre politiques avec tractations infinies pour établir une loi nécessaire dans l'instant, débat entre amoureux pour ne pas se séparer, débat entre amis dans la rue pour savoir quoi boire, débat des enfants sur le choix des jeux, débat dans les transports en commun pour décider qui devait monter le premier, débat entre patrons et employés sur les conditions de travail, débat entre les jeunes et les vieux pour pointer la légèreté des uns et les erreurs des autres, débat avec les agriculteurs sur les prochaines semences, débat avec les citoyens qui contestaient les décisions du gouvernement, débat avec les travailleurs organisés en groupes pour débattre encore plus, débat pour choisir la couleur des choses, pour avoir le droit de construire sa maison, et Andrea Bussoli précisait que ces débats sur la construction des maisons avaient submergé tous les bureaux de l'administration, on débattait sur l'épaisseur des murs, une honte, sur la forme des toits, ridicule, ou pour un bout de jardin supplémentaire, on débattait même sur des droits non prévus par la loi et pour qu'une loi les instaure, comme s'il n'y avait pas déjà suffisamment à faire, on débattait pour déterminer si une chose était juste ou fausse, et les discussions étaient tellement animées qu'elles explosaient en contestations qui explosaient en rixes, alors les policiers débattaient pour apaiser les rixes et remettre de l'ordre, on débattait sur quelle musique écouter et, disait le président Andrea Bussoli, vous auriez dû voir le chaos, la crise, la guérilla chaque fois qu'on pinaillait sur ces prétendues œuvres d'art qui ne faisaient que semer la rancœur, la désillusion, ou la défiance envers le gouvernement, eh oui, lanternait le président Bussoli, l'art est vraiment un poison subtil qui incite toujours à la révolution, même s'il se présente sous la forme d'une simple chansonnette ou d'un malheureux livre à lire le soir avant de dormir, les citoyens de DF devraient nous remercier pour l'intégrité morale que nous avons instillée depuis des décennies dans ce pays où la mollesse de quelques artistes paresseux ne saurait interférer avec une vie déjà bien assez complexe et difficile à maintenir en équilibre, simplification ! avait ordonné le président de DF fier de son vaccin destiné à aplanir la nation, à aplanir les personnes et la gestion d'un État qui ne pouvait se laisser dominer par la liberté inconditionnelle de ceux qui ne savaient pas rester à leur place, cette place qui nous était assignée à la naissance par le destin, le passé, la lecture attentive du présent et la planification du futur, si quelqu'un ose dire qu'ici, à DF, nous obligeons les personnes à exercer le métier que nous décidons en vertu de l'autorité du gouvernement, cela signifie qu'il n'a pas compris comment va le monde, qu'il n'a pas compris que l'économie est la somme de la politique car elle encastre les nombres, les naissances, les morts, les hommes, les femmes et les compétences dans un cadre qui ne peut se permettre de céder d'aucun côté, bravo président, lançaient ceux qui l'écoutaient, toujours avec ce foutu oui oui de la tête, sceau des pires directives de l'Histoire, puis Andrea Bussoli se remettait à cataloguer : les débats pour défendre la musique classique ou populaire, alors qu'il avait suffi de supprimer la musique, les débats entre ceux qui revendiquaient des salaires plus élevés et ceux qui, au contraire, voulaient les faire baisser, des échanges pénibles qui lacéraient le tissu social et affaiblissaient l'État, expliquait Andrea Bussoli, n'est-ce pas la liberté d'être exempt de tout conditionnement et ne pas avoir de pensées intrusives au long de la journée ? oui oui, opinait-on, n'est-ce pas la liberté de ne pas devoir se donner la peine de décider, mais de suivre simplement le cours des choses établies ? oui oui, n'est-ce pas la liberté de ne pas avoir à choisir mais de pouvoir tranquillement se consacrer à une vie dont tous les éléments sont déjà mis en bon ordre par quelqu'un qui en prend la responsabilité ? oui oui encore, et n'est-ce pas la liberté que le droit d'avoir des occupations qui ne nous tombent pas dessus par surprise de sorte qu'elles ne deviennent jamais des préoccupations ? oui oui, et le président Bussoli ajoutait que la décision de balayer toutes les formes d'expression artistique, ne serait-ce que dans la construction d'une phrase au cours d'une discussion, avait été prise parce que l'art avait été largement utilisé par ceux qui n'avaient pas le courage de défier ouvertement le gouvernement et qui, les chacals, recouraient à ces vulgaires moyens détournés, les artistes ne sont-ils pas des agitateurs cachés derrière un métier factice ? oui oui, faisait-on, et les artistes ne répandent-ils pas un venin enrobé de miel pour sembler agréable ou, pire, désirable ? oui oui, bien sûr, d'ailleurs j'ai moi-même lu, il en va de ma mission de président, quelques livres pour mieux connaître l'ennemi et j'y ai trouvé des histoires qui remettaient en cause l'idée d'agir tous ensemble, des livres qui mènent à croire que tout n'est pas vrai dans ce qui est vrai et qui incitent à s'emberlificoter dans des raisonnements destructeurs voire autodestructeurs, oui oui, c'est immonde, j'ai aussi vu des films qui voudraient nous convaincre qu'une femme peut devenir notre unique raison de vivre, comme si un État pouvait compter sur le produit intérieur brut des baisers amoureux, dégoûtant, oui oui, et j'ai vu des tableaux qui incitaient à se vautrer dans la mélancolie comme ces égarés que nos pères et les pères de nos pères ont eu la chance de voir disparaître grâce au vaccin, haranguait Andrea Bussoli, on devrait nous faire ériger un monument pour avoir éliminé le fléau du débat, vous ne croyez pas ? bien sûr, bien sûr, sans parler enfin des tueries, des homicides, de la férocité des hommes envers d'autres hommes et de l'immense gabegie judiciaire, avec le vaccin nous avons pu nous débarrasser de ce fastidieux défilé de vieilles perruques, avocats, juges et magistrats qui mettaient des années à décider si quelqu'un était coupable ou pas, n'est-ce pas merveilleux un monde dans lequel il n'y a plus ni tribunaux, ni procès, ni homicides, ni persécutions ? bien sûr, bien sûr, on devrait l'expliquer à ces voyous des Brigades sentimentales qui voudraient nous replonger dans le chaos en jouant les guérilleros, selon vous un monde dans lequel on peut interférer parce que tout n'est pas établi, ordonné et signé sur papier timbré est-il un monde régulier ? bien sûr, bien sûr, disaient ceux qui faisaient oui oui de la tête, puis le président Bussoli racontait que son père lui avait raconté, il l'avait entendu du père de son père et de son père et ainsi de suite, qu'avant le vaccin DF était également un pêle-mêle sexuel et sentimental, une Sodome sauvée des flammes grâce à la chimie, et qu'en savent ces énergumènes qui cherchent à réveiller la bête en chacun de nous, il faudrait raconter toute l'histoire à tous les citoyens, des couples qui se promettaient l'amour éternel et qui se trahissaient à tout bout de champ, liens brisés, pactes rompus, sexe sans désir de procréation, des experts avaient calculé qu'en se libérant des tribulations inutiles de l'amour on vivait avec deux fois plus de temps à disposition, nos pères fondateurs ont ainsi éradiqué un champignon qui envahissait toute la nation en remettant un peu d'ordre, n'est-ce pas la liberté de rentrer chez soi et de trouver un homme ou une femme qui correspond parfaitement à sa classe sociale et avec qui s'employer les jours fertiles à rendre son pays plus grand et plus fort ? n'est-ce pas la liberté de ne pas devoir s'efforcer de plaire en adoptant des attitudes qu'on regrette ensuite toute sa vie ? oui oui, et n'est-ce pas la liberté de savoir qu'au bout de cinq ans un roulement évite de tisser trop de liens avec sa compagne ou son compagnon pour ne pas s'encombrer l'esprit et prendre un nouveau départ ? bien sûr, bien sûr, faisaient les professionnels du oui oui, heureusement, quelle chance, sans parler des vieux, continuait le président Bussoli, sans parler des vieux qui ralentissaient la dynamique sociale une fois terminée leur carrière et qui erraient dans les rues en donnant un exemple déplorable de fainéantise et en prétendant instruire les nouvelles générations, il paraît que DF était une énorme marmite remplie de vieux qui mijotaient en exhibant leur quotidien de vieux avec la fierté du devoir accompli, des rues et des maisons pleines de vieux malades ou déprimés parce qu'ils ne savaient plus quoi faire ou bêtement enthousiastes d'avoir le temps de cultiver leurs petits égoïsmes, oui oui, un DF qui était un enfer de contradictions, impossible à diriger sans avoir vraiment les pleins pouvoirs dont a besoin un gouvernement pour permettre que la sérénité devienne un devoir d'État, voilà pourquoi le vaccin s'imposa comme la solution finale, et voilà pourquoi nos pères constituants décidèrent de mettre les vieux en quarantaine dans un endroit d'où ils ne pouvaient influencer la vie sociale, n'est-ce pas la liberté pour un vieux de pouvoir dire tout haut j'ai fini et je suis fini sans avoir à se démener pour apparaître vivant ? bien sûr que si, et n'est-ce pas un monde qui inspire l'industrie celui dont les villes sont traversées par des personnes qui participent activement à la construction d'une grande nation sans se heurter à des gens qui s'adonnent lascivement au repos ? vous ne trouvez pas que tout est plus sain et fonctionnel ainsi ? bien sûr, et ce débat sur la réforme agraire avait révélé un pays qui ne fonctionnait plus, qui avait besoin d'un changement, voilà pourquoi le gouvernement divulgua un mensonge, c'est vrai, mais certaines contrevérités peuvent être déclinées en bien commun demandant à être maquillé pour devenir plus buvable, le gouvernement annonça à tous qu'un dangereux virus arrivait d'Afrique et qu'il était urgent de s'inscrire pour le vaccin obligatoire, or c'était un DF tellement différent de celui d'aujourd'hui, un DF qui vivait surtout en bordure de champs, des paysans, répétait le président Bussoli, ce fut un effort sanitaire colossal, au point que DF aurait mérité le prix mondial de la médecine, s'il avait existé à l'époque, parce qu'en très peu de temps toute la population fut vaccinée, tous les hôpitaux furent préparés au contrôle des naissances, et on raconte que DF s'apaisa comme une montgolfière qui se dégonfle, les personnes n'avaient plus de troubles et cessèrent les débats, cessèrent les luttes, cessèrent les divergences, les incohérences, et le Parlement recommença à faire son travail : voter en masse les lois du gouvernement, un gouvernement tellement dévoué qu'il régla toutes les affaires courantes, on décida de construire des villes où l'égalité avait enfin un sens, où tous étaient semblables, identiques, en fonction des compétences et des métiers exercés, évidemment, car pas d'égalité sans méritocratie, ainsi se dessina l'aube d'une civilisation qu'aujourd'hui nous devons défendre contre des individus qui prétendent la souiller de sentiments suppliants qui engourdissent la citoyenneté, que veulent ces Brigades sentimentales ? c'est vrai, c'est vrai, qu'est-ce qu'elles veulent ? reprenait le chœur, elles veulent revenir à la préhistoire, quand les désirs ne connaissaient aucune limite, aucun contrôle ? qu'on redevienne ces animaux vautrés dans leurs tristes bonheurs passagers infléchissant la courbe du progrès ? vrai, vrai, qu'est-ce qu'elles veulent ? revoir ces villes désaccordées où on se marche dessus pour imposer sa propre idée de la beauté ? inoculer au peuple la pensée unique d'une personne censée savoir ce qui est juste ou pas simplement parce qu'elle a lu quelques livres et étudié quelques films ? vous voulez vraiment transformer la politique en un tout à gogo où n'importe qui peut décider ce qui est bien ou pas ? à quoi sert l'État sinon à orienter, à dissiper les doutes, à alléger les pensées ? ces brigadistes ne voient pas combien c'est reposant de ne pas devoir cultiver des liens sociaux tôt ou tard altérés par les lâchetés, les intrigues, l'envie ou l'égoïsme ? ils ne savent pas, ces pieds nickelés, que le DF auquel ils aspirent a déjà été puni pas l'Histoire et par Dieu ? ils ne savent pas que le futur est garanti par un rigoureux contrôle du présent ? ils ne savent pas que nous avons dû vivre avec nos enfants, les élever à la maison pour qu'ils deviennent de grands bébés traumatisés et traînent toute leur vie le fardeau de relations viciées ? ils ne sentent pas le parfum de liberté dans ce grand pays qui s'efforce chaque jour d'être égal à lui-même ? ils ne connaissent pas la précieuse liberté de savoir ce qui viendra après chaque geste, chaque journée, chaque semaine ? ils méritent le tourment, ils méritent de vivre tous les tourments dont ils sont coupables, et ils pourriront comme pourrissait notre État avant la découverte du vaccin, je suis fier d'être l'héritier d'une pureté morale et comportementale visible partout, je suis fier que la politique soit devenue ici une chose terriblement sérieuse qui décide, qui fait, qui s'améliore chaque jour, qui ne perd pas de temps en tractations, je suis fier d'avoir contribué à bâtir un Grand Pays avec un unique grand sens commun, et ceux qui faisaient oui oui ne purent retenir un bravo bravo, ils semblaient se pisser dessus d'émotion, et le président Bussoli disait quel dommage que les citoyens ne comprennent pas mon rôle, je serais d'humeur à défier ces inconscients sur notre chaîne nationale, cependant nous sommes là à attendre que notre unité spéciale les trouve pour en finir sans faire trop de bruit, et ce jour-là le président Bussoli demanda si Andrea Razzone avait parlé, on lui dit que non, il ne parlait pas, il pleurait et se laissait aller à des propos de haine et de vengeance, il n'avait pas abandonné son esprit révolutionnaire, on lui expliqua qu'on avait tout essayé mais qu'il résistait, alors le président Bussoli sentit quelque part au fond de lui, au bout de quelque membre, une étincelle de jalousie pour un homme capable de résister ainsi, il ne le dit à personne, bien sûr, puis il demanda où était passé l'effet du vaccin, on lui répondit qu'à première vue l'effet du vaccin sur Andrea Razzone avait complètement disparu, alors le président ordonna qu'on le vaccine à nouveau, vaccinez-le encore, faites suivre le dossier à la doctoresse Anna Cordio, oui oui, président.

Chapitre 18

La deuxième attaque

Andrea a été revacciné, dit Bernadetta qui rentrait humide et essoufflée à la base, ils l'ont arrêté, ils l'ont torturé, ces bâtards, ils l'ont réduit à l'état de loque mais Andrea n'a pas parlé, pas un mot, malgré des méthodes indignes d'un pays civilisé, nous devons le raconter, alors l'homme à la veste en velours, Fausto et Manlio, assis autour de la longue table en fer forgé du salon, levèrent le regard des cartes qu'ils annotaient au feutre rouge et invitèrent Bernadetta à se calmer, à parler plus lentement, ils ne comprenaient rien, et Bernadetta expliqua qu'elle avait eu des nouvelles grâce à Angela Tremiti, une employée de la citadelle présidentielle entrée dans la Résistance en tant qu'informatrice, qu'Andrea Razzone avait été vacciné à nouveau, que le président avait autorisé de violents interrogatoires, avec de l'eau, et l'avait fait enfermer plusieurs jours dans une cellule vide sans rien à boire ni à manger, Angela Tremiti l'avait dit à Bernadetta, quand ils l'ont fait sortir de la citadelle pour l'emmener on ne sait pas bien où, Andrea était méconnaissable, éteint, flasque, la peau grise, les pommettes saillantes et les lèvres meurtries, ces bâtards l'ont torturé, répéta Bernadetta et personne ne répondit, nous devons aller le chercher, non ? demanda-t-elle, le tirer de là, si nous sommes ses camarades nous devons lui porter secours, l'homme à la veste en velours expliqua que c'était trop dangereux pour le moment, il disait cela depuis des jours, qu'Andrea était le miel et eux les abeilles, qu'on les attendait sûrement et que, pour le bien de tous, il valait mieux laisser Andrea seul, s'ils l'ont revacciné c'est qu'ils n'ont probablement plus d'espoir d'arriver à le faire parler et ils le réintégreront bientôt dans les roulements comme si de rien n'était, il fallait contacter Anna Cordio qui leur donnerait sans doute des informations plus précises, alors Fausto qui jusque-là n'avait soufflé mot, prostré dans une douleur insupportable qui oppressait sa poitrine, Fausto qui maudissait le jour où l'amitié en lui s'était activée, devenant une plaie de plus en plus infectée, Fausto qui était déchiré entre, d'un côté, la perte d'Andrea, les mots qu'il n'avait pas eu le courage de lui dire et, de l'autre, le tourment de ce qu'il n'arrivait pas à exprimer à Anna, Fausto que l'antidote avait rendu si sombre, silencieux, mou, lança qu'il irait lui-même voir Anna, qu'il se camouflerait comme d'habitude sous sa casquette baissée et se rendrait directement à l'hôpital, et personne ne s'y opposa ; Manlio, en revanche, avait peur, une peur inextricable, il dormait mal, mangeait peu, buvait trop, maudissant le passé et maudissant le futur, mécontent du présent gaspillé en malédictions, et Bernadetta de se répéter que ça ne devait pas finir comme ça, que ça ne devait pas se passer comme ça, que rien n'allait comme cela aurait dû aller, que leur révolution était devenue une partie de campagne avec des blessés, des morts et des disparus tout autour, que les révolutions embaumées d'encens quand on les raconte sont en réalité une déambulation dans nos propres viscères, qu'en perdant de vue leur objectif ils avaient sans doute dévié sur le chemin de la laideur, qu'elle était épuisée et ils n'avaient encore rien mené à terme, il restait cette tache de l'attaque dans le métro qui pesait sur leurs consciences, et maintenant Andrea réintégré dans le troupeau après avoir été laminé, et Fausto quitta la base, descendit le sentier escarpé jusqu'aux voitures qu'ils avaient cachées dans les broussailles, déguisé à contrecœur, sans attention aux détails, l'antidote avait également libéré la coquetterie, le soin de soi n'était plus cette mécanique de muscles et de tendons séquencée, c'était désormais un effort de concentration qui devait se combiner avec la prédisposition et l'espoir, un accord à trouver chaque matin, et chaque matin cela devenait plus ardu, l'antidote avait libéré l'anxiété, cette anxiété qui mordait Fausto au réveil puis le secouait pour tenter de le déchiqueter, parfois il cédait à la faiblesse de regretter ces matins où, mécanique et ordonné, presque informatisé, il se levait avec l'unique pensée fixe de se laver les dents et le visage, puis d'arriver ponctuel à l'arrêt de bus pour rejoindre son bureau, et la journée était une chaîne de pensées minimes, avalées et dévalées sans peine, avec seulement le poids léger du temps à disposition, il détestait ces nouveaux réveils qui le projetaient loin au point d'avoir peur de ne pas pouvoir revenir, il se heurtait aux possibilités infinies qui surgissaient devant lui à chaque demande de choix et subissait les piqûres des lieux et gestes ravivant ses douleurs les plus récentes, ses désillusions les plus cinglantes, des désillusions qu'il n'avait même pas vécues mais éprouvées par crainte ou par lâcheté, Fausto pensait à tout cela en parcourant les rues de A, et DF ressemblait à un grand nez épaté sur les trottoirs flairant les empreintes des terroristes, leurs empreintes de terroristes, et quand il aperçut l'hôpital avec le parking, les arbres, les bandes blanches sur le sol souillées de traces de caoutchouc noires, l'espace d'une seconde, un temps imperceptible qui bloqua en lui quelque engrenage, il eut l'impression que l'antidote lui avait montré le soleil tout en le précipitant en enfer, et c'était un soleil lointain, un soleil qu'on pouvait célébrer mais qui était trop éloigné pour réchauffer, il parcourut les couloirs et les étages de l'hôpital, il avançait sur des rails imaginaires, automatiques, comme ceux qui passaient à côté de lui, pas de place au vide ni aux rêveurs, se dit-il, sur lui aucun indice révolutionnaire, juste la clandestinité, il trouva Anna en train de discuter avec des infirmières et elle le vit au milieu des corps qui entraient dans le service, sans hâte, sans calme, sans rien, je dois te parler, lui glissa Fausto, un hâle accueillant poudra le visage d'Anna, ils allèrent dans son bureau et là, ils furent tranquilles.

Qu'est-il arrivé à Andrea ? demanda Fausto en arrachant cette casquette qui avait marqué la circonférence de son crâne.

Il a été revacciné. On nous a ordonné de lui injecter une dose plus forte. Ils le gardent quelque part le temps qu'il se remette mais il est perdu à présent, répondit Anna, très belle.

Il a dit quelque chose ?

Rien, il a fait preuve d'une constance extraordinaire.

Mais après, après le vaccin ? Il a parlé ?

Non, non. La dose était tellement concentrée qu'elle a atteint la mémoire et les souvenirs, je crois qu'Andrea ne saura même jamais ce qui lui est arrivé : la disparition de l'empathie à l'âge adulte a également une incidence grave sur la mémoire, il n'a pas de sentiments de revanche, de mélancolie, de nostalgie, son cerveau a manifestement effacé tout résidu de passé qui aurait pu générer de l'euphorie ou de la douleur, expliqua Anna.

Nous devons savoir où il est. Nous devons aller le chercher.

Laisse tomber, Fausto, laisse tomber. Il ne vous reconnaîtrait pas, peut-être même qu'il vous dénoncerait, cet Andrea n'existe plus. C'est un risque inutile.

Nous pourrions réessayer l'antidote.

Non.

Pourquoi ?

Parce qu'il faudrait un antidote beaucoup plus puissant dont nous ne connaissons pas les effets, nous ne sommes pas prêts, celui que nous avons est le résultat des recherches sur le vaccin standard, un antidote pour ce vaccin concentré nécessite des mois de recherches et de tests, nous ne pouvons pas prendre le risque de le détruire définitivement, son équilibre est très précaire, nous pourrions créer un monstre d'empathie qui ne parviendrait même plus à respirer, à manger, à communiquer, à tenir debout. Ce n'est pas si simple. À quoi bon utiliser tout ce temps et cette énergie pour une opération qui, en plus d'être largement vouée à l'échec, pourrait lui être fatale ? Et puis tout mon laboratoire travaille à l'antidote soluble que vous m'avez demandé, je devrais interrompre ce processus, nous retarderions inutilement l'attaque finale, dit Anna.

Nous pourrions raconter qu'il a été torturé, que le gouvernement n'a pas respecté les règles, lança Fausto, tu ne crois pas ? Nous pourrions dénoncer le gouvernement ?

Fausto, tu ne veux pas comprendre. Tu fais appel à un sentiment de justice que les habitants de DF n'ont pas. Pour eux, ce qu'on leur ordonne de faire est juste, le non-respect des règles implique inévitablement des sanctions.

Aucune différence entre justice et vengeance ?

Aucune, tu n'étais pas capable non plus de saisir cette différence avant de recevoir l'antidote. À DF, tout ce qui se produit est juste et tout ce qui entrave le cours des choses préétablies est injuste.

Et alors ? Alors on abandonne un des nôtres ? On abandonne Andrea à son destin ? demanda Fausto.

Chaque changement comporte des risques, chaque changement engendre des pertes, chaque changement procure de la douleur, il faut simplement espérer que ça serve à quelque chose. Ça vaut pour tout. Pour tous.

Anna, dit Fausto en prenant sa main qui sentait la menthe, oui Fausto, dit-elle en serrant la sienne, Anna, dit Fausto, tu n'as jamais peur qu'on se trompe, Anna ?

Non, jamais.

Et tu n'as pas peur de ne pas y arriver ?

Oh que si, à certains moments j'en ai même la certitude.

Et comment fais-tu ? Fausto était presque implorant maintenant, sa voix était devenue suraiguë, Anna retira sa main.

Je pense que ça en vaut la peine, je pense que je le fais parce que c'est juste ainsi, on ne livre pas des batailles en fonction des probabilités de victoire, on livre des batailles parce qu'elles sont justes.

Et en quoi notre bataille est-elle juste ?

Nous sommes entourés de personnes contraintes à vivre avec des facultés sentimentales et intellectuelles qui ne représentent qu'une infime portion de leurs capacités naturelles, nous sommes entourés de personnes débordantes de santé et de potentiel mais contraintes à rester des coquilles remplies d'instructions. Il me paraît évident que c'est une cause juste. Je suis médecin, j'ai étudié pour ça, je devrais m'occuper de la santé des personnes pour leur permettre de profiter d'une vie avec toutes les facultés dont elles disposent : pour moi c'est aussi une question professionnelle, répondit Anna.

Je crois que je suis malade, lâcha Fausto, et il s'effondra sur la chaise devant le bureau, il était temps d'avouer, une fois pour toutes, de dénouer ce nœud, c'était le parfait moment, se dit-il, ensuite nous penserons au reste, à la révolution, on reconnaît les amoureux parce qu'ils confondent toujours les priorités, parce qu'ils assistent à ce qui se passe autour d'eux comme de l'extérieur d'une cour où on projette un film en plein air, du mauvais côté du rideau, quels ravages cause l'amour non déclaré sur la présence lucide à la vie, combien de fois Fausto se découvrait spectateur en attente pendant que Manlio, Bernadetta et l'homme à la veste en velours étaient concentrés sur leur nouveau plan ou sur l'étude de leurs moyens de défense, un voleur qui ne sait pas où cacher son butin, c'est le moment de lui dire, sentit Fausto, c'est le moment de se jeter à l'eau et si ça se passe mal, parce qu'il redoutait un rejet comme on redoute certaines défaites et qu'on évite de s'y confronter, des défaites déjà advenues que nous redoutons encore alors qu'elles nous inondent, et nous les redoutons avec l'illusion de pouvoir ainsi les repousser, cette fois c'est le moment, se dit Fausto, et il répéta qu'il était malade.

Malade de quoi ? demanda Anna qui avait compris depuis des mois sans réussir elle non plus à se retirer du stupide ballet de la séduction enlisée dans une éternelle attente.

Je ne vais pas bien, Anna. Je me sens épuisé.

Quels sont tes symptômes ? dit Anna d'une voix déminéralisée.

Une sorte d'inquiétude.

Ça peut vouloir dire plusieurs choses. Essaie d'être plus précis.

Je crois que je suis amoureux.

Possible. C'est un des effets de l'antidote. En revanche, je ne vois pas le lien avec l'épuisement, objecta Anna durement.

Je devrais avoir le courage de me déclarer, selon toi ?

Le courage n'existe pas en comprimés.

Je crains que mes sentiments ne soient pas partagés.

Normal, tu es conscient maintenant, tu sais évaluer les risques et les bénéfices de chaque décision.

C'est bien la cause de mon malaise.

Si tu fais advenir ce qu'il y a à l'intérieur de toi, ce que tu feras advenir te sauvera. Si tu ne fais pas advenir ce qu'il y a à l'intérieur de toi, ce que tu n'auras pas fait advenir te tuera, dit Anna. Saint Thomas, évangile apocryphe.

Ce ne sont pas les citations mais la réalité qui peut me sauver.

Et quelle est la réalité ?

Je crois que je suis amoureux de toi, Anna.

Noir.

La réponse d'Anna n'est pas importante.

Anna dit que pour s'aimer il fallait des conditions favorables, un contexte qui permette à l'amour de couler, une situation qui donne la possibilité de consommer l'amour sans se consumer, certaines personnes sont convaincues que l'amour est le rail sur lequel faire avancer tout le reste, or il en va autrement, tantôt l'amour s'écoule en se posant au hasard de notre quotidien, tantôt il nous entraîne sur des sentiers escarpés loin des préoccupations de la vallée, tu veux dire que nous ne sommes pas dans les bonnes conditions ? demanda Fausto ramassé sur lui-même face à ce non qu'il avait redouté, attendu sans doute, et qui était arrivé tel un drapeau planté dans son cœur, mais comment renoncer à un amour seulement à cause des conditions extérieures, l'amour n'est-il pas un tout ? la voix de Fausto était brisée par la tentation de supplier, et Anna lui répondit que l'amour par parenthèses est un refuge, rien à voir avec le grand amour de ceux qui décident de vivre ensemble, comment s'aimeraient-ils ? lança-t-elle, nous aimer dans les centimètres qui subsistent entre deux cavales ? nous aimer en nous promettant des affinités impossibles ? nous aimer sans pouvoir exister ? Fausto aurait préféré un refus sec, qui ne lui donnerait pas l'occasion de patauger dans ses pensées, un je ne t'aime pas précis, coupant sur les bords, et il se demandait comment Anna pouvait, malgré l'antidote, appliquer la raison à l'amour, dresser un bilan aussi féroce et tout réduire au résultat final, il lui dit que la vie était une intrication de nuances, qu'il était abasourdi par une telle impassibilité, bouleversé par cette méchanceté mathématique, alors Anna lui caressa une pommette et murmura Fausto, tu es en train de te noyer dans un trop-plein de sensibilité, tu vas à la dérive, porté par des sentiments que tu ne connaissais pas et que tu n'es pas capable de diriger, donc je suis malade, tu me le confirmes ? coupa Fausto, et Anna répondit que non, il ne s'agissait probablement pas encore d'une maladie, mais habiter son cœur est un refuge trop confortable dans cette lutte qui, au contraire, exhortait tout le monde à sortir dans la rue, je le dis pour toi, insista Anna, donc tu ne m'aimes pas ? s'obstina Fausto, réponds-moi sans trop de considérations, il semblait à présent ému par sa propre faiblesse, Anna répliqua que la question ne se posait pas, pas comme ça, pas maintenant, pas dans cette situation et Fausto éprouva de la haine, une haine funeste, un venin condensé, n'en parlons plus, trancha-t-il, faisons comme si nous n'en avions jamais parlé, et il le dit comme on invoque une fin pour alimenter une continuité, mais Anna affirma que c'était bien comme ça, que c'était une bonne solution, que se perdre maintenant serait trop dangereux pour tout le monde, si aimer pour toi c'est se perdre alors nous n'avons pas la même opinion, nota Fausto et Anna dit stop, vraiment, stop, arrêtons là, et Fausto aurait voulu recevoir à nouveau le vaccin, il l'aurait avalé d'un trait, il s'en serait aspergé, il ne pouvait plus supporter ce campement de douleurs dans sa poitrine, il aurait prié pour qu'on le capture là maintenant tout de suite, dans ce bureau, lui et Anna, en représailles, pour replonger dans ce perpétuel bruit de fond émotionnel, et il pensa que sa révolution était finie, il n'y a pas de beauté sans affinités, pas d'empathie sans réciprocité, pas d'élan si de l'autre côté les bras sont fermés, juste un bruit de fond, un bruit étouffé, et tandis que Fausto sombrait en s'abandonnant à ses pensées, Anna l'invitait à écouter.

J'ai préparé tout le matériel nécessaire à l'intervention au Centre pour l'enfance. Nous avons réussi à élaborer une forme comestible de l'antidote qui devrait faire effet. Rappelle à Bernadetta d'avertir la cuisinière qu'il faut impérativement respecter les doses, dit Anna.

Fausto rampait le long de ses sphincters.

Fausto, tu m'écoutes ?

Oui, je t'écoute. Fausto émergea, mais la majeure partie de lui-même fourrageait encore dans le margouillis de ses intestins.

Quand comptez-vous intervenir ?

Aujourd'hui, cet après-midi.

Attention, l'antidote commence à faire effet au bout d'une dizaine de minutes, tenez-vous prêts.

Nous serons prêts, assura Fausto, tout est déjà planifié.

Alors il vaut peut-être mieux que tu y ailles.

Oui, oui, j'y vais.

Elle lui ouvrit la porte et caressa ses épaules, il l'aurait tuée, il eut honte. Il se demanda à quoi servait la profondeur de champ sans la profondeur des sentiments. Il était allé si profond qu'il s'était retrouvé seul.

À quatorze heures ils étaient tous en position, leur stratégie au point, Manlio se tenait sur le versant est du petit promontoire duquel on voyait la cour du Centre pour l'enfance de A et Fausto, à l'ouest, contrôlait que personne n'approche, Bernadetta était au niveau du grillage qu'ils avaient découpé pour faire sortir le plus d'enfants possible et les emmener dans une ferme près de la base, ils s'étaient procuré tout le nécessaire, ils pourraient accueillir une vingtaine de pensionnaires et entendaient montrer à la nation que le vaccin imposé à la jeunesse mutilait les affects qu'elle était pourtant en droit d'exprimer, l'homme à la veste en velours, qui s'était occupé de trouver l'autobus dans lequel ils transporteraient les enfants libérés, attendait à présent impatiemment à la base l'arrivée de la troupe, la décision de s'attaquer au Centre pour l'enfance avait été difficile, la doctoresse Anna Cordio avait expliqué comment les effets de l'antidote seraient beaucoup plus évidents sur des sujets jeunes, en ajoutant que ce serait une grande leçon donnée au gouvernement, les enfants sont naturellement plus enclins à se faire surprendre, et ainsi on éviterait probablement les scènes de panique dangereuse observées lors de l'attentat du métro, ils mangeront, avait dit la doctoresse, puis ils sortiront jouer dans la cour et là, l'antidote commencera à agir, vous les verrez peut-être chanceler, certains pourraient même s'évanouir, mais les repérages des jours précédents avaient permis de constater qu'en général aucun fonctionnaire du centre ne sortait durant l'heure de temps libre, ce serait donc assez facile de les faire passer par l'ouverture pratiquée dans le grillage et monter dans le bus, ils n'auront ni soupçons, ni craintes, ni préoccupations, ils ne seront pas encore capables de les élaborer, avec Bernadetta il y avait cinq autres camarades, cela faisait à peu près trois enfants chacun à récupérer dans le plus court laps de temps possible, l'autobus était là, à quelques pas, Manlio et Fausto rejoindraient leurs voitures en quelques minutes, la cuisinière que Bernadetta avait récemment affiliée au groupe avait injecté les doses prescrites d'antidote dans la pulpe des prunes, c'était la semaine des prunes à DF, et les enfants du centre étaient obligés de consommer tout leur repas pour suivre le programme calorique fixé par le gouvernement, évidemment la quantité d'eau à l'intérieur de chaque fruit pourrait varier et le gabarit des enfants pourrait influer sur les effets de l'antidote, c'était un des premiers éléments à prendre en compte dans la préparation de l'attaque finale et les Brigades sentimentales y travaillaient depuis longtemps, l'antidote soluble était désormais stable et la doctoresse Anna Cordio était satisfaite des résultats obtenus en laboratoire, dans le laboratoire où, à l'insu de ses collaborateurs, elle s'était discrètement remise au travail comme quand étudiante elle s'usait le bout des doigts sur les béchers et les matras, les rampes de filtration et les membranes, les stérilisateurs, les révélateurs, les mélangeurs, Anna avait éprouvé une énergie nouvelle, presque enfantine, en perfectionnant l'antidote, en vue de l'attaque finale l'homme à la veste en velours avait déjà donné le feu vert pour la production à grande échelle aux techniciens qui ne posaient pas de questions et n'attendaient pas de réponses, ils avaient été recrutés par l'intermédiaire d'un ingénieur pharmaceutique que les brigadistes avaient croisé et libéré lors d'une de leurs incursions, le réseau des Brigades sentimentales dépassait à présent largement le cadre des petits trafics de vin, de livres, de vêtements ou de nourriture, il couvrait de nombreux secteurs d'activité nationaux, et l'homme à la veste en velours répétait en plaisantant à moitié que leur réseau lui permettait maintenant d'anticiper pratiquement toutes les manœuvres du gouvernement, un dirigeant de la Police affective les renseignait sur les opérations diligentées par le président et ses hommes, Rossella Marrone, une comptable de la citadelle présidentielle éperdument amoureuse de l'écriture de Balzac et du vin rouge français, leur fournissait des informations confidentielles de première main comme, par exemple, que personne n'avait encore la moindre idée d'où se trouvait la base, et qu'on avait levé le pied sur les recherches dans l'espoir de réussir à capturer les brigadistes durant leurs trafics en ville, ainsi même Manlio était plus tranquille, malgré son anxiété chronique, et parfois on le surprenait à sourire, tandis qu'il sirotait son cognac portugais sur la terrasse au crépuscule.

Le succès de l'opération dépassa toutes les attentes, les enfants sortirent dans la cour sous le soleil pâle qui, lui aussi, au-dessus de DF, semblait avoir perdu sa vivacité, certains s'assirent, comme endormis, et il fallut les porter, d'autres se figèrent sans parler et il suffit de les prendre par la main, on libéra en tout dix-huit enfants et aucun d'eux durant le voyage ne montra de signes d'agitation ou de peur, les enfants déracinés s'abandonnent aux vagues presque par habitude, dans l'ignorance des sentiments ils se laissent simplement bercer, des objets flottant au gré des courants, Bernadetta se répandait en sourires des plus rassurants mais les effets de l'antidote n'étaient pas encore perceptibles, de jeunes veaux disponibles pour l'abattoir mais emmenés à la ferme, qui avait été aménagée comme une colonie de vacances avec les dortoirs, la cuisine, l'infirmerie, la doctoresse Anna Cordio était déjà prête à les examiner, à effectuer tous les contrôles et toutes les analyses, ils vont bien annonça-t-elle à Manlio, Fausto, Bernadetta et à l'homme à la veste en velours qui furent rassurés, ils lavaient le carnage du métro, ils apprenaient à soigner et à se soigner, ces enfants pourraient être le fleuron de la révolution et le soir ils commençaient à sourire, à jouer, en découvrant sur leur visage des plis qui s'y dessinaient pour la première fois, s'il existe un souffle vital, pensa l'homme à la veste en velours, s'il est possible de donner une forme au souffle vital, cette forme est la courbe d'une bouche qui sourit, certains se poursuivaient, d'autres se bagarraient, un brouhaha de voix gargouillait autour de la base, aucun enfant ne posa de question, les enfants cherchent des réponses entre leurs mains, dans les cailloux ou dans le ciel comme de sages chefs de tribu, Bernadetta et Fausto plaisantaient en préparant le dîner, ils se vantaient, se charriaient, il n'y avait plus d'obscurité, plus de peur, plus de silence pesant, il n'y avait plus cette chape d'inquiétude qui les engloutissait tous, des enfants accouraient à la cuisine pour goûter les plats, ils s'illuminaient en extase devant ces saveurs inédites, ils crachaient en riant ce qui n'était pas à leur goût, ils se jetaient avidement sur les condiments, le pain, les jus, les sauces, les viandes, ils expérimentaient les saveurs comme un boiteux ankylosé persuadé de pouvoir courir, ils s'appelaient par leur prénom et échangeaient des regards complices, on respirait une légèreté qui laissait croire que d'un moment à l'autre, soudainement, sans prévenir, la base des Brigades sentimentales aurait pu s'envoler, décoller de quelques centimètres d'abord, puis de quelques mètres, le poids, la gravité s'étaient dissous dans l'antidote, l'homme à la veste en velours fumait sa pipe assis dans le fauteuil en osier du patio et dit à Manlio que peut-être, oui, peut-être qu'ils allaient y arriver, qu'il suffirait de montrer cet îlot débordant d'humanité pour convaincre tout le pays de se rebeller, pour que la nation se soulève dans un élan de fierté, n'est-ce pas la vie qui gagne à la fin, dit Manlio le nez dans son assiette, la énième assiette d'un dîner qui ne semblait jamais le rassasier, parce que si c'est la vie qui gagne, ce soir nous avons gagné, non ? demanda-t-il, alors l'homme à la veste en velours lui répondit qu'ils avaient allumé l'étincelle, mais qu'ils devaient la rendre contagieuse, vivement contagieuse, et ils feraient tout pour, désormais ils étaient lancés.

Chapitre 19

La haine et la rage

Le communiqué du gouvernement sentait la poudre, il évoquait des créatures sans défense arrachées aux responsables du Centre pour l'enfance de A, enlevées par les brigadistes pour être probablement cuisinées et mangées car, déclarait le gouvernement, nous soupçonnons sérieusement des pratiques cannibales chez ces dangereux individus prêts à tout pour assouvir leur folle cruauté, cependant ce communiqué tarda à arriver, même la presse ne relaya aucune information, à la base des Brigades sentimentales on avait attendu durant plus d'une semaine la riposte du président Andrea Bussoli, l'intensification des recherches par les forces spéciales mais rien, sept jours passèrent, sept, comme si rien ne s'était produit à DF, comme si cette joyeuse colonie était une illusion d'optique, entre-temps les enfants étudiaient les couleurs, les saveurs, la musique et tout ce dont ils avaient été privés, Fausto, Manlio, Bernadetta et l'homme à la veste en velours recevaient l'aide d'une vingtaine de partisans qui avaient accès à la base et à la colonie, l'équipe s'était agrandie et Manlio, toujours lui, craignait qu'une des nouvelles recrues puisse parler, les trahir, révéler sa libération grâce à l'antidote, c'était trop, nous sommes trop nombreux, il y a trop d'yeux et trop d'oreilles autour de nous, rouspétait

Manlio, et les autres lui expliquaient que sans aide il serait impossible de tout gérer, qu'ils étaient presque prêts pour l'attaque finale, il ne manquait pas grand-chose, et qu'ils ne pouvaient prétendre à un réseau efficace en continuant à vivre dans le soupçon, l'homme à la veste en velours ne comprenait pas pourquoi l'information n'arrivait pas, il écoutait la radio jour et nuit, Fausto avait suggéré que le gouvernement ne voulait peut-être pas admettre sa défaite, qu'il préférait peut-être ne pas en parler et la cacher pour éviter d'apparaître faible, mais Anna affirma que personne au sein de la présidence ne s'embarrasserait jamais de tels scrupules, la bataille des Brigades sentimentales n'était même pas un sujet de discussion pour un peuple désensibilisé à la préoccupation, il se passait quelque chose qui devait être élucidé et en effet, neuf jours plus tard, derrière les murs de la citadelle présidentielle, Angela Tremiti avait épié une conversation et leur avait raconté que le gouvernement distribuait de la peur aux citoyens, sous forme de comprimés obligatoires présentés comme des compléments alimentaires, une distribution massive qui en quelques heures avait atteint même les habitants les plus isolés, si nous avions eu cette capacité de distribution nous aurions déjà gagné la guerre, dit l'homme à la veste en velours, et dans tout DF une peur latente avait commencé à s'insinuer, pointant au bord des lèvres et au coin des yeux, les pas des citoyens se faisaient plus serrés, plus pressés, les pieds rentrés, l'indifférence apathique cédait peu à peu la place à une vigilance constante et infatigable, Anna avait expliqué que c'était une prouesse d'ingénierie médicale, qu'ils avaient réussi à trouver la formule pour inoculer une peur aliénante, irrationnelle voire illogique, les citoyens avaient pris conscience de l'existence d'un ennemi et s'en remettaient au gouvernement, l'autorité résidait entièrement dans le dévoilement du danger, ce n'était rien d'autre qu'un viseur pour cadrer un visage, la ville n'était qu'une traversée pour aller se terrer chez soi le plus vite possible, attention, il n'y avait pas de soupçon et la peur sans soupçon est la peur la plus sournoise et la plus sombre, celle qui n'appelle qu'à la vengeance, qui ne s'apaise qu'avec l'élimination d'un problème, une peur sans pensée est une guerre qui couve sous la braise, un amas de citoyens prêts à devenir soldats, à détruire au nom de la légitime défense, une horde autorisée à anéantir quiconque menace la sérénité du peuple et de la nation, le gouvernement de DF avait recruté la plus grande armée à disposition du pouvoir, les apeurés, et quand tous les tests furent réalisés sur l'échantillon de citoyens sélectionnés, Anna en avait suivi plusieurs dizaines, DF fut prêt pour le bombardement médiatique, pour la nouvelle qui rappelait combien les Brigades sentimentales étaient le véritable danger social contre lequel il fallait se défendre, une nouvelle répétée des centaines de fois, qui fit les titres du journal national pendant des jours avec des commentaires en tout genre, des éditoriaux qui n'étaient qu'un rebattage de ces quatre mots bien utiles pour attiser la peur, la radio en parlait continûment, un surfilage lent et mordant qui illustrait comment ces quatre cannibales s'organisaient pour enlever des jeunes citoyens sans défense, pour en faire de la chair à canon, pour les imprégner de leur rage, le gouvernement précisait qu'ils devaient être malades ou en tout cas d'une constitution différente, sur les photos publiées et crachées à la télévision leurs visages étaient noircis pour être encore plus effrayants, c'était l'idée du président Bussoli en personne, qui avait ordonné de les retoucher, de les rendre plus sombres, hirsutes, grossiers, ils devaient être différents des habitants de DF même physiquement, ils devaient enfin devenir *autres* et être reconnus comme tels, on raconta qu'ils aspiraient à une substitution ethnique, qu'en kidnappant des enfants, c'était clair, c'était clair, ponctuaient les commentateurs, ils voulaient éduquer les générations futures pour procéder à une substitution ethnique, on raconta aussi qu'ils avaient enlevé des femmes pour en faire des esclaves sexuelles, qu'ils envisageaient de pulvériser toutes les stations de métro avec une série de bombes coordonnées, que l'homme à la veste en velours était spécialisé dans l'importation et le trafic de drogues qui avaient tué la jeunesse disparue on ne savait où, que Bernadetta Colosimo était l'instructrice des esclaves sexuelles formées pour assouvir les désirs du clan, que ce Manlio Cuzzocrea était un assassin sanguinaire qui broyait les os du cou à mains nues à quiconque entravait son chemin, et que Fausto Albini était l'esprit criminel du groupe, celui qui pour satisfaire ses pulsions infâmes avait jeté son dévolu sur les Centres pour l'enfance, un monstre, disait-on, un monstre dans une horde de monstres arrivés ici pour détruire notre civilisation, une personne interviewée affirma les avoir vus faire rôtir des chiots autour d'un feu dans la montagne, on disait qu'ils pillaient les récoltes des paysans et les magasins pour se ravitailler, qu'ils étaient vêtus de peaux humaines, on expliquait comment la plupart de ces informations avaient été données spontanément par Andrea Razzone, le brigadiste que leur brave gouvernement avait réussi à débusquer et qui, à peine arrêté, c'est ce qu'on raconta, s'était repenti à genoux devant le président Bussoli en implorant sa grâce, Andrea Razzone lui-même, entendait-on au journal télévisé, la Police affective l'avait sauvé du suicide *in extremis* et à présent le brigadiste repenti demandait à être pardonné et réintégré aux roulements, notre vaillant président lui avait accordé sa grâce car ici, à DF, nous soutiendrons toujours les citoyens qui veulent le bien de la communauté en défendant nos traditions, nos usages et nos valeurs, dit le président Andrea Bussoli et on diffusa également une vidéo d'Andrea qui saluait de la main, qui faisait coucou comme si sa main était tenue par un ressort caché, Andrea remerciait le président, oui, c'était un grand président, disait-il en invitant tout le monde à être très vigilant et à garder les yeux ouverts, car les Brigades sentimentales voulaient une guerre sur tous les fronts, qu'ils n'auraient aucun scrupule à laisser derrière eux des milliers de morts et de blessés, alors le gouvernement dit qu'il fallait en parler, en parler au travail, avec ses rapprochés, il dit que dans les obligations fixées par la loi il y avait maintenant celle de savoir qui étaient les terroristes, de les haïr, de rendre cette haine virale, de les faire haïr, et si des citoyens développaient quelque fixation sur ces barbares décidés à détruire notre société florissante, qu'ils ne cherchent pas à chasser cette pensée récurrente mais plutôt à l'accueillir, la bercer, l'envelopper, l'alimenter, le seul moyen de résister aujourd'hui pour les habitants de DF est de cultiver la terreur de cette racaille, chacun à son niveau, dans son modeste quotidien, la haine est une tranchée qui peut nous sauver, pontifia un célèbre psychologue conseiller du gouvernement, et il le répéta toute la journée dans toutes les émissions, toutes les interviews, la haine nous sauvera, enchérissait le président Bussoli en duplex depuis son bureau de président, et il encourageait ses citoyens à se sentir libres de haïr immodérément, de remplacer pourquoi pas l'activité physique par la haine envers les Brigades sentimentales, la nation avait besoin de citoyens qui saisissent les fusils de la haine pour soutenir le gouvernement dans cette bataille, n'est ce pas la liberté de pouvoir continuer à vivre sa vie ? demanda Andrea Bussoli et tous furent d'accord, tous les habitants de DF, ils ne permettraient à personne de changer le mode de vie qui depuis des générations à DF faisait du quotidien une plaine où gambader sans entraves, d'ailleurs votre peur, ajouta le président, cette terreur que nous prenons par la main pour vous défendre est déjà une violence inouïe que les braves personnes ne méritent pas, une oppression que ne méritent pas ceux qui ont passé leur vie à travailler et à se reproduire sans jamais causer de torts ou de problèmes aux autres, pourquoi ces enragés s'arrogent-ils le droit d'enfreindre nos règles ? demanda encore Andrea Bussoli, dans quel monde vivrions-nous si chacun se battait pour sa propre idée de la société ? et tous furent d'accord, et on augmenta le budget des forces spéciales, et le président Bussoli dit que désormais ils ne pouvaient plus attendre, il demanda à ses collaborateurs de découvrir aussi vite que possible comment les brigadistes s'étaient débrouillés pour produire l'antidote, toute l'équipe du laboratoire d'Anna Cordio devait être interrogée durement et la doctoresse elle-même fut traînée comme si de rien n'était à la cour du président, elle se défendit en expliquant que l'antidote était peut-être sorti du laboratoire lors d'une incursion nocturne, que son laboratoire était probablement hors de cause et qu'elle soupçonnait les Brigades sentimentales d'avoir débauché un chimiste, un biologiste ou quelque scientifique, alors les collaborateurs du président répliquèrent qu'aucune disparition n'avait été enregistrée dans ce secteur, qu'il n'y avait pas d'indices susceptibles d'accréditer une hypothèse de ce genre, et le président Andrea Bussoli pria Anna Cordio d'être plus précise, elle semblait avoir du mal à tout bien raconter, Anna dut serrer les poings pour ne pas réagir, elle avait aussi une peur immense, une peur tellement éloignée de cette Anna qui était toujours dans le respect des distances et de la mesure, elle comprit que la situation se précipitait et, en effet, la doctoresse Anna Cordio fut précipitée dans une cellule le temps que l'enquête apporte des réponses, une simple mesure de précaution, expliqua le président au journal télévisé et dans une douzaine de communiqués de presse, puis on l'interrogea avec quelques gifles, quelques coups de poing et une brûlure sous son œil gauche, elle répétait qu'elle ne savait rien et on lui cassa deux dents, la nouvelle de l'arrestation d'Anna Cordio ajouta de la peur et ajouta de la haine en tous les citoyens, DF était une unique clameur contre ces bâtards, ces scélérats, ces semeurs de peste, ceux qui avaient réussi à contaminer tout le monde sans que personne s'en rende compte, ils utilisaient peut-être aussi les ondes électromagnétiques, il valait mieux ne pas toucher les surfaces, et même la doctoresse Anna Cordio avait trahi le président, il fallait envoyer l'armée partout, alors les citoyens réclamaient plus de militaires et le gouvernement missionnait plus de militaires, les champs et les usines se vidèrent pour produire des soldats, un pays en état de siège à chaque coin de chaque rue, des insultes sur les murs de la maison où Anna Cordio avait habité avant d'être arrêtée, qu'est-ce qu'on écrit lancèrent les enragés qui sévirent de nuit, ils auraient pu marquer son corps également s'ils l'avaient eue sous la main, on écrit *traîtresse*, *Anna Cordio traîtresse* ils écrivirent, puis ils pensèrent qu'ils auraient dû être plus précis, qu'il existait sans doute un mot qui contenait toute l'indignité de qui a trahi sa nation, son grand président et la confiance que la société lui a accordée, il y avait sûrement un mot à écrire en gros caractères et maintenant que les citoyens de DF avaient enclenché les engrenages de la peur et de la haine, maintenant que le gouvernement autorisait la bestialité, incitait même à la bestialité reconnue comme légitime défense, alors un des enragés, un fonctionnaire avec un bon travail, de surcroît citoyen de classe 8, avait décidé avec ses rapprochés qu'il était nécessaire de donner un signal fort, politique et combatif, que le lendemain tous ceux qui passeraient devant la maison d'Anna Cordio devraient pouvoir lire ce que le peuple pensait d'elle, et ils écrivirent *Cordio terroriste*, ils écrivirent *Cordio honte à toi* puis *Cordio la putain*, ces mots-là exactement, car à DF le langage aussi avait rejoint les ganglions de la terreur, la langue était devenue une bombe, et pour la première fois de leur vie les citoyens ressentirent ce qu'il est normal et naturel de ressentir mais qui dans l'anormalité de DF était resté en suspens, à savoir que la trahison d'une femme brûle davantage que celle d'un homme, que cette madame je-sais-tout dont personne ne voulait comme épouse assignée osait, selon des sources proches du gouvernement, fréquenter les brigadistes débauchés et allez savoir ce qu'elle leur faisait, ce qu'elle fricotait, et le président Andrea Bussoli dit de ne pas effacer les inscriptions, de les encadrer, de les photographier soigneusement parce qu'elles étaient le témoignage du ressenti commun, certes, elles étaient un peu vulgaires et éloignées du registre neutre et limpide qui avait prévalu à DF jusque-là, mais il comprenait parfaitement cette indignation et non, affirma le président, on ne peut pas s'arrêter sur l'indécence d'une réaction quand elle est juste, quand elle est justifiée en l'occurrence par l'action désastreuse des brigadistes, le jour suivant Andrea Bussoli intervint à la télévision, drapé dans la satisfaction séraphique de sa rage qui faisait autorité, et dit que parce que DF était un pays civilisé, pour cette raison seulement, la doctoresse Anna Cordio n'avait pas été jugée et condamnée, elle pouvait vadrouiller tranquille derrière les barreaux de l'État en mangeant et en dormant aux frais des contribuables, alors on dut renforcer la sécurité autour de la prison à cause des enragés qui manifestaient, prêts à exécuter la doctoresse de leurs propres mains séance tenante, et DF devint si sombre, si noire, si opaque que tous attendaient âprement la fin de ce cauchemar.

À la base, l'homme à la veste en velours prônait le calme, il répétait qu'ils ne devaient pas répondre et que, pour le moment, ils devaient simplement rester bien cachés en laissant passer l'orage, mais personne ne voulait s'entendre, Fausto tremblait sur le sort d'Anna et accusait l'homme à la veste en velours d'avoir une fois de plus mené une action dont ils n'avaient pas su imaginer les conséquences, tu es assis là, à jouer les chefs, sauf qu'aucun de nous n'a jamais dit que tu étais le chef, tu es là, tranquille, à prodiguer tes leçons de vie et pendant ce temps on est bloqués, Anna est torturée, tu es une merde, lui balança Fausto et l'homme à la veste en velours répondit qu'ils ne devaient pas perdre la tête et Fausto signala qu'il l'avait déjà perdue, comme Andrea Razzone quand on l'avait contraint à faire ces simagrées à la télé et comme Anna sous les coups qu'elle était probablement en train d'endurer, Manlio soutenait Fausto, il soutenait toujours les idiosyncrasies, peu importait d'où elles venaient, il se jetait à leur suite pour essayer d'abattre ce mur qui étranglait son souffle, Manlio dit que l'homme à la veste en velours leur cassait les couilles, qu'il était temps de désigner quelqu'un pour prendre les décisions, que ça n'allait plus, alors l'homme à la veste en velours répondit, il était assis et il se leva, il ne se levait jamais quand il parlait, il ne s'était jamais levé, il répondit qu'il n'était pas le chef mais qu'ils étaient tous d'accord sur une stratégie, que cette stratégie aboutissait à l'attaque finale et que l'attaque finale était maintenant leur unique objectif, ils devaient s'efforcer de tenir tête aux mensonges du gouvernement avec lucidité et pondération, Fausto opposa que le gouvernement était désormais vainqueur sur tous les fronts, que le premier citoyen qu'ils croiseraient les écorcherait vifs comme des cochons, tout était foutu, là encore ils avaient échafaudé un plan qui, comme celui du Centre pour l'enfance, se retournerait contre la révolution en ne faisant que du mal, ils ne pouvaient pas lutter contre un pouvoir qui avait réussi en quelques jours à déchaîner toute cette rancœur, enfin personne ne les défendait, merde, mais tu te rends compte que personne n'est avec nous ? hurla Fausto, et l'homme à la veste en velours indiqua la fenêtre du salon et dehors les enfants qui suivaient une leçon sur la beauté de la nature, Bernadetta leur tenait compagnie, eux, dit-il en désignant les enfants, eux sont avec nous, puis il l'invita à regarder autour de lui, alors Manlio s'écria d'une voix aussi grosse que ses mains, ah parfait, ah bravo, la nation est contre nous mais nous devrions nous réjouir de cette petite vingtaine de gamins qui nous aiment bien, tu ne te rends vraiment pas compte des énormités dont tu voudrais nous convaincre, tu crois vraiment que nous sommes stupides à ce point ou est-ce simplement toi qui es stupide ? demanda Manlio à l'homme à la veste en velours, et Fausto ajouta qu'il ne voulait plus rien dire, plus rien faire, qu'il avait envie de tout casser, casse tout si ça te permet d'aller mieux, faites ce que vous voulez, conclut l'homme à la veste en velours et Fausto trouvait cette réponse tellement fermée, tellement obtuse, une réponse arrogante et inutile, alors il commença à casser des vases, à démembrer une chaise, à enfoncer une porte à coups de poing, à shooter dans les meubles, et Manlio hurlait pour l'arrêter non seulement avec sa voix mais aussi avec ses grosses mains sous les yeux de l'homme à la veste en velours qui assistait à la scène sans rien dire, sans rien faire, le vacarme attira les enfants qui, en voyant les deux hommes lutter corps à corps dans un tourbillon de poussière, criaient et pleuraient effrayés, Bernadetta tentait de les éloigner en répétant que ce n'était rien, rien du tout, qu'ils plaisantaient, qu'ils discutaient, mais la violence faisait un bruit d'objets qui se brisent comme des os de poulet, la violence se reconnaît au simple son étouffé de ses respirations tubaires, je veux retourner là où on ne se cogne pas, dit un enfant à Bernadetta qui le rassura en inventant une explication à laquelle elle-même ne croyait pas, finalement Fausto sortit en claquant la porte et partit à l'assaut de la montagne en laissant une traînée de rage humide sur le sol, comme un escargot pressé, avant de disparaître dans les arbres, l'homme à la veste en velours était immobile, dans la même position depuis que tout avait commencé et Manlio, la chemise déchirée par les griffes de Fausto, Manlio s'approcha jusqu'à ce qu'ils se retrouvent nez à nez et lui siffla toi, maintenant, tu t'écrases, puis il s'en alla on ne sait où, il s'en alla, parfois on s'éloigne comme attiré par quelque chose, deux aimants l'un contre l'autre. Entouré de silence Fausto se repentit, une poignée de minutes, le repentir moite qu'on exhale après un coup de sang, l'orgueil avant de demander pardon, vaincu, devant tout le monde, à petits pas d'insecte il se dirigea vers l'homme à la veste en velours, assis, muet, désolé, je ne voulais pas, murmura Fausto en lui tendant la main, excuse-moi, ce n'est rien, dit l'homme à la veste en velours, il n'y a pas de mal, ajouta-t-il, et Fausto essaya de caser ce litige dans le tiroir des actions à oublier rapidement, il avait besoin de calme et de repos, c'est ce qu'il pensa, calme et repos.

Brigadistes et citoyens furent semblables cette nuit-là, haine et rage, une haine et une rage issues de deux vocabulaires différents mais avec une racine commune.

Anna dormit dans une cellule humide où il n'y avait même pas de toilettes.

Chapitre 20

L'attaque finale

D'abord il fallut s'occuper des camions, chaque camion avec son chargement d'antidote soluble qui devait être récupéré à l'entrepôt, transporté et déversé dans les aqueducs du pays, douze aqueducs qui alimentaient les principales villes et qui permettraient d'atteindre, d'après les calculs de l'homme à la veste en velours, une grande partie de la population, presque toute, dit l'homme à la veste en velours, du moins une part suffisante pour créer une réaction populaire, pour qu'en l'espace d'une journée, peut-être même moins, d'une demi-journée, les citoyens de DF se sentent enfin libérés de l'engourdissement du vaccin, ils avaient eu de nombreux doutes, douloureux parfois, sur ce qui pourrait arriver, mais l'attaque finale serait générale, non qu'ils n'en aient pas redouté les effets, ils savaient bien, après ce qui s'était passé dans le métro et après la contre-offensive du gouvernement face à la libération des enfants, que cette fois tout pourrait arriver, même l'impensable, l'attaque finale se mouvait sur un fil tendu entre la victoire et la désillusion, l'acte d'un amant délaissé lançant les derniers mots qu'il a sur le cœur en désespoir de cause, il n'y avait pas de hardiesse cette nuit où les Brigades sentimentales glissaient dans les rues endormies de DF, il n'y avait pas cette écorce de présomption qui s'était érodée au cours des dernières semaines, il n'y avait plus le sourire en toile de fond, mais sur chaque mouvement pesait une chape de préoccupation, une circonspection apparente qui était en réalité la peur de mal faire, l'insécurité de mener une guerre qui ne se déroule pas comme prévu. Manlio était responsable de l'aqueduc de A, il s'était réveillé très tôt, il avait mal dormi, peut-être pas dormi du tout, empêtré dans ce demi-sommeil où les mauvaises pensées nous collent à la peau comme de la moisissure sur le bout de la langue tandis que les bonnes s'envolent au contraire sans laisser la moindre trace, il avait décidé de se raser la barbe parce que si je me fais arrêter, il s'était dit, au moins je serai propre pour être livré aux chiens, il était monté dans son camion au cœur de la nuit, par une légèreté du gouvernement et de l'unité spéciale émanant du président Bussoli qui, pour l'heure, n'avait fait que donner des coups d'épée dans l'eau, les aqueducs n'avaient pas été considérés comme des points sensibles, ou peut-être, pensait Manlio esclave de sa terreur, avaient-ils feint de ne pas s'en occuper pour tendre leur piège, voilà la mauvaise pensée, la pensée soupçonneuse qui avant n'existait pas, qu'on n'avait jamais eue, voilà qu'elle avait contaminé Manlio, il faisait difficilement confiance aux gens mais également à la vie, à ses événements, et lui venait même le doute que cette histoire, leur histoire était déjà écrite, qu'elle devait simplement être mise en scène, une histoire avec une fin aberrante dont ils se rapprochaient à grands pas, le camion parcourait les rues désertes de DF, un vieux camion qui grinçait comme une cymbale cabossée faussant toutes les notes, des roues qui brimbalaient désaxées, le moteur qui bafouillait un frottement métallique, un chauffeur, Manlio sur le siège passager et deux autres dans la remorque pour aider à porter les gros bidons, depuis quelques jours les délations s'étaient multipliées à DF, des citoyens qui dénonçaient d'autres citoyens au moindre comportement suspect, cela avait commencé avec ceux qui portaient un chapeau, gare aux dangereux individus qui ont besoin de dissimuler leurs yeux sous un couvre-chef, disait la rumeur, ça n'est pas un hasard s'ils ne gardent pas le front découvert, ils ont sûrement des choses à cacher, ainsi durant plusieurs jours les policiers de la Police affective avaient traqué, houspillé, décoiffé quiconque décidait de se protéger du soleil, de la pluie ou de l'humidité, les porteurs de chapeaux sont la lie de notre nation, grognait-on dans les cafés, alors on décréta sans tarder le bannissement des chapeaux et des chapeautés, et ouf, enfin tranquilles, puis vint le tour des barbus, plus redoutés que la maladie, celui qui ne trouve pas le temps de se raser le matin avant de se rendre au travail est forcément occupé à d'autres activités, à coup sûr subversives, indignes d'un citoyen, ainsi les barbus, il suffisait d'un duvet de quelques heures, furent désignés comme les propagateurs du terrorisme qui menaçait la sérénité nationale, le gouvernement publia un décret qui obligeait à se raser tous les matins, la barbe cachait le visage, c'était dangereux, enfin on dénonçait son voisin parce qu'on l'avait vu, on avait eu l'impression de l'avoir vu esquisser un sourire, la bouche entrouverte ou une expression du regard qui pouvait indiquer qu'il était différent, qu'il s'était peut-être injecté quelque substance et qu'il dissimulait difficilement quelque sensation, DF devint une bassine de bile frelatée et cette nuit-là, tandis qu'il était assis à l'avant du camion censé dissiper cette chape qui pesait sur les trottoirs, Manlio pensa qu'il aurait voulu embrasser quelqu'un, à ce moment précis, à cet instant, se fondre dans une étreinte, pas pour le contact ou l'union, mais pour se prouver qu'il pouvait accueillir et être accueilli par quelqu'un, quelle souffrance d'avoir l'antidote dans le sang et d'être contraint de relever tous les ponts-levis, puis ils arrivèrent à l'aqueduc qui, effectivement, n'était pas surveillé, aucun contrôle, personne, ils échangèrent quelques messages radio avec les autres, ils étaient tous en position, Bernadetta demanda encore quelques minutes, j'arrive, douze camions sur douze aqueducs simultanément, l'homme à la veste en velours dit qu'il était temps de passer à l'action et on déchargea les bidons, on retira les couvercles, derrière Manlio il y avait un bruit de voiture, il y a une voiture, dit Manlio dans sa radio, et il pressa les camarades qui étaient avec lui de se cacher, d'éteindre les phares et le moteur, deux policiers sortirent de la voiture, qu'est-ce qu'ils foutent ces deux-là, on avait signalé du remue-ménage près de l'aqueduc, les Brigades sentimentales avaient décidé dès leur création, du temps où ils ne s'étaient pas encore installés à la base, qu'ils n'utiliseraient pas d'armes, on se bat à mains nues, avait dit Fausto, c'était un de ces après-midi où ils se retrouvaient chez l'homme à la veste en velours, mais Manlio n'était pas du tout d'accord et Bernadetta avait objecté que peut-être ils pouvaient au moins se défendre, alors ils avaient préparé des fusils avec des seringues d'antidote, ces beaux fusils qu'on voit dans les documentaires pour endormir les rhinocéros, avait ri Fausto, sauf que, pensa Manlio, maintenant que la voiture s'était arrêtée et que les policiers approchaient, merde, il n'y avait pas de quoi rire, et pendant ce temps il épaulait son fusil, ils s'étaient entraînés avec des mannequins dans le jardin, des mannequins qui ressemblaient à des épouvantails trop gentils, Manlio commença à tirer, il tirait et rechargeait, tirait et rechargeait, Franco à côté de lui tirait aussi, les coups sifflaient dans l'air, pas le temps pour les policiers de comprendre d'où ça venait, s'il y a eu un moment durant toute la Résistance, un moment d'anthologie, où Manlio a vraiment connu de près l'excitation du combat, s'il y a eu un moment où Manlio s'est senti en guerre, où il a eu l'inspiration féroce d'éliminer l'adversaire, d'entendre le bruit sourd de sa chute, s'il y a eu un moment où il s'est abandonné sans vergogne au désir de déblayer le terrain, alors ce fut ce moment-là, où il crachait des seringues avec un fusil rafistolé, la pointe de sa langue pincée entre ses lèvres attestant sa concentration, il n'aurait même pas su dire combien de fois il avait tiré dans sa volonté de créer une pluie de projectiles, un mur d'aiguilles tombées du ciel, un des policiers eut le temps de tirer aussi, un projectile biscornu qui ébrécha un poteau, le cliquetis d'une vis tombée d'un toit dans une bassine, il n'y eut pas de fougue, pas de hardiesse, rien des combats que Manlio, Fausto, Bernadetta et l'homme à la veste en velours avaient lus dans les livres ou vus dans les films, ce fut un désordre effréné et trivial, un duel de foire, Manlio avec ses grosses mains qui se démenaient autour de la gâchette, sur les recharges qui ne se rechargeaient pas et dans les gestes d'incitation à son camarade, tire, tire, ne t'arrête pas, tire, et l'autre qui tirait jusqu'à ce que les deux policiers tombent comme si on leur avait coupé les tendons des genoux et des chevilles, un bruit sec de crânes et de mandibules sur l'asphalte, on les a tués ? demanda le camarade de Manlio, pendant ce temps dans leur radio l'homme à la veste en velours répétait qu'est-ce qui se passe ? Manlio, qu'est-ce qui se passe ? Manlio dis-moi ce qui se passe, et quand les deux agents furent indubitablement inertes, alors seulement Manlio se releva et observa la scène, un chasseur qui avance satisfait vers sa proie, ils respiraient, bien, il faut faire vite, alertait Fausto, on est en train de verser, dit Bernadetta et l'homme à la veste en velours confirma que tout le monde avait ouvert les bidons et vidait cette poudre fine comme de la lessive, avant d'être arrêtée Anna avait eu le temps de finaliser minutieusement ses recherches pour déterminer les proportions et les effets, un antidote soluble aurait été inimaginable quelques mois plus tôt, une substance efficace sans être dangereuse, capable d'arriver dans les robinets de presque toute la population, il n'agit que par contact, avait-elle expliqué à Fausto lors d'une de leurs dernières entrevues, l'idéal est qu'il soit utilisé pour cuisiner et pour laver les aliments, la formule que nous avons réussi à obtenir donnera des résultats dès le matin, en se rinçant le visage, en se lavant les mains et les dents, à DF l'aube serait médicale, un rayon vert sans mer ni soleil, et tandis que Fausto tenait le bidon en écoutant le clapotis, il pensait que cette eau arriverait peut-être aussi dans la cellule d'Anna, il espéra que les méandres des canalisations souterraines pourraient lui apporter le lendemain une poignée de poudre de ce fût qu'il tenait lui, maintenant, là, entre ses mains, ce serait une lettre d'amour écrite dans son lavabo, un encouragement à tenir bon, à résister qui sait, elle devinerait qu'ils étaient passés à l'action, qu'ils avaient accompli leur mission, ces sensations qui ouvrent une brèche dans l'obscurité, et Manlio avait également vidé la moitié de ses bidons, la poudre citrobétaïnait sur l'eau en formant des bulles semblables au mucus puis disparaissait lentement, Anna avait recommandé d'éviter le contact avec cette solution très concentrée, cela ne promettait rien de bon, et ils mirent plusieurs heures, au moins deux pour chacun des douze aqueducs, deux heures de ce crépitement continu, et plus le temps passait plus les communications s'espaçaient, dans les radios circulait l'information que les choses étaient en cours, la nuit faisait bouclier, les deux policiers ouvrirent les yeux, ils étaient attachés, que s'est-il passé ? qu'est-ce que vous faites ? demandèrent-ils à Manlio, ses camarades l'avaient appelé, Manlio, viens, ils se réveillent, ils pleuraient sans parler, Manlio leur expliqua qu'ils avaient essayé de les tuer, vous nous avez tiré dessus, ce n'était pas vrai, et l'un d'eux, le plus âgé, dit qu'il ne voyait rien, comme dans un entonnoir, qu'il avait des frissons et qu'il percevait une odeur dans l'air, comment vous vous sentez ? demanda Manlio, le jeune policier observait hébété le défilé des bidons vides, des bidons pleins, des bidons renversés, vous avez essayé de nous tuer, je ne tuerais jamais personne, répondit le policier plus âgé, je n'aurais jamais pu faire ça, assura-t-il en se contorsionnant pour s'essuyer le nez sur son uniforme, et se trouvant bloqué les mains derrière le dos avec une bosse qui battait au-dessus de sa tempe droite, assailli par toutes ces couleurs, ces odeurs et même la nuit, il ressentit une irrésistible solitude, le pouvoir bienveillant n'existe pas, reprit le policier âgé, le pouvoir bienveillant ne peut exister, il n'existe que des armes, des engins, des personnes et des mécanismes entre les mains du pouvoir pour contrôler les citoyens, mais *pouvoir* est un terme qui par nature confine toujours avec la force, disait le policier âgé comme il n'aurait jamais pensé avoir le courage de le dire, et Manlio crut à un sortilège, à un excès d'antidote qui avait transformé l'agent en philosophe saucissonné par terre, et il lui confia qu'eux, les Brigades sentimentales, luttaient pour ça, pour un pouvoir tissé par les relations, et le policier dit qu'il savait qu'ils lui avaient injecté quelque chose, qu'il avait lu les rapports sur ce nouveau ressenti qui nous saisit et supplante celui qu'on était, il avait étudié les documents confidentiels envoyés par le gouvernement et il avait tiré parce que c'était un ordre, l'ordre qu'on lui avait donné, on prête serment pour exécuter les ordres, puis il parla à Manlio de ce cerveau débordé qui à présent dégoulinait sur lui, il va m'arriver quelque chose, je vais peut-être mourir d'un infarctus, non, non, tu ne vas pas mourir, le rassura Manlio, s'il vous plaît ne nous tuez pas, supplia le policier âgé et s'il vous plaît ne nous tuez pas dit en pleurant le plus jeune terrorisé, il tremblait, Manlio s'approcha de lui et l'étreignit, une étreinte timide, un peu affectée, Manlio qui avait toujours peur de serrer trop fort, et l'agent pleura de plus belle, on peut vous aider, dit le policier âgé, on peut vous aider, répéta le jeune, alors Manlio fut gagné par le doute, ils chouinent pour nous embobiner, l'empathie est la porte ouverte à la manipulation, Manlio cultivait le soupçon depuis longtemps, un soupçon velouté, à fleur de peau, un soupçon qui lui susurrait à l'oreille de ne faire confiance à personne, qu'il serait toujours déçu, même par ses camarades, un soupçon qui se condensait en conviction sans assez de force autour pour la combattre, ils pleuraient, quand Manlio était sous l'emprise de ses pensées malades, était-ce une maladie ? une chose qu'il n'était pas capable de ressentir avant, une défense naturelle et honteusement humaine ? il imaginait, avec une évidence iconique, il imagina qu'une fois détachés ils s'enfuiraient ventre à terre, ils pourraient aussi les arrêter, oui, mais avec quelles armes maintenant qu'ils étaient désarmés ? ils avaient sûrement appris une méthode à l'école de police, ils appelleraient à l'aide, ils trouveraient un moyen de donner l'alarme, ils pleuraient, Manlio n'arrivait pas à déglutir, ils pleuraient, alors il flanqua un coup de pied au visage du policier âgé, un coup de pied avec l'élan de tout son corps, va te faire foutre, lâcha-t-il seulement, va te faire foutre, le jeune policier hurla, la ferme, mais pourquoi ? criait le jeune agent, qu'est-ce que tu fais ? mais vous êtes ces monstres-là ? et entre-temps les autres brigadistes étaient arrivés pour retenir Manlio qui se voyait de l'extérieur, à la troisième personne, à distance, comme s'il assistait à la mise en scène des actes qu'il accomplissait, et vous vous appelez Brigades sentimentales ? vous êtes des bâtards, vous n'êtes que des bâtards, allez, laisse tomber, disaient-ils à Manlio, Manlio en proie à la honte de celui qui sait qu'il s'enfonce et qui ne fait rien pour se raccrocher, allez, viens, c'est fini, disaient les autres, l'opération est terminée, on se replie, disait la radio avec la voix de l'homme à la veste en velours, l'eau de DF était contaminée, le réveil serait un déluge universel qui laverait les péchés du gouvernement, en revanche, le péché de Manlio gisait sur le sol le visage en sang, l'autre policier était un fœtus ligoté qui perdait de la bave rougeâtre, qu'est-ce qu'on fait d'eux, demanda quelqu'un, on se tire, on se tire, trancha Manlio, et le jeune agent lui hurlait qu'il était un lâche, qu'ils étaient des criminels, des tortionnaires, qu'il se vengerait, c'est ce qu'il dit, l'antidote avait ranimé le feu de la vengeance qui courait sur lui, vous allez avoir de sérieux ennuis, il criait pendant que Manlio et ses camarades grimpaient dans le camion, tout était chargé, ils mirent le contact et partirent, on rentre, avertit Manlio par radio, tout va bien ? demanda l'homme à la veste en velours, tout va bien, tout est en ordre.

L'attaque finale était consommée.

Chapitre 21

Le réveil

Au matin DF vit le soleil. Les travailleurs s'efforçaient de rejoindre leur poste, de respecter leurs horaires et leurs missions, mais l'égarement éprouvé au réveil persévérait, ils observaient les lignes, les angles, les espaces, les tons et les dimensions traversés pendant des années et qui aujourd'hui s'interposaient entre eux et le monde, ralentissaient leur pas, captaient leur attention. Guéris de leur myopie émotive ils s'imprégnaient des détails des habitations, des horizons changeant d'un point à l'autre, des inscriptions sur les plaques d'égout, des trajectoires des nuages et des oiseaux, d'une traînée de soleil sur la façade d'un immeuble gris qu'un homme élégant fixait depuis une demi-heure, ému par l'audace obstinée de la lumière, un deuxième goûtait immobile cette chaleur réconfortante, un autre encore observait ses doigts au milieu de la rue, les écartait, les touchait, les frottait comme un cadeau inattendu, et oubliait l'ouverture des bureaux. Et puis perçaient les saluts, les personnes qui se croisaient, se voyaient, se faisaient un signe en hochant la tête, en levant le bras, ne pouvaient contenir l'envie de se déclarer vivantes l'une à l'autre, et les plus téméraires qui s'arrêtaient carrément pour échanger, discuter de l'air qui ce matin semblait pétiller dans leur cou. Ce matin-là DF bouleversa ses priorités, les citoyens se demandaient pourquoi, des pourquoi qui commençaient au saut du lit, qui continuaient dans le jardin, des pourquoi solitaires et des pourquoi partagés, des pourquoi qui restaient accrochés au palais, prêts à s'échapper. Ce matin-là de nombreux citadins décidèrent que non, ils n'iraient pas au travail, trop de surprises les entouraient et les retenaient prisonniers dans leurs petits espaces, leurs petites affaires, ils savouraient le plaisir de contempler un verre, de déplacer un objet, de prononcer une suite de consonnes, de choisir leurs mots avec soin. Ce matin DF viola les règles, des décennies que cela n'était pas arrivé, des règles qui paraissaient si étroites, si stupides, avec si peu de sens et d'importance que les citoyens n'eurent même pas le sentiment de les violer, les tenues se mélangèrent, on s'offrit quelques fantaisies dans l'habillement et dans certaines cuisines, comme celle de la dernière maison de la rue H514, le mari avoua à sa femme assignée qu'elle ne lui avait jamais plu, qu'il ne comprenait pas sa façon de vivre toujours si prudemment, et elle répliqua que c'était pareil pour elle, qu'ils n'avaient jamais rien eu à se dire, que ça lui pesait de le croiser à la maison, qu'il dégageait une mélancolie insupportable, ils exultèrent ensemble à ces révélations, ils se félicitèrent pour cet élan de sincérité réciproque et décidèrent de se quitter avec reconnaissance, comment nous défendre face au gouvernement et au déclassement si nous refusons notre assignation ? demanda-t-elle, et il la rassura en disant qu'ils ne pouvaient pas se permettre de déclasser quelqu'un pour un choix personnel, pour avoir eu le courage de décider comment vivre, qu'ils trouveraient une solution, qu'ils s'expliqueraient avec calme et fermeté comme on parvient à défendre ses idées quand on est convaincu de leur profonde justesse, puis il lui prit la main comme il ne l'avait jamais fait durant toute leur période d'assignation, elle le remercia, ils n'avaient jamais été aussi proches qu'à ce moment où ils décidèrent de se quitter. Ce matin DF se réveilla avec une envie irrésistible de chercher ses racines, chacun les siennes, d'essayer de se rappeler qui avaient été ses parents, comment vagissaient ses enfants, une envie irrépressible de savoir où ils se trouvaient et de leur demander pardon pour l'abandon forcé, les femmes qui s'étaient réveillées mères s'accrochaient aux grilles des centres pour l'enfance telles des plantes grimpantes, en quête d'une ressemblance, dans la forme des yeux par exemple, elles cherchaient leur enfant comme une pépite parmi la boue et les cailloux passés au tamis des souvenirs qui affleuraient lentement, des épines des jours passés sans le voir grandir, du désir de retrouvailles et, tandis que les parents ne résistaient pas à l'appel de leur sang, les enfants jouaient avec une insouciance qui ce matin à DF avait fait tomber les barrières, et ils chantaient le regard vers le ciel comme ces tribus qui remercient chaque matin d'être encore vivantes, les enfants aussi s'inondaient de questions, de pourquoi, les responsables des centres exprimaient leur tendresse, ce matin à DF revinrent les étreintes, étreintes serrées, étreintes soudées avec la solidité d'une clé de voûte, des étreintes dans les rues, les maisons, les bureaux, aux arrêts et stations des transports publics, dans les transports publics, des étreintes affichées joyeusement avec la conscience qu'il y en aurait beaucoup d'autres. Une femme, dans son jardin, caressait un chien qu'elle avait ignoré pendant des années, interdits les animaux domestiques à DF parce que interdites toutes les interactions en dehors des assignations fixées par les algorithmes et ce chien, rebelle et obstiné, avait pendant des années traversé le jardin de cette femme en aboyant doucement, la gueule tombante de qui trouve les règles des humains contraires à la nature, tous les matins il passait et observait la femme se préparer à sortir, tous les matins comme un rendez-vous secret avec l'espoir d'une ouverture et la promptitude pour échapper à la camionnette du service d'hygiène, tu n'es pas seulement un chien, lui disait la dame en le caressant ce matin-là comme pour atteindre son cœur, tu es un rescapé, un survivant, tu es mon frère, et cela faisait des heures désormais que dame et chien composaient ce tableau derrière la grille du jardin, les voisins saisis par les formes que peut prendre l'amour, ils ne l'appelaient pas amour car ils en avaient oublié la sonorité et le sens, mais saisis par la tendresse de ce duo, de la dame et du chien, et ils avaient aussi oublié le sens du mot tendresse, ils se nourrissaient de cet échange, la dame, le chien et une nuée d'observateurs admirant le miracle, la beauté qui explose et se répand en pluie, ce matin à DF des foyers de beauté s'allumèrent dans les lieux les plus insoupçonnés, la beauté du doute autour des kiosques où on discutait des nouvelles données par cet unique journal et on discutait également des limites d'avoir un seul journal, les kiosquiers découvraient la richesse des divergences d'opinions, l'espace qui s'ouvre quand on n'est pas d'accord et que le désaccord est posé délicatement pour éclairer l'obscurité, des petites réunions politiques qui se tenaient sous les auvents et sur les trottoirs. Ce matin DF se réveilla affamé, nombreux furent ceux qui dérogèrent aux règles et trahirent le menu ministériel, dans les comptoirs alimentaires on réclamait un fromage spécifique, un légume qui n'était pas dans le programme hebdomadaire, à la campagne on croquait des fruits défendus et commença une chasse aux saveurs effrénée, certains décidèrent de dépasser les quantités prescrites par l'algorithme, d'autres s'offrirent la caressante liberté de sauter un repas, d'autres encore s'aventurèrent à mélanger les ingrédients, le mélange des ingrédients était interdit par la loi, enfin certains dénichèrent en ville quelques arbres fruitiers ou battirent la campagne pour une bouchée de quelque chose que leur corps demandait. Ce matin DF se réveilla assailli de doutes, des doutes qui n'étaient pas automatiquement refoulés comme c'était le cas jusqu'au jour précédent, des doutes qui se détachent des mâchoires et s'insinuent entre les gens, tout est bien vrai ? tout est vraiment comme ça ? des doutes sur la moralité des décisions et des lois, sur la démocratie de la justice, des doutes sur le président Andrea Bussoli, des doutes sur l'application de la démocratie, et avec les doutes se multipliaient les oppositions, à ce qui se passait et à comment cela se passait, des contestataires ombrageux, des désaccords polis mais fermes, devant une pharmacie une femme de petite taille aux jambes musclées discutait avec deux policiers qui lui avaient notifié que la barrette dans ses cheveux était chromatiquement illégale, cette couleur est bannie depuis au moins deux ans, lui dirent-ils avec l'autorité qu'ils s'apercevaient avoir perdue, elle répliqua que c'était sa couleur préférée et qu'elle avait hâte d'être jugée pour port de couleur illégale, une accusation un peu ridicule, en effet, dit un passant coiffé d'un chapeau, arrêtez-moi pour une barrette à cheveux et écrivez-le dans le journal, ils vous sauteront tous dessus comme des chiens, lança la femme à présent énervée d'une voix stridente qui traversait la rue, les policiers étaient raillés, les clients de la pharmacie les invitaient à s'occuper de choses plus importantes, mais vous n'avez pas honte, vous ne vous sentez pas ridicules ? un peu, répondit un des agents, vous n'avez pas mieux à faire ? et le pharmacien noyé sous les demandes fébriles d'un flot de gens sortis du lit avec l'envie d'acheter les produits les plus insolites dit aux agents d'aller s'occuper des Brigades sentimentales, que tous ces derniers mois ils n'avaient rien foutu à part interroger un pauvre type au hasard et séquestrer une doctoresse qui les menait en bateau, qu'ils aillent secouer Bussoli, continuait le pharmacien, et un applaudissement retentit ou une chose similaire, alors les policiers répliquèrent que ces propos constituaient une atteinte à l'honneur et au prestige du chef de l'État et le pharmacien, pourtant unanimement reconnu comme une personne courtoise, se toucha les couilles en lâchant qu'il n'en avait rien à foutre du chef de l'État et qu'ils regardent un peu autour d'eux, qu'ils s'occupent de ce pays devenu hors de contrôle, qu'ils lui expliquent d'où venait ce désordre, cette anarchie qui depuis ce matin infectaient tous les coins de rue, qu'ils lui expliquent pourquoi son épouse assignée s'était jetée sur leur lit en pleurant, avait-on le droit de pleurer maintenant ? verbalisez-la donc ! allez chez moi et verbalisez ma femme qui n'a même pas la force de sécher ses larmes, condamnez-la pour cette tristesse qui lui paralyse les jambes et me laisse seul à la boutique pour une journée de merde, cette fois l'applaudissement fut un applaudissement en bonne et due forme assaisonné de quelques bravos et les policiers étaient des poussins mouillés jetés au milieu d'un combat de coqs. Ce matin DF s'était réveillé avec des doutes qui devenaient inquiétude, peur, désespoir, colère, attente, énervement, dépit, indignation, des doutes qui grandissaient d'heure en heure et gonflaient les poitrines. Ce matin DF se réveilla en rythme, le rythme de doigts pianotant sur le siège d'un train, le rythme de chansons sifflées sans jamais avoir été écrites, les rythmes de gens qui ne se déplaçaient plus sur un tapis roulant mais qui marchaient avec des pas différents, l'un rapide, l'autre lent ou détendu, court ou allongé, l'un agacé par la lenteur de l'autre ou celui-là presque sautillant, les rythmes de gens qui suivaient mentalement le tempo des bruits de la ville, le rythme de la femme qui au numéro 568 de la rue B44 avait ouvert les yeux en chantant à tue-tête ravissant ses voisins qui avaient ouvert leurs fenêtres pour que cette voix leur parvienne plus limpide et qui tentaient de deviner les paroles, le rythme d'un homme qui battait la mesure avec sa tasse de café, un tap-tap sur la table du petit déjeuner, et sa femme qui lui demandait ce qu'il avait, ce qui lui prenait, ce qu'il faisait, et il répondit qu'il était heureux, qu'il se sentait heureux, qu'il y avait tellement de vie dans ce tap-tap, le rythme martelé par les voitures qui traversaient les voies du tramway et les petits groupes qui s'asseyaient sur les trottoirs pour écouter, les rythmes discrets de langues claquant sur les palais, et même la musique de quelques courageux qui avaient caché pendant des années un instrument hérité des grands-parents des grands-parents des grands-parents de leurs grands-parents dans un carton bien scotché, une trompette résonnait, impertinente. Ce matin DF se réveilla violent, une violence qui dormait depuis une éternité, exclue du faisable et du pensable, une violence d'abord verbale, un durcissement des sentiments qui explosaient en coups ou en bousculades, en insultes ou en crachats, des couples qui s'étaient levés et, alors que l'antidote infusait, avaient commencé à discuter d'un objet mal rangé ou donné trop brutalement, d'une réponse décevante ou d'un malentendu, des petites anicroches qui devenaient des montagnes, ils se reprochaient les paroles qui auraient dû être oubliées et les soufflaient à nouveau gonflées du ressentiment accumulé pendant des années de silence, des conjoints qui avouaient ne s'être jamais plu d'un ton railleur, arrogant, destructeur, des voisins, des collègues et des rapprochés qui dévoilaient leur haine jusque-là engourdie, ce fut une journée de rixes, deux employés du ministère des Importations en vinrent aux mains et se jetèrent dans les escaliers, le subalterne mourut d'un choc sur la nuque, des passagers de la ligne 222 de la capitale furent tués à coups de barre de fer par une femme qui les traita de diables, dans la campagne de L2, un village situé à une trentaine de kilomètres de A, un paysan donna un coup de fourche à son patron et le réduisit en lambeaux, un automobiliste exaspéré renversa deux piétons qui traversaient la route trop lentement, morts tous les deux, de nombreux blessés dans des corps à corps, la police démunie face aux centaines d'affrontements, des blessés également parmi les policiers, DF ne disposait d'aucun protocole et d'aucun entraînement face à la violence car la violence n'existait plus et ce matin-là elle retentit de plus belle au milieu de ces inaptes à toute réaction, la police tira, elle tira comme elle ne l'avait jamais fait auparavant et tua par excès de défense, la peur et la vengeance se mêlaient à la protection de l'uniforme et, quand un agent tirait pour se défendre, tandis que la victime était encore à terre survenait le lynchage, la violence appelait la violence, le sang appelait le sang, l'odeur du sang qui imprégnait le sol, l'horreur du sang qui braillait, la conscience de l'homicide qui pointait, le sentiment d'appartenance à une classe d'opprimés ou d'oppresseurs qui faisait apparaître des divisions nouvelles, DF connut une matinée d'os fracassés et de peaux écorchées, les quartiers des basses classes trépignaient avec sur le dos toute la rage de leur orgueil écrasé par les classes supérieures, les ordres des patrons étaient bafoués dans les usines, les champs, les bureaux. DF connut une matinée de désobéissance, une désobéissance exprimée avec fougue et présomption, qui battait le rappel de tous les désobéissants, qui revendiquait des droits que l'antidote avait rendus impérieux, une désobéissance qui ne faisait qu'un avec la violence et la liberté. DF connut une matinée de liberté, presque rien de ce qui devait fonctionner ne fonctionna, les services administratifs, les transports et les hôpitaux furent désertés par les travailleurs qui avaient toujours détesté leur métier, qui s'étaient rendu compte ce matin qu'ils avaient toujours voulu faire autre chose et qu'ils s'étaient empêtrés dans une profession qui était un couperet, certains réclamèrent le droit de savoir, d'étudier, de voyager, de dormir. Ce matin à DF fut également un matin d'amour, des amours qui naissaient avec la magie des éclairs, des amours entre voisins et entre collègues, une confusion de baisers échangés sans trop réfléchir, des déclarations au premier regard, un amour incontrôlable qui jaillissait sans crier gare, l'antidote avait libéré l'amour mais personne ne savait en prendre la mesure, des mains caressaient des inconnus, des étreintes consommées dans les parcs, des élans amoureux vomis sur son voisin de bureau, un chaos sentimental tandis qu'à côté on s'entretuait, un besoin d'amour qui cherchait le réconfort dans chaque rencontre, un amour qui était désordre public, les policiers coupaient court aux effusions, puis il y avait les scandalisés, qui avant n'étaient rien et ce matin s'étaient réveillés bien-pensants, les bigots, les moralisateurs, l'amour jugé et contré, un champ de bataille de sensibilités trop divergentes ou trop convergentes, toujours trop, pendant que se défaisaient les couples assignés, pendant que s'effilochaient les algorithmes, pendant qu'on apprenait à évaluer la sensualité des tons, l'harmonie des traits, la chimie des comportements, ce matin DF était une prairie peuplée d'animaux en chaleur incapables de s'aventurer au-delà des lisières, un pâturage d'humeurs. Ce matin DF découvrit le savoir, le savoir qui n'est pas seulement la consomption de ce qu'on sait, le suivi de l'évolution des idées communes, DF découvrit le besoin de connaître l'inconnu, de rencontrer l'autre, de comprendre les racines des règles et des comportements, l'antidote délia aussi les questions qu'on ne s'était jamais posées alors on se rua dans les bibliothèques, les archives, les bureaux où se trouvait l'histoire, des centaines de citoyens se réveillèrent avec l'envie incontrôlable de savoir quels étaient les États voisins, pourquoi on n'en avait jamais parlé et on lança des chaînes de correspondance pour partager plus d'opinions, on contesta vivement l'absence de moyens d'information non institutionnels. Et avec la soif de connaissance

DF se réveilla ce matin désireux d'en savoir davantage sur les Brigades sentimentales, elle est là notre victoire, déclara l'homme à la veste en velours, la Résistance n'était plus l'épouvantail brandi au journal télévisé, beaucoup se rendirent compte qu'ils ne les avaient jamais écoutés, qu'ils n'avaient jamais réfléchi à leurs motivations, leur état d'esprit et leurs objectifs, certains pensèrent qu'au fond leur combat était peut-être juste, ils le dirent à d'autres, la rumeur devint une opinion et devant la citadelle présidentielle des manifestants se rassemblèrent avec toutes sortes de revendications, le droit de boire du vin, l'abolition des métiers et des conjoints assignés par la loi, la possibilité de retrouver ses enfants, le rétablissement des couleurs, la légalisation de l'art, le droit à des élections libres, la reconnaissance de l'histoire, la démission d'Andrea Bussoli, la liberté de la presse et de l'information, la suppression des classes, en peu de temps les requêtes coagulèrent et des groupes d'intérêt se formèrent, bien sûr il y avait aussi ceux qui réclamaient la vérité sur les Brigades sentimentales, ceux qui voulaient les entendre, et enfermé dans son bunker le dos ruisselant de sueur bourré de tranquillisants incapable de penser à rien le président Bussoli ne jurait que par la protection militaire.

Ce matin à la base les Brigades sentimentales étaient en fête, toutes proportions gardées, on prépara un grand repas avec tous les enfants pour célébrer le succès de l'attaque finale, l'homme à la veste en velours dit que désormais le gouvernement ne pouvait plus cacher les faits sous le tapis, Fausto s'inquiétait des premières informations qui mentionnaient les homicides et les violences mais l'homme à la veste en velours le rassura, cette fois le réveil était trop vaste pour tout réduire à quelques détails, élargir l'horizon permet de rendre dérisoires les difficultés et les préoccupations qui ont longtemps pesé sur nos épaules, Bernadetta proposa carrément de descendre en ville, de se montrer, affirmant que maintenant ils ne pouvaient plus se faire arrêter, les gens ne resteraient pas impassibles, mais Manlio dit qu'il ne fallait pas se précipiter, Manlio avait encore une foutue peur, il préférait attendre de voir comment évoluaient les choses, comme si le temps pouvait résoudre les problèmes au lieu de les voiler simplement pour nous tromper, la radio diffusait une émission de réflexion économique semblant ignorer le déluge universel qui avait lieu dehors puis les transmissions furent interrompues par une annonce, un communiqué du président Bussoli lu par une journaliste qui y mettait trop d'emphase, hier, récitait-elle, durant la nuit les Brigades sentimentales ont décidé d'empoisonner notre nation, le président, les ministres et tous leurs collaborateurs étudient la situation pour mettre en place le plus rapidement possible des initiatives afin de rétablir l'ordre et la sécurité, en attendant nous invitons tous les citoyens à exprimer leur solidarité et leur indignation face au décès d'un policier tué lors de l'attaque terroriste, le président Bussoli a décrété une journée de deuil national, annonça la radio, alors l'homme à la veste en velours, Bernadetta et Fausto se tournèrent vers Manlio qui écoutait, la veine gonflée, Manlio dit que même la vengeance était un sentiment noble, la gratitude est un fardeau, la vengeance est un plaisir, confia Manlio et personne ne répliqua, seul l'homme à la veste en velours observa qu'ils étaient imparfaits, Dieu que nous sommes imparfaits, dit-il, mais cette guerre nous risquons fort de la gagner.

L'armée avait débarqué à l'aube dans la citadelle présidentielle, alertée dès les premiers signaux d'inquiétude de la population et le président Bussoli, dans un sommeil baveux saturé de comprimés, avait été réveillé à la hâte, avec une fébrilité courtoise, tandis que dehors les nerfs chantaient matines, on avait expliqué à Bussoli que l'inimaginable s'était produit, que l'effet du vaccin avait été annulé d'un coup, qu'on avait du mal à contenir les gens et que les forces de police seraient insuffisantes quand tous les citoyens en prendraient conscience, la journée va être infernale, il y a urgence, lui avait-on répété comme on frappe à une porte obstinément, et le président Bussoli, qui se hissait pour atteindre l'éveil, avait été pris d'une irrésistible envie de tirer sur tout ce qui bougeait, de donner l'ordre qui couvait dans son cœur, dans ses rêves les plus féroces, supprimer les personnes, les éliminer, s'en débarrasser, puis il avait repris commune mesure et demandé ce qu'il fallait faire, quelles étaient les propositions de la task force gouvernementale pour endiguer cette vague, d'ailleurs quelle forme aurait la vague, que risquait-on, et une dizaine d'autres choses confuses et enchevêtrées qui s'annulèrent dans l'agitation et Mario Frigoli, un des plus fidèles conseillers du président, s'était empressé de le calmer tandis qu'Andrea Bussoli toussait une toux irritée et acerbe, il lui avait dit que cela pouvait être une bonne chose pour eux, qu'ils devaient tout faire sauf s'employer à rétablir l'ordre, laissons le désastre se produire, avait dit Frigoli, recueillons les détails de chaque incident, recueillons-les et listons-les, ça fera autant de cordes à notre arc, mais nous devons calmer le peuple, avait objecté le président Bussoli, nous devons le calmer tout de suite, et justement non, défendons les murs de la citadelle et laissons le désordre monter dehors, Bussoli s'enflammait trop, cette soif de justice sommaire pour mesurer son pouvoir, Bussoli s'était servi une boisson alcoolisée, très alcoolisée, cela ne lui ferait pas du bien de si bon matin, puis il avait dit qu'ils attendraient donc, qu'on s'occupe de sa sécurité et de la sécurité de tous mais d'abord de la sienne, de laisser ramper le désespoir, laissons monter le désespoir, à la fin nous mangerons l'espoir et les terroristes avec, les gens ont une foutue peur de se sentir bien quand pendant des années ils n'ont rien senti, ils confondent pour la plupart le calme et le néant, ainsi on s'y retrouve.

On convoqua une réunion avec tous les ministres qui dura la journée entière, on ne parla de rien, on se réjouissait de chaque tumulte, la stratégie était approuvée.

Chapitre 22

Le débat

Le studio de télévision se trouvait en ville, dans un bâtiment imposant et laid qui semblait désaffecté. Pour le rejoindre il fallait suivre l'artère principale qui longeait le centre puis prendre la troisième sortie de la petite ceinture. Dans la voiture l'homme à la veste en velours, Fausto, Manlio et Bernadetta devaient élever la voix pour couvrir les sirènes hurlantes de la Police affective qui les escortait. Une semaine s'était écoulée depuis l'attaque finale et les Brigades sentimentales étaient le sujet de discussion qui divisait le pays, d'un côté on affirmait qu'ils avaient enfin libéré DF d'une dictature d'autant plus redoutable qu'elle était déguisée et de l'autre on les accusait au contraire d'avoir contribué à la régression sociale qui menait au naufrage et à la destruction, le président Bussoli et ses nombreux soutiens ne manquaient pas une occasion de relever le moindre épisode de violence, de folie meurtrière ou d'ignominie et de remercier les Brigades sentimentales qui avaient révélé toute la purulence de l'être humain, dédouané la mollesse sentimentale et le recours aux armes, ravagé une société qui s'était laborieusement construite sur les *bonnes manières* et le *bon sens* de ses parents, grands-parents, arrière-grands-parents et au-delà, une société à présent exposée aux pires affections du reste du monde et courant à sa perte, on haïssait les Brigades sentimentales, on les haïssait d'une haine viscérale qui faisait d'eux les porteurs de tous les maux qui frappaient l'État, c'est pourquoi le président Andrea Bussoli, qui les avait reconnus comme groupe politique en promettant publiquement leur protection physique, avait décidé que les membres devaient bénéficier d'un service d'escorte dans les occasions où ils étaient exposés au contact avec un large public, comme sur ce trajet où les manifestants les attendaient alors qu'ils se dirigeaient vers le studio de télévision, ceux qui entonnaient des chants révolutionnaires en levant le poing fermé pour les encourager à résister et ceux qui les auraient écorchés vifs, devinait-on à certains visages déformés appelant à leur mort et eux, l'homme à la veste en velours, Fausto, Bernadetta et Manlio, quatre poissons dans un aquarium, filaient à leur rendez-vous. Le débat serait transmis en direct sur la chaîne nationale et tous les postes de DF étaient prêts pour le coup d'envoi fixé à l'après-dîner, après ce journal qui pendant une semaine avait fustigé les brigadistes en les dépeignant comme des terroristes que seule la grande honnêteté intellectuelle du président Andrea Bussoli avait bien voulu réhabiliter et sauver. Fausto, Manlio, Bernadetta et l'homme à la veste en velours étaient nerveux, nerveux même si convaincus, nerveux parce qu'ils savaient parfaitement, ils en avaient parlé tous les jours précédents, que c'était se jeter dans la gueule du loup, Manlio l'avait dit ainsi, le seul qui avait hésité à accepter le débat, ils étaient habitués à avancer leurs pions en coulisses, protégés d'une certaine manière par la clandestinité et la possibilité d'être jugés uniquement sur les conséquences de leurs actes or maintenant il fallait raconter tout le voyage réalisé, les choix entrepris, il fallait aussi s'excuser, et n'oublions pas de nous excuser, avait insisté Fausto à toutes les réunions, en fait une réunion permanente pour se préparer à n'importe quelle question, n'importe quelle provocation, ils avaient même imaginé les mensonges qu'on pourrait cracher sur leur compte et, quand ils avaient dû décider lequel d'entre eux parlerait, les règles du débat prévoyaient en effet qu'un seul représentant des Brigades sentimentales ferait face à l'interlocuteur, ils s'étaient longuement interrogés, Manlio avait été exclu, il s'était autoexclu d'emblée en disant qu'il ne pourrait pas s'empêcher de se lever et de gifler cette face suante d'Andrea Bussoli, pas de problème donc, quand ils s'étaient réunis pour décider qui parlerait, Bernadetta avait fait remarquer qu'une femme serait une cible un peu facile pour les téléspectateurs, l'antidote avait avivé une certaine misogynie qui existait déjà dans les institutions et qui circulait maintenant naturellement, ce serait jouer avec le feu, lâcha Bernadetta avec une lassitude dans le cœur car elle était parfaitement consciente de la bataille qu'il restait à batailler pour statuer sur les droits les plus modernes, alors qu'émergeaient à peine les droits fondamentaux comme un retour primitif sur une longue route à parcourir, restèrent Fausto et l'homme à la veste en velours et chacun présentait l'autre candidat comme le meilleur avec un semblant de courtoisie affectée qui évoquait une parade de paons, jusqu'à ce que Fausto avoue, comme illuminé par une intuition soudaine, qu'il n'arriverait pas à cacher sa colère contre le martyre d'Anna et son emprisonnement, qu'il pourrait perdre le contrôle et devenir violent, ce que nous devons précisément éviter, la violence, rappela Fausto et tous s'accordèrent sur la nécessité d'apparaître équilibrés et fermes, sans dureté, convaincus de leurs idées sans être factieux, cela doit être une défaite sur le plan politique, ajouta Fausto, le président Bussoli doit être battu sur l'idée de liberté et de gouvernement du pays, l'homme à la veste en velours confia avec inquiétude son ignorance et son inexpérience de la vidéo, ce type est un requin, dit Manlio, un connard qui passe ses journées devant les caméras, mais tous comptaient sur le fait que DF libéré aurait le vocabulaire sentimental pour lire la transmission.

Le studio était petit et étroit, que les studios télévisés sont tristes en vrai, glissa Manlio alors qu'ils entraient, le public était déjà assis et l'arrivée des brigadistes fut accompagnée d'un léger brouhaha, une sorte de gargarisme collectif, il faut faire un sacré effort pour imaginer qu'on parle à toute une nation, dit encore Manlio, ce soir-là Manlio avait une grande envie de parler, il pensait à voix haute quand il ne savait pas gérer son émotion, Bernadetta, dans sa tenue de combattante avec ses rangers qui couinaient sur le linoléum, observait suspicieuse ces visages installés comme on observe un ennemi, bonsoir et bienvenus, dit le présentateur, Mario Filigni, des épaules pointues de chauve-souris, des traits obtus et asymétriques, les oreilles rouges, un costume gris trop large et trop long, une cravate grise pointillée de gris et le col de sa chemise amidonné, il tendit une main molle aux quatre brigadistes et on aurait dit qu'il allait baver du mucus d'un moment à l'autre, l'homme à la veste en velours fut microphoné par un technicien qui avait mauvaise haleine et s'assit dans son fauteuil gris 122 qui cuisait sous les projecteurs, ils nous ont bien embobinés je te le dis, murmura Manlio à Fausto mais Fausto ne l'écouta pas car il observait l'homme à la veste en velours qui portait la marque des derniers mois et avait perdu le regard de défi qu'il arborait quand il l'avait connu terré dans la pénombre de son salon, çà et là sa barbe laissait apparaître des poils blancs qui semblaient plus fragiles que les autres, plus mous, comme s'ils étaient d'une matière différente du reste de la toison, les poches sous ses yeux étaient gonflées, lisses et luisantes telles des piqûres d'insecte tandis que ses rides donnaient l'impression qu'il venait de se réveiller, quand le président Andrea Bussoli fit son entrée, escorté comme un plateau de petits-fours, et s'installa après avoir serré toutes les mains et offert quelques tapes sur l'épaule, l'homme à la veste en velours sembla si petit, si frêle, si déplacé que Fausto aurait voulu l'embrasser, Manlio arrêta la jambe que Bernadetta agitait compulsivement, une femme dans le public toussa en finissant sur une note liquide, un assistant fit signe de se taire, les deux adversaires ne s'étaient même pas salués, Andrea Bussoli scrutait l'homme à la veste en velours avec des yeux en pointeaux, l'homme à la veste en velours n'arrivait pas à trouver une position qui ne fasse pas un vilain pli sur sa chemise, là, jeté dans son fauteuil, un tic, Bernadetta ne l'avait jamais aimé aussi tendrement qu'à cet instant, dix neuf huit sept six cinq quatre trois deux un, fit l'assistant, on aurait dit une course de chiens, ils furent en direct.

Bonsoir et bienvenue et *bla bla bla*, commença Mario Filigni, et puis tout un panégyrique disant combien il était honoré d'être le journaliste chargé de raconter cette page d'histoire particulièrement délicate de notre pays, avec deux ou trois autres conneries pour lécher le cul du président jusqu'à ce qu'Andrea Bussoli prenne la parole, excusez-moi de vous interrompre, et le journaliste s'interrompit, pensez-vous s'il pouvait ne pas l'excuser soumis qu'il était au rutilant manteau du président qui couvrait tout le studio, puis Andrea Bussoli dit je voudrais d'abord rassurer tous mes bien-aimés concitoyens en leur expliquant que ce débat a lieu ce soir parce que nous, le gouvernement, estimons qu'il est juste et de notre devoir et salutaire pour la démocratie et pour l'information de vous montrer avec vos propres yeux, c'est ce que dit exactement le président Andrea Bussoli, vous montrer avec vos propres yeux, et Manlio pensa que ça signifiait que dalle, que c'était une de ces phrases toutes faites qui s'échappent quand on voudrait être éduqué, humble, formel et qu'on balance ces mots qui par chance deviennent des incises auxquelles jamais personne ne fait attention, vous montrer avec vos propres yeux, dit le président qui ne répondait pas à une question conformément aux règles de ce débat télévisé, règles que les Brigades sentimentales avaient signées et contresignées sur papier officiel en double exemplaire mieux que pour un armistice et je vous épargne les interminables échanges entre l'homme à la veste en velours, Fausto, Bernadetta et Manlio sur ces règles qui ici, maintenant, devant tout le monde, en direct sur la chaîne nationale, étaient déjà piétinées par le président Bussoli qui plongeait sa tête dans la caméra comme s'il devait vendre une pile de tapis à chaque spectateur qui le regardait à ce moment précis, bref, dit le président Bussoli, avoir accepté ce débat est une concession que seule une démocratie, il utilisa le mot démocratie, il eut l'impudence d'utiliser le mot démocratie, mais quel con, pensa Fausto mais pourquoi l'homme à la veste en velours ne parlait pas des règles qu'ils avaient établies, c'était écrit noir sur blanc que personne ne pouvait déborder le cadre des questions posées en faisant des digressions ou des introductions, et Manlio demanda à Bernadetta si le président avait vraiment utilisé le mot démocratie, oui, répondit Bernadetta, alors Manlio gronda qu'il allait lui arracher la jugulaire avec les dents, bon sang mais qu'attend l'homme à la veste en velours pour intervenir ? pour lever ce doigt qu'il tient toujours levé quand il parle avec nous, ce foutu doigt toujours pointé comme un hameçon sous le nez de la baleine, et le président Bussoli dit qu'il se sentait libre d'affirmer haut et clair, il dit haut et clair comme les médecins quand ils doivent annoncer une maladie grave et un traitement inévitable, je tiens à affirmer haut et clair, répéta Andrea Bussoli, que cette confrontation est à mes yeux une confrontation entre la justice et l'injustice, que j'accepte uniquement par amour pour mon peuple de m'entretenir avec des assassins qui n'ont eu aucun scrupule à tuer un pauvre agent à un pas de la retraite qui défendait héroïquement son pays au sein des forces de l'ordre et que je considère le monsieur qui est là devant moi, il pointa d'un doigt crochu l'homme à la veste en velours qui écoutait momifié sans le moindre symptôme de vitalité, je considère ce monsieur comme un ennemi de l'État et un cancer dont nous devons nous libérer le plus vite possible, et je suis très content et je vous remercie pour l'invitation, ajouta-t-il à l'attention de Mario Filigni, car le peuple de DF va enfin pouvoir se rendre compte des mensonges qui circulent ces jours-ci et ce sera l'occasion de montrer que le gouvernement n'est pas en échec, qu'il n'a pas peur d'afficher en direct ses choix et nos valeurs, déclara le président Andrea Bussoli et enfin l'homme à la veste en velours eut un sursaut, disgracieux toutefois, il dit que ce débat ne pouvait et ne devait pas être un monologue, qu'il attendait les questions, il attendait le début de la confrontation sans le préambule du président Andrea Bussoli que les Brigades sentimentales considéraient comme illégitime, alors Mario Filigni qui s'était endormi sur sa langue en observant songeur le président, intima à l'homme à la veste en velours, que ce soit une règle pendant toute notre émission, je vous le demande gentiment, évitons s'il vous plaît les offenses envers les représentants de l'État et les institutions sans quoi notre débat deviendra un triste exemple de manque de respect et de violence verbale pour nous ici et pour les téléspectateurs qui nous suivent de chez eux, à cet instant le public applaudit dans le studio, merde, glissa Manlio à Bernadetta, ils sont quatre pelés et un tondu et ils font un tintouin de casseroles, Mario Filigni intervint, s'il vous plaît évitons les soutiens et les applaudissements, mais les applaudissements redoublèrent et Manlio fut à nouveau pris de son envie de tout casser, l'homme à la veste en velours rappela qu'ils avaient établi des règles, nous avons accepté de venir ici avec un accord très clair sur le déroulement de la soirée et sur la gestion de cette confrontation, aussi je vous le demande gentiment, dit l'homme à la veste en velours à Mario Filigni qui sur le coup resta muet, heureusement qu'il est intervenu pensa Fausto qui mourait de froid, et Andrea Bussoli, qui n'avait pas posé un œil sur l'homme à la veste en velours, même par erreur, mais fixait l'objectif de la caméra pour l'emmener dans son lit, dit à Mario Filigni regardez-les, écoutez ces gens qui viennent ici chez nous et qui prétendent établir les règles, voici la démonstration de mon propos, ils voudraient dicter leur loi dans un pays qui les a élevés, qui les a nourris, qui leur a donné un travail et un conjoint, ils ont sucé la moelle de l'État à satiété et maintenant ils pensent pouvoir venir ici expliquer au président, à leur président, oui, leur président, parce que si je ne leur plais pas ils n'ont qu'à s'en aller, ils voudraient m'expliquer, eux, comment je dois parler à mes concitoyens, à ceux qui transpirent tous les jours pour faire de notre pays un Grand Pays, il le dit avec une majuscule à Grand et à Pays, notre Grand Pays qui n'a certainement pas besoin de quelques-uns qui jouent les rebelles cependant si le monsieur là devant vous souhaite que nous commencions à répondre aux questions je suis à votre entière disposition, ce qui signifie que si une opinion me passe par la tête je demanderai aux terroristes la permission de l'exprimer, telle est du reste leur idée de la liberté et de la justice, chacun est libre seulement d'être d'accord avec eux et chacun est juste seulement s'il pense selon les règles qu'ils ont établies, alors Mario Filigni posa la première question qui concernait le *vaccin*, il dit que les Brigades sentimentales dénonçaient un vaccin que le gouvernement utiliserait pour rendre les citoyens plus gouvernables, partons de là, je vous demande quelle valeur vous attribuez à ce vaccin par rapport à la démocratie de DF, et il donna la parole à l'homme à la veste en velours qui se sentit attaqué et se raidit dans son fauteuil, mais ils ne devaient pas tirer au sort qui répondait le premier ? souffla Manlio à Bernadetta qui lui dit de se taire et d'écouter, l'homme à la veste en velours expliqua qu'ils avaient les preuves d'un vaccin administré dès la naissance à chaque citoyen, sans exception, sûrement depuis des générations, un vaccin qui éliminait la sensibilité et qui avait endormi les habitants de DF pendant des décennies, si je devais utiliser un terme non scientifique et compréhensible pour les personnes qui nous regardent je dirais endormi, un vaccin qui empêche les citoyens d'exprimer leurs idées, leur personnalité et leurs inclinations instaurant de fait une dictature qui tire profit d'un peuple somnolent incapable de se rendre compte de sa léthargie, et permettant au gouvernement de supprimer toute possibilité d'échange démocratique, échange démocratique ? releva Andrea Bussoli, président n'interrompez pas s'il vous plaît, dit Mario Filigni, ces assassins nous accusent d'être antidémocratiques ? c'est démocratique d'arracher des enfants des bras d'un centre d'accueil qui était leur nid ? président, n'interrompez pas s'il vous plaît, par courtoisie, et Andrea Bussoli dit d'accord mais je refuse d'entendre certaines énormités, l'homme à la veste en velours expliqua que grâce à ce vaccin le gouvernement de DF avait pu au fil des années éliminer des coutumes ancrées naturellement dans toutes les sociétés, des indices de démocratie, et rendre ainsi les citoyens esclaves des algorithmes et des décisions d'un pouvoir qui s'étaient immiscés dans les domaines les plus intimes, or nous, les Brigades sentimentales, continua l'homme à la veste en velours qui avait gagné un peu d'aisance, considérons qu'aucun pouvoir ne peut s'arroger le droit de soumettre ses citoyens à travers des méthodes restées secrètes pendant des décennies, jusqu'à ce nous portions ces abjections au grand jour. Merci au monsieur à la veste en velours. La parole est au président, dit le journaliste. Partons d'un fait objectif, incontestable, sans équivoque, répliqua le président Andrea Bussoli, un fait que même les terroristes seront contraints de reconnaître, en clair que le témoin qui attesterait l'existence de ce prétendu vaccin que nous utiliserions on ne sait pas exactement pourquoi, vu que tous les sondages nous assurent que les citoyens de DF sont en immense majorité, presque en totalité je dirais, du moins avant que ces terroristes n'empoisonnent la nation, de notre côté, bref, déclara Andrea Bussoli, partons du fait que le témoin clé de leur théorie d'une injection supposée de quelque substance non spécifiée est une femme, la doctoresse Anna Cordio qui, j'aimerais rafraîchir la mémoire de nos téléspectateurs, a été arrêtée pour haute trahison et pour avoir fricoté avec eux, donc en excluant la thèse fantaisiste d'une criminelle nous n'avons plus aucune preuve mais il est vrai, et je le dis avec une grande sérénité, une grande fierté, que tous nos nouveau-nés sont protégés par la pointe de la recherche pharmacologique et il est vrai que grâce au professionnalisme de nos chercheurs nous avons réussi à faire de DF un pays qui a vaincu, non seulement avec une bonne politique mais encore avec la science, bon nombre de déviances humaines qui ont corrompu et qui corrompent des sociétés entières, et si monsieur le terroriste ici présent désire savoir contre quoi nous avons protégé nos nouveau-nés et nos adultes jusque-là, il n'a qu'à se promener dans les rues pour constater le désordre, la saleté et la violence, les crimes que nos courageux policiers s'efforcent d'endiguer pour garantir la sécurité de tous, y compris la leur, si monsieur le terroriste nous accuse d'avoir évité cette décadence générale à laquelle nous assistons depuis quelques jours, alors je dis très fièrement que oui, je l'assume, j'ai protégé mon peuple et ma patrie et je continuerai à le faire au péril de ma vie, et dès que le président eut terminé retentit un nouveau tintouin de chaînes et de casseroles, alors Mario Filigni répéta en riant s'il vous plaît pas d'applaudissements.

Je peux poser une question, demanda l'homme à la veste en velours, je peux poser une question au président ? Ce n'est pas dans les règles, répondit Mario Filigni, non, non, laissez-le faire, ne vous inquiétez pas, intervint Andrea Bussoli, laissez-le faire, de toute façon les règles ces gens-là ne connaissent pas, qu'il me pose sa grande question, je suis tout ouïe, alors l'homme à la veste en velours demanda ce qu'il pensait au-delà de la violence, de l'amour, des personnes qui souriaient enfin heureuses, de celles qui se prenaient de passion pour le droit, de celles qui avaient retrouvé le plaisir du libre choix, de ces citoyens qui redécouvraient la beauté de la vie, du monde, des individus, de la liberté, de celles qui les remerciaient pour la découverte d'horizons inimaginables, aux nuances infinies, et l'homme à la veste en velours posa habilement sa question, presque pressant bien que toujours un peu timide, et Mario Filigni demanda au président s'il voulait répondre, se poser des questions directes entre invités n'était pas dans les règles, il était donc libre de faire ce qu'il voulait et le président Bussoli répliqua qu'il répondrait très volontiers, qu'il n'avait rien à craindre. Voyez-vous, chers citoyens, se gargarisait Andrea Bussoli toujours incrusté dans la caméra, dès lors que certains découvrent les vices de la mollesse, qu'il s'agisse d'une mollesse des mœurs, d'une supposée liberté sexuelle qui autorise tout même ce qui est contre nature, de boire du vin en écoutant de la musique autour d'un feu de camp ou de la prétention à mener chacun sa propre vie en oubliant qu'on est dans un État de droit, mais aussi et surtout, il dit surtout avec une vingtaine de *r* juxtaposés, de devoirs, alors je ne doute pas que ces terroristes aient pu trouver un terreau fertile parmi les fainéants qui ont toujours rêvé de vivre dans un pays où chacun fait ce qu'il veut, ces gens que ce monsieur, il indiquait l'homme à la veste en velours sans même se tourner, décrit comme des citoyens *libérés* sont ceux qui aujourd'hui se sentent soudain libres d'enfreindre les règles et qui ont tout mon mépris et ma réprobation, ils incarnent le pire visage de ce pays qui pendant des décennies a réussi à les faire filer droit grâce à l'autorité de ses décisions, et maintenant, à cause du poison que ces terroristes ont instillé dans nos eaux, poison ou drogue nos techniciens doivent encore le déterminer, maintenant se sentent autorisés à montrer leurs penchants les plus bestiaux, exigeant même que ces vices deviennent des droits, des comportements à exhiber avec orgueil, des exemples à donner à nos enfants, qu'on signale à ce monsieur que la satisfaction de perdre du temps pour choisir une couleur, pour se procurer son aliment préféré ou pour aduler des femmes inconnues sans cesse importunées dans la rue au nom de leur *amour* béni est la manifestation typique d'un certain laxisme qui mènera en un rien de temps notre pays à la ruine, si ces gens entendent proposer leurs modèles culturels alors qu'ils aient le courage d'aller interroger les milliers de personnes aujourd'hui terrorisées à l'idée de perdre leur travail, de perdre leurs biens, de sombrer dans un gouffre où l'insécurité règne souveraine mais où au moins, selon les terroristes, nous aurions le plaisir de choisir la meilleure manière de nous ruiner, ce qu'ils appellent liberté est une absence de règles qui détruit la société et inspire la terreur. Une autre salve d'applaudissements, la main molle et moite de Mario Filigni qui faisait signe d'arrêter mais personne ne voulait arrêter. Après avoir courtoisement attendu la fin des applaudissements, car il ne s'agissait surtout pas de les tronquer, Mario Filigni s'adressa à l'homme à la veste en velours qui ne disait rien, ne faisait rien, comprenait sans réagir et cherchait le regard du président Andrea Bussoli qui courait de son côté sur une autoroute lisse, luisante, fraîchement asphaltée,

Mario Filigni demanda à l'homme à la veste en velours ce que pensaient les Brigades sentimentales de cette vague de violence et des nombreux homicides, nous en sommes à cent vingt-deux, l'interrompit le président Bussoli, soyons clairs, cent vingt-deux morts exactement, ne m'interrompez pas s'il vous plaît président, non, c'était juste pour l'amour de la vérité, glissa le président à la caméra dans tous les foyers de tous les habitants de DF les bras ouverts et un sourire en forme de cercle, pour l'amour de la vérité, alors le journaliste Mario Filigni, qui ressemblait à une bougie se consumant mollement sous les projecteurs du studio, demanda à l'homme à la veste en velours ce qu'il pensait de cette violence et quelles étaient leurs propositions, s'ils en avaient, s'ils en ont, ajouta le président, pour endiguer ce phénomène. L'être humain présente une infinité de facettes, comme nous l'enseignent l'histoire et la science, l'homme à la veste en velours avait à nouveau cédé à ce tic agaçant de chercher sa position dans son fauteuil, et même la haine et la violence dont nous sommes témoins ces jours-ci sont des sentiments naturels qui contrebalancent des sentiments meilleurs et plus nobles, les brigadistes avaient longuement étudié et perfectionné cette réponse durant leurs réunions à la base, et je crois qu'en ce moment notre responsabilité est de réussir à avoir une vision d'ensemble, un certain amour de la complexité, expliqua l'homme à la veste en velours, qui nous permettent d'évaluer les nombreux aspects positifs ainsi que les aspects négatifs bien sûr des derniers événements. Je tiens également à préciser un point que le président Bussoli a peut-être oublié ou qu'il feint d'ignorer : les hommes que vous voyez évoluer aujourd'hui à travers DF ne sont pas *différents*, ce sont simplement des personnes humaines telles qu'elles sont à l'état naturel, c'est nous qui nous obstinons à comparer une condition de contrainte non naturelle à une condition qui devrait être celle qui nous appartient en tant qu'espèce et qui devrait être un droit indiscutable, affirma l'homme à la veste en velours et il éprouva cette sensation désagréable qu'on a quand on prononce une phrase tout en comprenant qu'elle ne fonctionne pas, qu'elle ne touche pas, qu'elle ne passe pas, et le présentateur Mario Filigni lui dit si je comprends bien et si nous pouvons être plus clairs, plus précis pour notre public, vous êtes en train de nous expliquer que nous devrions considérer la violence comme une conquête de civilisation ? voilà voilà, oui oui, fit Andrea Bussoli en applaudissant avec toute la peine et la commisération dont il était capable, et Manlio sentait monter une rage qui lui faisait mal aux dents tant il contractait ses mâchoires, Fausto était blasé, Bernadetta pétrifiée, alors l'homme à la veste en velours répliqua qu'il serait peut-être bon de parler aussi du bonheur, des sourires, de l'amitié, de la solidarité, de l'amour et de tous ces sentiments qui avaient émergé, du parfum qui émanait de ces nombreux sentiments positifs qui avaient fait de DF une nation multiforme et hétérogène, puis le journaliste asymétrique donna la parole au président Andrea Bussoli qui dit eh bien, allons demander aux morts s'ils sont heureux de tout *l'amour* que ces terroristes prétendent nous offrir, et l'homme à la veste en velours répondit cette fois sans attendre son tour qu'il fallait aussi demander aux vivants, nombreux, qui remerciaient les Brigades sentimentales pour ce qu'elles avaient accompli, aux vivants qui avaient pris conscience des limites qui les avaient opprimés toute leur vie et le président Bussoli, toujours sans regarder même de biais l'homme à la veste en velours, dit que lui n'en connaissait pas des vivants aussi enthousiastes, qu'il n'en avait rencontré aucun et qu'il aimerait beaucoup les croiser, que la très grande majorité des citoyens qui nous suivent de chez eux, il en était sûr, je suis sûr qu'ils ne peuvent pas ne pas être d'accord avec moi, ce n'est pas une question si compliquée, sophistiquée et solennelle comme voudrait nous le faire croire ce terroriste, celui qui ne l'oublions pas a séquestré nos enfants, provoqué un massacre dans la station de métro G22 et tué à mains nues un pauvre policier, tempéra Andrea Bussoli, c'est simplement une question de bon sens et je suis sûr que le bon sens des citoyens de DF, éprouvé depuis des générations, ne pourra que me rejoindre, ainsi cher Mario, glissa le président à Mario Filigni, monsieur le terroriste peut avoir ses opinions, les exprimer comme il le fait, chacun chez soi pourra tirer ses conclusions, à ce stade l'homme à la veste en velours avait complètement perdu de vue la carte mentale qu'il avait préparée pour la rencontre, il sentait son temps de parole se désagréger tel un vase brisé et Manlio, Fausto, Bernadetta devinaient aussi le tintement des pots cassés.

Mais que demandez-vous ? lança Mario Filigni à l'homme à la veste en velours. Nous demandons que les citoyens de DF puissent vivre libres, nous demandons à rétablir la démocratie dans un pays où le gouvernement n'a pas été choisi par les électeurs, nous demandons que les citoyens puissent décider comment être gouvernés et que toute pratique de distorsion sentimentale soit déclarée illégale, nous demandons à ériger les sentiments en droits et à les exprimer librement, enfin nous demandons la cessation des poursuites contre la doctoresse Anna Cordio actuellement prisonnière politique. L'homme à la veste en velours posa bien ses mots, ferme, pas trop tôt, pensèrent les autres. Le président Andrea Bussoli fit un geste de la main et un de ses suppôts entra dans le studio, ils se parlèrent à l'oreille, Mario Filigni se liquéfiait. Président, qu'en dites-vous ? et le président eut le sursaut du torero avant de donner l'estocade, la boule de neige qui roule et provoque l'avalanche, ses yeux rétrécirent, il parut plus grand, lumineux, il répéta son sourire de bienvenue, il était toujours frais le président

Bussoli, on lui a injecté quelque chose pour le ravigoter, chuchota Manlio à Bernadetta mais Bernadetta songeait au fait qu'aucune femme ne devrait assister au naufrage de l'homme qu'elle aime, une chose comme ça et elle maudissait le jour où ils avaient décidé d'envoyer l'homme à la veste en velours au casse-pipe, et Andrea Bussoli dit qu'à part la poésie et les discours vides des terroristes qui avaient encore le courage de se gargariser avec les mots liberté et démocratie, il était d'accord pour que le peuple choisisse, s'il s'agit de vérifier ce que pensent les citoyens cela me va très bien et il ajouta qu'il ne comprenait pas ce que les élections venaient faire là puisque le sujet était de savoir si on vivait mieux à DF avant les attentats terroristes ou aujourd'hui dans ce chaos social, faisons cela, proposa le président Andrea Bussoli, pour la énième fois je veux me montrer magnanime et, moi, oui, vraiment démocratique, alors je m'adresse au terroriste ici présent, il le pointait du doigt mais ne le regardait pas, je lui dis faisons un référendum ouvert à tous, une question simple et directe, qui ne puisse pas prêter à des malentendus, accessible à tous les citoyens de toutes les classes, il faudrait aussi parler de cet ignoble système de classes instauré par le pouvoir, réagit maladroitement l'homme à la veste en velours, n'interrompez pas s'il vous plaît, le rabroua Mario Filigni, les citoyens sont tous égaux, continua l'homme à la veste en velours, s'il pouvait arrêter de brailler ces slogans insensés, siffla le président à l'attention de Mario Filigni, oui oui, fit ce dernier, n'interrompez pas s'il vous plaît, et Andrea Bussoli revint à ce référendum qui demanderait aux citoyens s'ils préféraient l'ordre et la discipline ou le désordre que certains appelaient liberté, la question est mal posée, dit l'homme à la veste en velours, le président ne donna même pas l'impression de perdre une once de sang-froid, ben voyons, et en plus ils veulent décider comment poser la question, alors demandons aux citoyens s'ils souhaitent rester comme ils ont toujours été ou s'ils souhaitent changer selon vos propositions, nous devons valider la question entre nous, expliqua l'homme à la veste en velours, soumettez-nous un projet et nous l'étudierons tranquillement, chers citoyens, déclara le président Bussoli en fixant la caméra, nous trouverons la meilleure formule, de toute façon ce qui m'intéresse, comme vous le savez et je sais qu'il en va de même pour vous, c'est la substance, d'ailleurs je crois, continua le président, je crois que les citoyens de DF n'ont pas vraiment envie de perdre du temps à discuter de propositions et de changements, tout simplement, les citoyens de DF sont de grands travailleurs, des personnes sérieuses et pleines de bon sens qui savent bien ce qui compte pour faire avancer un pays, alors l'homme à la veste en velours précisa qu'un référendum pour décider de restaurer ou pas les droits et la liberté pouvait être une bonne proposition, ah merci, épatant, je dois m'entendre dire ce qu'est une bonne proposition maintenant, trop aimable, répliqua le président Bussoli qui semblait sortir des téléviseurs, on l'imaginait assis parmi ses téléspectateurs, en somme nous avons clarifié les points essentiels, enfin l'homme à la veste en velours demanda la libération de la doctoresse Anna Cordio, le président lâcha que pour lui, ils pouvaient même aller la récupérer tout de suite, voyez-vous chers citoyens, comme le disaient les générations laborieuses qui ont construit notre Grande Patrie, ne fais pas de mal et tu n'auras rien à craindre, ainsi pour moi à présent la seule chose qui compte est de régler rapidement les problèmes avec ces criminels, en donnant le choix au peuple, tenez, allez la chercher ce soir la doctoresse terroriste, faites ce que vous voulez, je vais vous montrer ce que signifie être un homme droit, récupérez votre camarade qui a trahi son pays, faites ce que vous devez faire, organisons ce merveilleux référendum et après, que ce soit clair, quand les citoyens auront répondu, je pose juste une condition, je peux me permettre de poser à mon tour une condition, moi qui ne suis que le chef de l'État ? Andrea Bussoli riait d'un rire faux parfaitement huilé, je pense que oui, gloussa Mario Filigni, faussement lui aussi, après vous partez, qu'ils quittent DF et nous laissent en paix, c'est mon unique et humble demande, et je le dis parce que je sais que c'est la volonté de tous les citoyens. Applaudissements. Bravo, lançait le public. Le journaliste salua et remercia, de sa main molle l'homme à la veste en velours, d'une tape sur l'épaule le président Andrea Bussoli, fin de la transmission.

Fausto alla chercher Anna à la prison de A, unité spéciale, porte sur porte, grilles, verrous, pas heurtés, une heure d'attente sous un néon grésillant, bruit de mouches sans mouches, relents d'égout sans égout, un agent impatient de rentrer chez lui surveillait Fausto en permanence, Fausto se sentait raide comme un poteau, un bruit d'eau résonnait dans les murs, Anna arriva et on l'avait probablement un peu soignée avant de la relâcher, les épaules tombantes, elle boitait, elle portait une sorte de pyjama d'homme, gris, bien sûr, une brûlure sur son visage s'était infectée, sa beauté s'était consumée, elle ne dit rien à Fausto, elle ne le salua même pas, et ils se dirigèrent vers la sortie, il faisait nuit, la ville tel un canapé recouvert d'un drap, une nuit d'ogres ivres, ils montèrent dans la voiture.

Ça va ? demanda Fausto.

Anna ne répondit pas, elle se massait une tempe.

Beaucoup de choses ont changé là dehors.

Anna regardait à travers la vitre, le crâne presque pelé.

L'attaque finale a été bien menée, dit Fausto.

Rien.

Ce soir nous avons obtenu l'accord de Bussoli pour organiser un référendum sur le droit à la sensibilité et à l'empathie, la voix de Fausto était une prière devant un autel effondré.

Rien.

Nous avons également obtenu ta libération.

Merci, ce fut le premier mot d'Anna.

Mais toi, comment vas-tu ? demanda Fausto, encore une fois.

Silence.

J'ai beaucoup pensé à toi, dit Fausto, j'ai beaucoup pensé à nous, tu nous as manqué à tous, moi, c'est comme si j'avais perdu un membre.

Anna avait une respiration sifflante.

Je t'ai tellement aimée, Anna, tellement.

Anna respira profondément, un bruit de soufflet, Fausto, murmura-t-elle, la peine et la douleur sont les pires des raisons pour commencer à s'aimer.

Ils ne se dirent plus rien jusqu'à la base.

Chapitre 23

Le référendum

La base avait été une semaine durant le quartier général de campagne des Brigades sentimentales, un va-et-vient de gens qui portaient des tracts et des paquets, qui s'occupaient des dons, organisaient les événements, faisaient le lien avec la presse et la télévision, il fallait admettre que les dirigeants de l'unique chaîne et de l'unique journal s'étaient comportés bien mieux que prévu, ils avaient donné de l'espace à toutes les communications des Brigades, ils avaient fait des interviews, rapporté les propos des soutiens et des opposants, même parmi les citadins, ils n'avaient pas le choix, répétait Fausto, ces vendus de journalistes nous ont suivis et poursuivis parce qu'ils ont senti le vent tourner et qu'ils veulent monter sur le char des vainqueurs, impossible de ne pas parler des milliers de citoyens qui ont participé à nos meetings, impossible de ne pas évoquer ceux qui ont commencé à vivre grâce à notre antidote, impossible de ne pas voir l'euphorie dans les rues, c'est vrai, confirmait l'homme à la veste en velours, la campagne électorale l'avait ranimé, les mères qui lui avaient confié qu'elles attendaient les résultats du référendum pour embrasser à nouveau leurs enfants l'avaient encouragé comme les épouses assignées qui espéraient pouvoir aimer librement, les citoyens qui trépignaient à l'idée de s'extirper de leur classe sociale imposée par le gouvernement l'avaient étreint, ceux qui avaient pris conscience de l'importance du libre choix l'avaient remercié, une folle chevauchée de personnes qui avaient bien compris le sens de leur bataille, ils s'étaient sentis épaulés et la souffrance résignée du débat télévisé était désormais si lointaine qu'ils n'y pensaient plus, de temps en temps Bernadetta imitait le tic de l'homme à la veste en velours avec une bienveillance caustique et ils riaient, ils riaient épuisés après une journée passée en rendez-vous, en interviews, à organiser ou improviser des réunions, les meetings sentimentaux, les appelait l'homme à la veste en velours, non, meetings poétiques, le reprenait Fausto et s'ouvraient de longues palabres sur ce qu'est la liberté sinon le privilège d'être ce que nous sommes, avec nos mille facettes, et un État qui ne nous demande pas de plier devant lui mais attentif à nos exigences comme une mère avec son enfant, et chaque fois qu'un brigadiste parlait du droit à la famille, du droit à élever ses propres enfants, à prendre soin d'un enfant, du droit à avoir une histoire, des grands-parents, une mémoire, chaque fois qu'on parlait de la famille les applaudissements et les bravos pleuvaient, ce fut probablement le sujet le plus porteur, qui résonna facilement dans le pays auprès de ceux qui en faisaient une question légale et constitutionnelle jusqu'à ceux qui avaient maintenant le cœur serré en pensant à leur progéniture dispersée, nous sommes les rescapés d'une guerre qui a fait de nous des îles et nous voulons redevenir une nation, expliquait l'homme à la veste en velours, parfois un mégaphone à la main sur une estrade bricolée avec des cagettes de fruits, et ce slogan s'invitait également dans la presse, les affiches électorales, les débats et les conversations quotidiennes, puis il y avait la musique proposée lors des différents événements, la musique comme célébration du sourire et de la sensibilité, mais aussi comme caresse à la mélancolie, même si Manlio disait qu'il ne fallait pas tomber dans l'excès de sentimentalisme, le président Bussoli accusait les brigadistes d'être des *fieffés débonnaires*, le choix d'utiliser l'art dans leur campagne fut largement approuvé, Manlio mit de l'eau dans son vin car il semblait comme les autres rajeuni par l'euphorie, ses mains étaient plus légères, il avait même été ému, la mâchoire tremblante, quand un monsieur vêtu d'un complet bleu élégant acheté au marché noir, désormais accessible à tous, lui avait confié être hanté par le souvenir douloureux d'une femme qui lui avait été assignée des années plus tôt, il se rappelait encore le parfum de sa peau, l'homme élégant avait raconté à Manlio qu'il l'avait cherchée après la libération, avec l'antidote cette mélancolie vaseuse était montée en mayonnaise, il l'avait retrouvée en ville et ils s'étaient fixés longuement, immobiles au milieu de la rue tandis que les voitures les contournaient comme des colis tombés d'un camion, elle accusait l'usure d'un amour confisqué et lui la fièvre d'une quête effrénée, l'homme élégant disait à Manlio qu'ils avaient éclos à cet instant précis, en harmonie, et qu'ils s'étaient embrassés en se léchant le cerveau, elle était là aussi, au meeting, elle avait remercié Manlio et lui avait expliqué qu'ils attendaient le référendum pour s'installer ensemble dans une petite maison qu'ils avaient choisie, ils avaient déjà décidé de la peindre en gris tourterelle parce que c'était la couleur de leur amour, alors Manlio était devenu un enfant qui voit la mer pour la première fois, il les avait remerciés à son tour chaleureusement, et sa mandibule trémulait, ses ailes battaient, cet échange lui aurait suffi, il aurait voulu aller voter dans la minute, hop, ouverture des urnes, car là-dedans il y avait déjà tout, et quand ensuite il avait raconté à Fausto, Bernadetta, Anna et à l'homme à la veste en velours ces bras qui l'avaient serré et ces deux amants plantés au milieu de la rue, il s'était ému à nouveau en riant de lui-même, et Bernadetta avait dit que c'était tellement fascinant de le voir rayonner ainsi par tous ses pores qu'elle lui souhaitait de trouver après le référendum un amour capable de lui apporter cette lumière, Manlio avait répondu, comme il le répétait sans cesse, qu'une fois tout cela terminé, après leur victoire au référendum, il ne voulait plus rien savoir, il voulait se trouver une ferme perdue dans les champs avec quelques bêtes à élever et passer les prochaines années à laisser retomber toute l'adrénaline de cette histoire, il se retire dans sa campagne, s'était moqué Fausto, et Manlio avait répliqué que de toute façon il savait comment cela finirait, il savait que s'ils se lançaient dans la politique ils flétriraient sans avoir besoin du vaccin, ils avaient ri encore, ils avaient beaucoup ri ces jours-ci, ils riaient et se charriaient et plaisantaient, ivres de tous les soutiens qu'ils recevaient à chaque occasion, ils se rappelaient leur séjour à l'hôpital et riaient, ils riaient en évoquant leur évasion nocturne, sous ton nez, lançaient-ils à Anna et même Anna souriait, elle avait recommencé à sourire d'un sourire meurtri mais en voie de guérison, et le jour du silence électoral, la veille du vote, la base qui avait été une semaine durant le quartier général de campagne des Brigades sentimentales vibrait d'une énergie qu'on voudrait voir vibrer toute la vie, Bernadetta racontait que le président Bussoli s'était trouvé en difficulté quand ils lui avaient demandé ce que devenaient les anciens, car on ne savait rien des personnes qui disparaissaient après avoir cessé leur activité productive, nos anciens vont bien et profitent de leur repos mérité, avait répondu le président et le journaliste lui avait collé le micro sous le menton en lui demandant à son tour pourquoi ils disparaissaient ainsi, pourquoi on n'avait aucune information sur les conditions de ce repos mérité, ne vous inquiétez pas, avait dit Bussoli et le journaliste avait insisté en précisant que ce n'était pas une inquiétude personnelle mais l'interrogation de nombreux citoyens et que son travail était de rapporter les interrogations, vous pensez que nous les mangeons ? avait raillé Bussoli en montrant ses canines, s'il vous plaît répondez, trêve de plaisanterie, oui, répondez, répétaient les gens autour et Bussoli avait craché quelques paroles vagues et emmêlées pour dire qu'il fournirait des explications en temps voulu, ce n'est pas moi qui suis sur le banc des accusés, avait-il lâché au journaliste et à ceux qui le pressaient, ce n'est pas à moi de me justifier, vous vous trompez de cible, et Bernadetta imitait ses grimaces avec un mépris non dissimulé, ce référendum n'aura pas été une promenade pour Bussoli, nota Fausto, il a perdu sa fierté arrogante, puis ils se mirent à compter les affronts qu'il avait subis, quand il avait été contraint de rester dans sa voiture encerclé par une horde criante et sifflante d'opposants, quand des draps avaient été suspendus aux balcons pour lui communiquer qu'il n'était pas le bienvenu, quand un œuf s'était écrasé sur son épaule droite lors d'un meeting dans la périphérie de A, ce n'était même pas la semaine des œufs et, suivant une trajectoire collinaire, l'œuf avait été catapulté sur sa veste satinée, presque métallisée, et le président Andrea Bussoli avait fait un écart dans un de ces sursauts effrayés qui ridiculisent même les généraux de l'armée, un petit bond déhanché diffusé cent fois à la télé, une chenille tombée de son arbre, et pour ajouter au ridicule de la situation le président avait parlé d'un climat de haine qui attentait à sa vie, un attentat à l'albumine gluante, il avait répété que ce geste était une atteinte à la démocratie, alors l'homme à la veste en velours, en proie à une illumination soudaine, avait répondu aux journalistes qu'il témoignait toute sa solidarité au président pour son inaccoutumance à la contestation, un coup sec et bien placé qui avait fait mouche, une phrase décochée habilement et à point, enfin l'œuf était devenu un sujet d'ironie, une ironie fébrile car nouvelle, qui avait envahi le pays et, selon les analystes des Brigades sentimentales, érodé davantage le consensus du président, en une semaine il avait coulé à pic dans les sondages, dans l'estime des citoyens, son autorité s'effritait, une statue équestre recouverte de fiente de pigeon, Fausto dit que quand tout serait fini, une heure après les résultats du référendum, l'homme à la veste en velours devrait se présenter chez Bussoli et l'inviter à démissionner en lui remettant un œuf dur, ce serait une scène historique, ils rirent, puis à la base arriva le dernier sondage, à ce stade les sondages ne pouvaient plus être publiés mais les chiffres se propageaient de bouches à oreilles et ils donnaient toujours l'avantage aux Brigades sentimentales, soixante-deux à trente-huit, il continue à perdre des points, se réjouit Bernadetta, Bussoli a perdu des points avec l'histoire d'Anna, le président ébruitait depuis quelques jours que la doctoresse Anna Cordio avait fourni de fausses informations sur le vaccin, Anna avait décrit dans des meetings et des interviews la composition chimique du vaccin et ses effets sur le comportement, elle avait détaillé minutieusement le protocole, les essais, l'évolution du vaccin durant les années où elle avait dirigé les recherches, et elle avait convaincu les plus réticents, elle avait démonté les thèses du gouvernement qui niaient un impact aussi important sur la personnalité des citoyens et chaque fois qu'elle affrontait le sujet, elle gardait sa sagesse mesurée qui dénotait une confiance rassurante, les brigadistes auraient voulu qu'elle s'implique davantage dans la campagne électorale mais Anna restait meurtrie par ses blessures et préférait se tenir en retrait, tu dois raconter ce qu'ils t'ont fait, l'avait exhortée Fausto dès sa libération, mais elle dit non, elle n'avait pas les mots pour le raconter, elle ne donnerait pas cette satisfaction au gouvernement, les citoyens avaient besoin de belles histoires et de beaux horizons pour être convaincus, ne faites pas l'erreur de remuer la misère, disait Anna, prenez de la hauteur, et Fausto ne comprenait pas comment une victime pouvait ne pas réclamer justice, ce qui la retenait de cracher sa douleur, pourquoi elle ne répondait pas au président Bussoli qui affirmait depuis des jours que la doctoresse était sous l'emprise de stupéfiants, des mélanges qu'elle s'était tranquillement préparés durant l'exercice de son métier, que c'était une droguée, que les marques de coups et de blessures qu'elle portait encore n'étaient que le résultat de gestes d'automutilation, des coups qu'elle s'était infligés quand on lui avait annoncé sa libération pour se montrer en public défigurée, rappelez-vous que ces cafards, dit les derniers jours le président Andrea Bussoli, ses conseillers lui avaient conseillé de transformer ses adversaires en animaux répugnants pour mieux faire passer l'idée de la désinfestation, rappelez-vous que ces cafards ont orchestré une mise en scène juste pour grappiller quelques votes, gardez toujours à l'esprit que rien de ce qu'ils disent ne correspond à une vérité, tout est instrumentalisé, tout, et dans les dernières heures il avait demandé aux citoyens de tenir compte du fait que le poison injecté à la population par les terroristes faussait déjà en soi les résultats du référendum, nous vivons des jours difficiles durant lesquels, il ne faut pas l'oublier, nous avons été poussés contre notre nature par des substances chimiques qui nous ont été traîtreusement administrées lors de l'attaque ignoble de nos aqueducs, déclara le président Andrea Bussoli, puis il promettait que tout de suite après le référendum, nous sommes déjà équipés pour le faire, disait-il, nous pourrons enfin rééquilibrer notre société, nous libérer de ces fantômes, et nous pourrons à nouveau voir la réalité telle qu'elle est, prendre la mesure objective et univoque des événements, nous balaierons une bonne fois pour toutes cette horrible page de notre histoire, ses soutiens pancartes levées invoquaient le retour à la tradition, au passé rassurant, à un monde enfin sevré de dissensions et de préoccupations harcelantes, le président Andrea Bussoli répétait que le DF qu'il imaginait était un projet tangible, concret, pas un discours vide, je vous promets ce que nous avons été, clamait-il, tandis que ceux-là vous promettent une nation imprévisible, une nation que nous devons imaginer avec un optimisme naïf, les promesses s'envolent avec le vent, disait Andrea Bussoli et le dernier jour de la campagne électorale l'homme à la veste en velours avait répondu, en espérant que sa réponse serait claire, complète et définitive, que le président feignait d'oublier que les Brigades sentimentales avaient comme objectif la liberté des personnes, que l'imminent référendum ne concernait pas le pouvoir mais les droits et qu'ils n'avaient aucune intention de se poser en adversaires politiques mais plutôt en défenseurs d'idéaux, puis l'homme à la veste en velours avait ajouté que, en cas de victoire des Brigades sentimentales, le président Andrea Bussoli pourrait tranquillement se présenter aux prochaines élections conformément aux règles élémentaires de la démocratie, et le fait que les Brigades sentimentales, ces assassins présumés, invitent Bussoli à soutenir son projet même en cas de défaite apparut à tous comme un geste avisé, encore une fois nous avons bien joué, se réjouissaient Fausto, Bernadetta, Manlio et Anna, qui trouvait cette réponse élégante, soyez dignes, recommanda-t-elle, soyez dignes surtout, mais on peut savoir pourquoi tu dis vous ? aurais-tu abdiqué sans nous en informer ? lui demanda Fausto, ils étaient à la base, dans le patio où résonnaient les cris des enfants courant après un ballon, Anna expliqua que c'était une habitude, que cette révolution leur appartenait et qu'elle se sentait comme une hôte reconnaissante, à leur disposition, Fausto ne te fixe pas sur les mots, arrête de vouloir tout analyser, ne t'accroche pas aux nuances, je t'en prie, et Fausto accepta, comme toujours, songeant que la case où s'accumulait le non-dit déborderait bientôt et que ce serait l'enfer.

DF se présenta aux urnes en ordre et en nombre, les bureaux de vote ouvrirent tôt le matin et des citoyens faisaient déjà la queue, le pays était traversé par un bruit d'éclisses ferroviaires, pas de contestations, pas de confusion, pas d'encouragements forcenés en faveur de l'une ou l'autre partie, les adversaires laissaient cheminer le résultat, souhaitez-vous conserver l'architecture constitutionnelle actuelle de l'État de DF et les actuelles lignes de conduite sociales, économiques et sanitaires ? telle était la question imprimée sur les bulletins, les Brigades sentimentales avaient insisté pour que la question porte simplement sur l'administration du vaccin mais ils n'avaient pas été entendus et le président Bussoli avait répliqué qu'il n'y avait aucun vaccin, qu'il s'agissait d'un mode de vie et de gouvernement et à la fin l'homme à la veste en velours, Bernadetta, Fausto, Manlio et Anna s'étaient dit que le changement avait été si évident qu'il n'y avait pas lieu de le confirmer par la voie bureaucratique, les habitants de DF étaient déjà autres et ils le sentaient, au fond la vraie question répétée par les Brigades sentimentales était voulez-vous redevenir comme vous étiez ? et en cette journée électorale DF s'était réveillé prêt à répondre, l'affluence est très forte, annonçait le journal télévisé et Bernadetta dit aux autres que c'était assurément un point positif, eux aussi se préparaient à aller voter et les véhicules de la Police affective les attendaient pour les accompagner, le président Bussoli s'était empressé de souligner que l'État avait dû mettre en place un programme de protection pour les cafards brigadistes, vous croyez que des individus qu'il faut protéger de la fureur des gens peuvent jouir de la faveur du peuple ? avait-il seriné, alors Fausto, Bernadetta, Manlio, Anna et l'homme à la veste en velours avaient réfléchi à la possibilité de renoncer à cette protection mais le ton et la tournure qu'avait pris la campagne électorale, la violence exagérée de certains sbires de Bussoli les avaient incités à la prudence, c'était une semaine où on avait vu apparaître sur les murs des inscriptions qui souhaitaient aux brigadistes d'être pendus, fusillés, brûlés, violés, étranglés, torturés, suppliciés, et ces derniers avaient décidé de ne pas faire de vagues, de ne pas alimenter les tensions et de glisser en restant concentrés sur leurs sujets, radicaliser le conflit n'aurait fait que rendre service à Bussoli, avaient conseillé les conseillers des Brigades sentimentales pendant la campagne, seule Bernadetta s'emballait de temps en temps face à quelque journaliste ou sur quelque place en chatouillant le cœur de la foule, et ça fonctionne, croyez-moi, ça fonctionne, avait observé Bernadetta mais les Brigades avaient décidé de faire ce qui était juste et non ce qui fonctionnait, nous sommes là pour réveiller les grandes valeurs, pas les instincts, c'est notre mission, disait l'homme à la veste en velours, comment avaient-ils canalisé Manlio ? très simple, Manlio ne haranguait pas la foule et ne donnait pas d'interviews, il s'occupait de l'organisation et de la coordination, pas question de lui laisser entre les mains un micro ou un porte-voix, il se serait aussitôt enflammé et, prévenait Anna, les cendres ne profiteraient qu'à Bussoli, l'homme à la veste en velours avait préféré insister sur les sentiments, la poésie et l'espoir, qu'à votre amour s'ajoute la conscience de votre amour, ainsi parlait l'homme à la veste en velours, nous resterons dans les mémoires comme ceux qui se sont battus pour substituer la vitalité aux peurs féroces, ceux qui ont mis fin à un génocide émotionnel sans altérer les personnes que nous voudrions être ou devenir, et dans plusieurs années on dira de nous ce sont ceux qui ont traversé le pays avec un message d'amour, ceux qui ont instauré la démocratie affective, et quand ils arrivèrent au bureau de vote, sous l'œil des caméras et des photographes, l'homme à la veste en velours, Fausto, Manlio, Bernadetta et Anna furent accueillis par des applaudissements nourris, quelques sifflets en arrière-fond et une intense bousculade, ils votèrent, ils sortirent, ils remercièrent, ils ne firent aucune déclaration et rentrèrent à la base.

Le président Andrea Bussoli avait choisi le bureau de vote qui se trouvait au centre de la capitale, la zone la plus riche et la plus conservatrice du pays, là où la possibilité d'un changement était perçue comme un danger pour les privilèges accumulés, toutes les habitations étaient de classe 9 ou 10 et tous les habitants étaient assignés à des fonctions dirigeantes, les conseillers du gouvernement savaient que le président serait accueilli triomphalement mais, pour dissiper le moindre doute, ils avaient acheté quelques centaines de figurants qui jouèrent parfaitement leur rôle de bons petits soldats, ravivant l'inquiétude de ceux qui voyaient la victoire du non comme un basculement rapide et horrible leur promettant pauvreté et persécution, le président Bussoli se présenta à l'ouverture du bureau de vote, la scénographie humaine en place, lui rayonnant et fringant, serrant vigoureusement les mains tendues, des coïts de lapins à la chaîne, il s'abandonnait aux micros, caparaçonné dans son costume squameux et brillant, un halo de fraîcheur, il s'arrêta longuement devant les journalistes pour raconter que son équipe avait planché toute la nuit sur un rapport des Services secrets dont il ne pouvait pas parler en cette journée électorale qui méritait de se dérouler sereinement, qu'il avait reçu des informations sur les projets des terroristes en cas de victoire, expropriations des ateliers, des usines, des propriétés, tenue de procès sommaires, ils auraient déjà établi une liste de noms, je ne veux pas en dire plus, je ne peux pas en dire plus, glissa le président empestant le déodorant, nous avons découvert des choses inquiétantes, certes, et comme je suis encore pour le moment responsable de la sécurité de mes citoyens, j'ai voulu remplir mon devoir jusqu'au bout, on flairait son déodorant à un kilomètre à la ronde, dites-nous en plus, demandaient les gens et les journalistes, mais Bussoli les rassura tous d'un salut papal, vous m'avez déjà fait trop parler, j'invite mes chers citoyens à voter tranquillement et à profiter de cette journée, demain nous nous remettrons au travail, inutile d'écrire que Manlio devint fou en assistant à la scène retransmise au journal télévisé, l'homme à la veste en velours décida de ne pas répondre, le président Bussoli en polystyrène photographié tandis qu'il insérait son bulletin dans l'urne et son fan-club organisé qui piaffait autour, qu'avez-vous voté ? demanda l'envoyé spécial du journal au président qui remontait dans sa voiture, j'ai voté oui, oui, je veux un pays ordonné, florissant, propre, désinfecté, puis il partit en faisant ciao ciao avec sa petite main derrière la vitre.

Les bureaux de vote fermaient à vingt-trois heures, les résultats tomberaient peu après et le direct télévisé défilait dans le salon de la base, qui sait ce que devient Andrea, lança Manlio, ils étaient tous là, dans la pièce où s'étaient consumés les jours de lutte et de propagande, le champagne au frais, Andrea Razzone est la première personne que j'irai chercher demain matin, qui sait pourquoi il ne s'est pas manifesté, l'antidote n'a pas fonctionné pour lui ? demanda Manlio à Anna et Anna répondit qu'il avait peut-être simplement préféré ne pas se montrer, qui sait ce qu'il pense, nous lui devons beaucoup aussi, beaucoup, souligna Manlio, puis ils devisèrent joyeusement, en buvant et en mangeant, l'homme à la veste en velours se leva même pour faire un discours, je veux vous remercier, je vous aime, je veux vous dire que si nous sommes ici c'est grâce à l'engagement et à l'amitié de chacun de vous qui durant tous ces mois m'ont rendu fier d'appartenir à la race humaine, même pour une minute des moments que nous avons partagés, pour un gramme de l'affection qui nous a unis et qui a grandi jour après jour, je suis heureux d'avoir fait ce que j'ai fait, j'ai tout donné pour concrétiser le rêve qui nous a menés jusqu'ici, tu as été brillant, lui dit Fausto, je vous aime, répéta l'homme à la veste en velours, vous êtes ma famille, allez, Manlio laisse-moi t'embrasser, accepte la douceur qui ne sera bientôt plus illégale, Manlio se laissa embrasser, un ours empoignant une épingle, je voulais aussi vous annoncer une chose, enfin nous voulions vous annoncer une chose, reprit l'homme à la veste en velours, et les autres, allez, allez, vas-y, Bernadetta et moi nous attendons un enfant, l'enfant de la Révolution ! s'écria Bernadetta en essayant de durcir le ton, en vain, la main en coquille sur son nez et sa bouche, elle était émue, merveilleux, dit Fausto, n'est-ce pas la conclusion naturelle de cette histoire ? et Anna lui caressa la main, il la fixa, Anna sourit, le cœur de Fausto se noua, comment vous allez l'appeler ? demanda Manlio, on pourra également bientôt choisir le prénom de ses enfants, non ? nous n'en avons pas encore parlé, répondit l'homme à la veste en velours, Bernadetta et lui étaient à présent liés tels les sujets d'une statuette en jade, alors à mon tour de vous dire quelque chose, enchaîna Fausto en se levant les poings serrés sur la table, sans vous je ne serais rien, je tiens à vous remercier aussi, vous êtes les plus beaux livres que j'aie jamais lus, oh, le voilà poète, fit Bernadetta, mon Dieu que de salamalecs, souffla Manlio, une part de chacun de nous, reprit Fausto, est à la dérive et insensée, parfois fortement encline à l'errance et à ne respirer que sa propre solitude, et c'est en retrouvant cette part de vous-mêmes que vous avez pu me comprendre, c'est une citation, remarqua l'homme à la veste en velours en se jetant en arrière sur sa chaise, eh oui, avoua Fausto, mais ce sont les plus belles paroles que j'ai trouvées pour vous remercier, à toi Manlio, tenta Bernadetta, allez, à toi de jouer le tendre, dis-nous quelque chose, et Manlio vissé sur sa chaise dit qu'il avait hâte que tout soit fini pour les saluer et cultiver tranquillement son jardin, quel con, lâcha Fausto, et ils souriaient, même Anna souriait, c'était sans doute la fatigue ou le vin mais ce soir-là ils ne furent qu'une seule voix, un unique bug, quand la télévision annonça les résultats officiels du référendum, le oui l'avait emporté avec soixante-dix-neuf virgule huit pour cent des suffrages et le président Bussoli organisait une conférence de presse pour communiquer sur sa victoire, alors du plancher du salon s'éleva un silence de nid d'araignée.

Chapitre 24

Fin

Non, pas d'erreur. Les Brigades sentimentales avaient assisté personnellement avec leurs délégués au recomptage des bulletins et il n'y avait pas l'ombre de la moindre fraude, un vote populaire qui ne laissait pas de place au doute, aux revendications, tellement lisse qu'il n'offrait aucune prise, après réflexion l'homme à la veste en velours dit qu'un tel écart signifiait probablement qu'ils n'avaient jamais eu de réelles chances, que leurs impressions étaient fausses depuis le début, et les sondages alors ? les sondages sont des thermomètres qui prétendent donner la température en suivant le vent, le président Bussoli, de son côté, avait toujours eu des sondages qui le voyaient en tête et qui prédisaient sa victoire jamais discutée, toutefois même les sondages du président Bussoli n'avaient pas pu prévoir un écart aussi flagrant, ce référendum avait été une tape sur l'épaule de Fausto, Anna, Bernadetta, Manlio et l'homme à la veste en velours, une tape sur l'épaule qui disait allez, sans rancune, maintenant rentrez chez vous.

Dans son intervention télévisée, le président Andrea Bussoli recouronné président avait déclaré qu'il fallait faire vite, déblayer les ruines et revenir à la situation précédente pour relancer *le moteur de notre Grande Patrie*, avait-il dit, cessant tout effort de sympathie, un discours bref et concis qui ne s'accordait pas le luxe de la célébration, remettons-nous en selle, puis il avait détaillé les études approfondies par le Centre national de la recherche de DF durant ces jours de guerre et de barbarie, nous avons réfléchi à comment nous mettre à l'abri de poisons futurs ou de nouvelles attaques chimiques, il faut savoir tirer les leçons des périodes sombres de l'histoire pour qu'elles ne se répètent pas, expliquait le président dont la bouche cette fois n'était que molaires, nous avons constaté que malheureusement notre vaccin est faible et faillible, il prononça vraiment le mot vaccin, le mot imprononçable et imprononcé des derniers mois, les puissants admettent toujours leurs mensonges avec légèreté dès lors qu'ils sont couverts par la prescription, comme s'ils faisaient une faveur au peuple en remettant l'histoire à sa place et qu'importe s'ils ont nié la vérité et persécuté ses défenseurs, il doit y avoir dans un coin de l'esprit du pouvoir un malin plaisir à savourer l'impunité de se contredire sans conséquence, et quand le président Bussoli prononça le mot vaccin, jeté là, au milieu de la phrase comme une pièce de carrelage inutilisée parmi d'autres, il esquissa une grimace pointue imperceptible qui démentait les raisonnements précédents, nous avons constaté que malheureusement notre vaccin est faible et faillible, mais nos éminents médecins, scientifiques et chercheurs ont déjà étudié une solution sûre et définitive qui devrait être opérationnelle dans les prochains jours, aucun journaliste ne posait de questions, eux aussi avaient perdu le référendum et leurs questions avec et dans la salle de presse flottait l'odeur d'une langue enfermée trop longtemps dans sa bouche, le président Bussoli annonça qu'après une phase de rétablissement nécessaire pour tous les citoyens, chacun serait réassigné à une activité productive et à un conjoint selon les directives des bureaux du gouvernement, nous pensons être en mesure de vous garantir d'ici à une quinzaine de jours la vie confortable, riche et sûre que vous avez toujours eue et que vous avez plébiscitée démocratiquement, puis il remercia les citoyens en disant qu'il s'était toujours senti soutenu par tous les habitants de DF et qu'il accueillerait à bras ouverts même ceux qui avaient voté non et qui finalement s'étaient peut-être ravisés, du reste en démocratie il y a des règles, rappela le président Andrea Bussoli, et la première règle dit que ce qui est juste c'est le choix du peuple, la volonté du peuple, la décision du peuple, personne ne pourra plus jamais se permettre de juger notre mode de vie du haut de ses convictions contraires aux lois de l'État, c'est du simple bon sens, on n'a pas besoin d'autre chose pour gouverner, le simple bon sens, on n'a pas besoin des improbables théories de ceux qui viennent chez nous pour nous dire ce que nous devrions faire, comment nous devrions le faire et ce que nous devrions dire, si notre Pays ne vous convient pas, partez, on ne vous en voudra pas, la porte est juste là, et le président expliqua qu'il donnerait soixante-douze heures aux terroristes et à toute leur clique pour quitter le territoire, DF ouvrirait ses frontières pour la première fois, cela ne s'était pas produit depuis des générations, et comme nous sommes des personnes honnêtes, que nous ne nous acharnons pas contre nos adversaires ou ceux qui ne sont pas d'accord avec nous, comme nous sommes démocratiques jusqu'au bout, si quelqu'un estime que DF n'est pas fait pour lui, alors il peut boucler ses valises dès cette nuit et décamper à dos de chameau si ça lui chante, Andrea Bussoli éructa un sourire en prime avant de souffler hop, hop, hop, en faisant le geste avec sa main, la Police affective est à votre disposition pour effectuer toutes les formalités nécessaires, vous remettre votre passeport et vous accompagner personnellement, au terme des soixante-douze heures l'émigration sera à nouveau interdite et nous rétablirons nos contrôles aux frontières, je crois qu'aucun d'entre nous ne regrettera des citoyens qui ont attenté à la sécurité publique et qui nous ont fait perdre des mois à jouer les cadors de la démocratie, dit le président Andrea Bussoli puis il conclut avec une grande nouvelle, une nouvelle que toute la population appréciera, j'en suis sûr, c'est une décision que nous avons prise il y a quelques minutes, un geste de reconnaissance envers le grand peuple que vous êtes, que nous sommes, et le président Bussoli annonça que tous les citoyens, après les démarches sanitaires obligatoires, seraient promus dans la classe supérieure, les citoyens de classe 2 passeront immédiatement en classe 3, ceux de la classe 3 rejoindront sans rien faire la classe 4 et ainsi de suite, expliqua Andrea Bussoli en précisant que maintenant les classes seraient au nombre de onze et non plus de dix, alors on applaudit devant les écrans de télévision à la magnanimité du président pour cette promotion-surprise, puis le président Bussoli ajouta également que dorénavant les citoyens de DF pourraient participer à certaines décisions gouvernementales à travers des votations populaires, nous réfléchissons à un outil moderne et élaboré de démocratie directe, tranquilles chez vous avec votre ordinateur vous pourrez décider, ou plutôt nous pourrons décider ensemble, quelle nuance de gris utiliser pour peindre l'extérieur des maisons, c'est juste pour vous donner un exemple, dit le président Andrea Bussoli, vous pourrez encore décider de fixer la pause-déjeuner à douze heures trente, treize heures ou treize heures trente, ce sont juste quelques exemples de consultations auxquelles nous travaillerons dans les prochains mois, ainsi vous pourrez décider, que sais-je, d'évaluer vos conjoints assignés, vos rapprochés ou vos collègues par un vote qui déterminera leur progression ou leur régression dans l'échelle sociale, à propos de cette démocratie que certains auraient voulu nous enseigner, il vous suffira d'un simple geste, un simple clic pour faire savoir au gouvernement si votre voisin de bureau est une personne utile, et à quel point utile, au progrès de la nation, et votre vote restera secret, jalousement gardé dans les archives du gouvernement, j'ai moi-même imaginé cette importante innovation afin de vous offrir à tous la possibilité de vous sentir pleinement acteurs d'une grande communauté et pour que le gouvernement ne décide pas seul du sort de ses citoyens mais qu'il puisse le faire avec les précieuses informations que vous lui donnerez, n'est-ce pas là le plus haut exemple de démocratie ? n'est-ce pas la vraie démocratie que ce lieu où chacun se soumet au jugement de tous au nom d'une grande pensée collective ? À la maison on n'avait pas compris parfaitement mais cela sembla une bonne idée. Nous sommes un unique Grand Pays, déclara Andrea Bussoli, ne l'oubliez pas, chers concitoyens, nous sommes un TOUT, et maintenant je vous souhaite une nuit sereine, n'oubliez pas que votre président Andrea Bussoli est là, avec vous, assis sur la chaise voisine, sur l'autre côté du canapé, sur le bord de votre lit, bonne nuit et vive la liberté ! conclut-il, puis il fila à toute allure escorté de son escorte vers la citadelle présidentielle.

À la base, la Police affective était arrivée en force et avait invité les Brigades sentimentales à rassembler leurs affaires et préparer leurs valises pour partir, une feuille de route signée par le président les enjoignait à quitter DF dans les vingt-quatre heures et interdisait à quiconque parmi eux de faire la moindre déclaration publique, les gyrophares dessinaient des traînées bleues dans le bois et sur le dos de la montagne, un hélicoptère projetait son phare sur le toit et le jardin, de la capitale on pouvait voir le spectacle des lumières qui assaillaient les terroristes, ils sont enfin allés les chercher, pas trop tôt, bougonnèrent certains en fermant leurs volets ou en rentrant chez eux, l'homme à la veste en velours, Bernadetta, Fausto, Anna et Manlio pliaient bagage en se lançant des regards obliques, ils n'avaient pas trouvé les mots après l'annonce des résultats et ils avaient assisté à la conférence de presse du président comme des verres sales laissés sur la table, ce n'était pas un deuil, non, c'était un désespoir, ils s'étaient regardés tels des naufragés et leurs bouches s'étaient ouvertes en quête d'oxygène, l'homme à la veste en velours avait dit qu'ils avaient perdu, que c'était ainsi, que tout le monde aspire au changement mais que personne n'est prêt à changer soi-même, que l'existence est une farce, toute une vie à battre des ailes comme des poulets pour nous envoler tandis que par terre un engrenage nous contraint à ramper, le besoin d'être gouverné est sans doute plus ancré dans l'âme humaine que nous l'avions imaginé, il faut une légèreté folle pour briguer la liberté, et Manlio avait craché que c'étaient tous des cons, que les citoyens de DF n'étaient qu'un ramassis de cons et que pouvaient-ils attendre d'un peuple moutonnant qui voit la sécurité dans l'espoir veule que rien ne bouge autour de lui, Manlio avait enchaîné avec une série de grossièretés inénarrables qui avaient pris le rythme d'un Ave Maria, ne t'énerve pas, l'exhortait l'homme à la veste en velours, inutile de s'énerver, alors nous avons joué le rôle des idéalistes ? demanda Fausto et personne ne lui répondit, puis ils en vinrent aux questions qui comptaient vraiment, pourquoi quand on perd on a ce besoin éperdu de savoir où aller, l'homme à la veste en velours et Bernadetta dirent qu'ils iraient élever leur enfant, ils le dirent avec la voix des parents déjà conscients qu'ils farciront leur progéniture de leurs désillusions mais qui sait, peut-être qu'ils se reprendront et ne commettront pas cette erreur, qu'ils éviteront de se convaincre que les enfants sont leur vie juste parce qu'ils n'ont pas d'autres ports où s'amarrer et sans savoir qu'ils deviendront les uns pour les autres des fardeaux, Manlio répéta qu'il chercherait un champ, au moins la terre et les bêtes suivaient une évolution naturelle qui ne le décevrait jamais, et toi Fausto ? qu'est-ce que tu vas faire, toi ? lança Bernadetta, quelques minutes avaient suffi pour sceller le pacte de ne pas regarder le présent, de feindre qu'il n'existait pas, de le traverser comme ces affreux halls de gare qu'on parcourt à la hâte talonné par les roulettes de sa valise, ces lieux où l'on passe cent fois et où cent fois on s'étonne d'y être déjà passé et on se promet de ne plus vivre comme ça et pourtant on y passe encore parce que je suis sûre, pensait Bernadetta, je suis sûre que dans le cerveau humain se trouve un tiroir où croupissent les souvenirs trop douloureux et qu'on doit le vider des années plus tard et ce moment de débandade autour de la base et des derniers adieux qui se déroulait comme un film tirant en longueur était déjà dans le tiroir, ils croyaient l'avoir liquidé mais ils n'avaient même pas fini de le vivre, et Fausto répondit qu'il ne savait pas, il voyagerait sans doute, autour du monde, et tous parlaient du futur avec la vacuité d'une conversation sur le temps, la chaleur ou le froid quand on croise une connaissance dans la rue, sans y mêler la pensée, ces discours tout faits seulement parce qu'on n'a pas de cacahuètes à décortiquer ou d'assiettes à essuyer, parfois on utilise les mots par ennui, pour passer le temps ou pour apaiser une déception, une douleur, et ce sont les pires mots parce que personne n'y croit, Bernadetta s'était blottie dans un coin et observait un vase, le trou noir du vase lui apportait un soulagement, comme l'esprit est étrange, les araignées étaient sorties à présent et s'aventuraient sur les murs, les portes, les dos, les tempes, dans le jardin la Police affective embarquait les enfants pour les ramener au centre, certains criaient ciao, ne sortez pas, nous avons ordre de ne pas vous laisser sortir, Fausto les observait de la fenêtre, avant de monter dans la camionnette une fillette souffla un baiser de sa paume vers la maison, Fausto fit mine de l'attraper au vol et de le manger, la fillette rit, il eut une envie de futur, comme ça, d'un coup, le moment était venu de trancher le nœud gordien et de proposer à Anna de passer ensemble le reste de leur vie, il le lui demanderait comme on demande la signature d'un contrat devant un notaire, avec l'espoir qu'il ne soit jamais cassé, altéré, bafoué, il le lui demanderait sans accepter les demi-teintes, il accepterait un oui avec la joie sucrée de cette fillette, il étoufferait un non avec une digne sobriété, allez, au début de ce livre il est écrit qu'à la fin ils s'aiment, il l'appela mais elle ne répondit pas alors il monta la chercher à l'étage, puis dans le jardin, il appela encore, qu'est-ce que tu as à gueuler ? dit Manlio qui passait à côté, elle est sûrement dans sa chambre en train de finir sa valise, non, elle n'y était pas, sa valise non plus, sur sa table de chevet il y avait une lettre, quelle lettre, deux lignes, à tous, elle disait, JE NE PARDONNE À PERSONNE ET NE DEMANDE PAS PARDON, c'était écrit, il dévala l'escalier et franchit les portes tel un fantôme, Anna est partie, lança-t-il à Bernadetta, tout le monde part, répondit-elle, il ne l'écouta pas et demanda à la Police affective où était la doctoresse Cordio, la doctoresse Cordio a décidé de rester, glissa un agent avec une satisfaction sadique, Fausto rentra, s'assit, marcha un peu, quelques pas, presque sur lui-même, il s'assit à nouveau, avait-il envie de vomir, non, c'est fini, voilà, c'est fini, Fausto étourdi par le vide alla chercher sa valise. Ils se saluèrent d'un signe, chacun sa route, avec la pudeur rageuse des vaincus, après des embrassades qui laissaient croire qu'ils s'étaient endormis ainsi, épuisés, l'homme à la veste en velours ajouta simplement que les luttes sont toujours justes, même quand on perd, elles n'en deviennent pas mauvaises, et Manlio lui dit d'aller se faire foutre.

À DF, les jours suivants, tous les citoyens firent la queue devant les centres sanitaires déployés par le gouvernement, à la place du vaccin les médecins leur retiraient une veine du cœur avec des pincettes d'horloger, un coup sec après avoir pratiqué une petite incision puis la veine était extraite par la bouche, une intervention de quelques minutes, rapide, pratique et hygiénique.

DF fut à nouveau DF.

Préparation de copie : Guillaume Müller-Labé
Correction : Amandine Farges
Maquette et illustration de couverture : Raphaëlle Faguer
Fabrication : Marine Garguy & Sébastien Dos Santos
Composition et mise en pages : Nord Compo à Villeneuve-d'Ascq
Photograveur : IGS-CP

Achevé d'imprimer en France
par CPI Firmin-Didot
en juin 2023
N° d'impression : 175188